中公新書 2556



堀 啓子著

# 日本近代文学入門

## 12人の文豪と名作の真実

中央公論新社刊

# はじめに

こんなにさらさらと書けるのに。

しかも上手《うま》いのに。

なぜ休んでばかりいるのだ！


そう怒ったのは、ときの『読売新聞』の社長である。専属作家であった尾崎紅葉《おざきこうよう》が、人気連載『金色夜叉《こんじきやしゃ》』の執筆を休んでばかりいる。そのことに業を煮やしたのである。

あいだに入ったのは高田半峰《たかたはんぽう》こと高田早苗《さなえ》である。政治家であり、早稲田《わせだ》大学の初代学長も務めたが、若いころは『読売新聞』の主筆であった。紅葉を『読売新聞』に招いたのも彼である。田舎の友人宅に招待されると自前の味噌《みそ》と醤油《しょうゆ》を持ち込むほどのグルメであった紅葉とは、珍味の贈り比べをするほど親しかった。

そのため休載が続き、社長がやきもきしはじめると、高田が紅葉の家に馳《は》せ参じる。だが朝の遅い紅葉を起こし、前夜遅くまで奮闘していたらしい草稿を見ると、催促する勇気もなくなったという。

同じジレンマを、この草稿を使って回避したのが高田の後継者・市島春城《いちしましゅんじょう》（謙吉《けんきち》）である。

社長からのプレッシャーに耐えかねた市島は、あるとき、この草稿を社長に見せた。それは一枚の原稿であったが、あちこちに幾重もの重ね貼りがしてあり、全体に分厚くなったものだった。現代のように修正液もない時代である。いったん書き終えた原稿を読み返し、読み返しして、紅葉は気になる箇所を墨で消し、余白に書き直した。だがそれも気に入らないと、小さく切った白い紙を上に貼りつけて、さらにその上に書き直す。切り貼りのために傷だらけになった机の上で紅葉はこの作業をくりかえすため、原稿にはあちこちに小さな紙の層ができていた。「七たび生れ変わって文章を大成せむ」という彼の気骨の表れである。市島は、社長にこの小さな紙を一枚一枚剝《は》がして見せながら、一言隻句おろそかにしなかった紅葉のこだわりを説いた。舞台裏にどれほどの苦労があるのか、そこではじめて知った社長は、怒りの鉾《ほこ》をおさめたという。

尾崎紅葉は、誰もが認める美しく洗練された文章を書く作家だった。それは彼が、完璧主義の職人気質《かたぎ》だったからかもしれない。あるいは、「ありあり」を「歴々」、「すたすた」を「速歩」、「むしゃむしゃ」を「咀嚼」などの当て字で表現する、ユニークな発想の持ち主だったゆえかも知れない。ただ紅葉は、彼の目指した文章の高みへ少しでも近づけるように、心にきざみ骨にちりばめるという彫心鏤骨《ちょうしんるこつ》を重ねつづけた。いかにも軽やかで、自然で涼しげな文章は、その証《あかし》である。

しかし紅葉と同じ時代を生き、近い立場で接していた『読売新聞』の社長でさえ、その苦悩の舞台裏までは知らなかった。まして現代のわれわれが、優美な水鳥の、水面下の足掻《あが》きを知ることはない。だが、それは紅葉に限った話でもなければ、創作上の苦労のことだけでもない。

現代でも書店の在庫確認者がどんな時期でも必ず発注をかけるという夏目漱石《なつめそうせき》。間を置かず舞台上演され、客席を埋めさせる泉鏡花《いずみきょうか》や樋口一葉《ひぐちいちよう》。高校の教科書で一度はふれる森鷗外《もりおうがい》に芥川龍之介《あくたがわりゅうのすけ》。ミステリー愛好家にとっての探偵小説の父・黒岩涙香《くろいわるいこう》と、落語好きにとっての落語中興の祖・三遊亭円朝《さんゆうていえんちょう》は、決して「遠くなりにけり」の明治の追憶ではない。ほかにもロシア文学を日本に広めた二葉亭四迷《ふたばていしめい》、自然主義を率いた田山花袋《たやまかたい》、女流作家の道を一葉に先んじて切り開いた田辺花圃《たなべかほ》も、それぞれの分野で忘れがたいパイオニアである。そして芥川賞や直木《なおき》賞をもうけ、みずからも含む作家の地位向上に尽力した菊池寛《きくちかん》の想《おも》いは、今日にみごと花開いている。

彼らをここでとりあげたのは、彼らが単に日本近代文学史で有名だったからではない。偉大な文人芸術家というビッグネームと、教科書でもおなじみの美しく澄ました表情の陰で、彼らがどれほど人間的であったか、どれほど日常生活に右往左往していたかを表したかったからである。

そのため、まんべんなく多くの作家をとりあげ、それぞれの人生のすべてに触れていくというふつうの文学史とは異なり、本稿では特に作家に絞らず、近代の日本文壇にゆかりの深い十二人だけをとりあげた。そして、各章ごとにテーマを定め、二人ずつに焦点を当てた。そのテーマに即して選んだため、互いの関係はさまざまである。師弟、ライバル、親友もいれば、一見それほど深いつながりがないようなペアもいる。だが二人を比較し対照させることで、本当に人間的な側面が、いっそう明確に浮き彫りになる。

さらにそれぞれの人生の転機となる局面には多めの稿を割き、代表作を手がけた時期のできごとに比重を傾けた。そして裏話のような小さなエピソードも、あちこちに押し込んでいる。

それぞれの名作を発表する舞台裏で、彼らがどんな苦労をしていたか。

現代のわれわれと同じような葛藤、焦燥、嫉妬、ときには迷い、卑屈になり、逆に得意にもなり……。執筆のプレッシャーに耐え、人間関係に気を遣い、はては物質上、経済的にもそうとうの辛酸をなめていたことには驚きを感じる。

近代日本の文学を代表する彼らが、あえて苦労や苦悩を隠していたというわけではない。ただそこには、ごくふつうの生活を営んでいた、あたりまえの人間がいただけであり、現代のわれわれと何ら変わらない。そんな彼らがそれぞれの生活の中で、どのようにして、かの名作をうみだしていったのか。その姿を知ることは、忙しくストレスの多い現代生活をおくるわれわれ自身への、エールにも活力にもなりえると思える。

漱石は弟子に、「他人は決して己以上はるかに卓絶したものではない。また決して己以下にはるかに劣ったものではない」と説いた。その言葉は、文豪・漱石ではなく、頭を掻《か》いてはその指を嗅ぎ、猛烈に臭いものを嗅いだときの犬のような表情を浮かべ、「いやでたまらない」とぼやきながら机でペンを走らせていた中年おじさんの言葉とみれば、ぐっと身近なものに感じられる。そんな彼らが生んだ名作も彼らの背景を知れば、何だか今までと違って見えてくる。

そして今までとは違った角度へと作品を傾け、個々の人間ドラマとしても作家への興味を惹《ひ》きよせてくれる。本稿がそんな好奇心を充《み》たす一助になれば、幸せである。

目次

## 第三章　洋の東西から得た種本――模倣からオリジナルへ――85

＊本文中の引用文は、原則として新字新かなづかいにあらためた。読みやすさを優先して句読点を入れたり、漢字を改めたりしたものもある。ただし、作品名については旧かなづかいのままとした。［　］内は引用者による注。

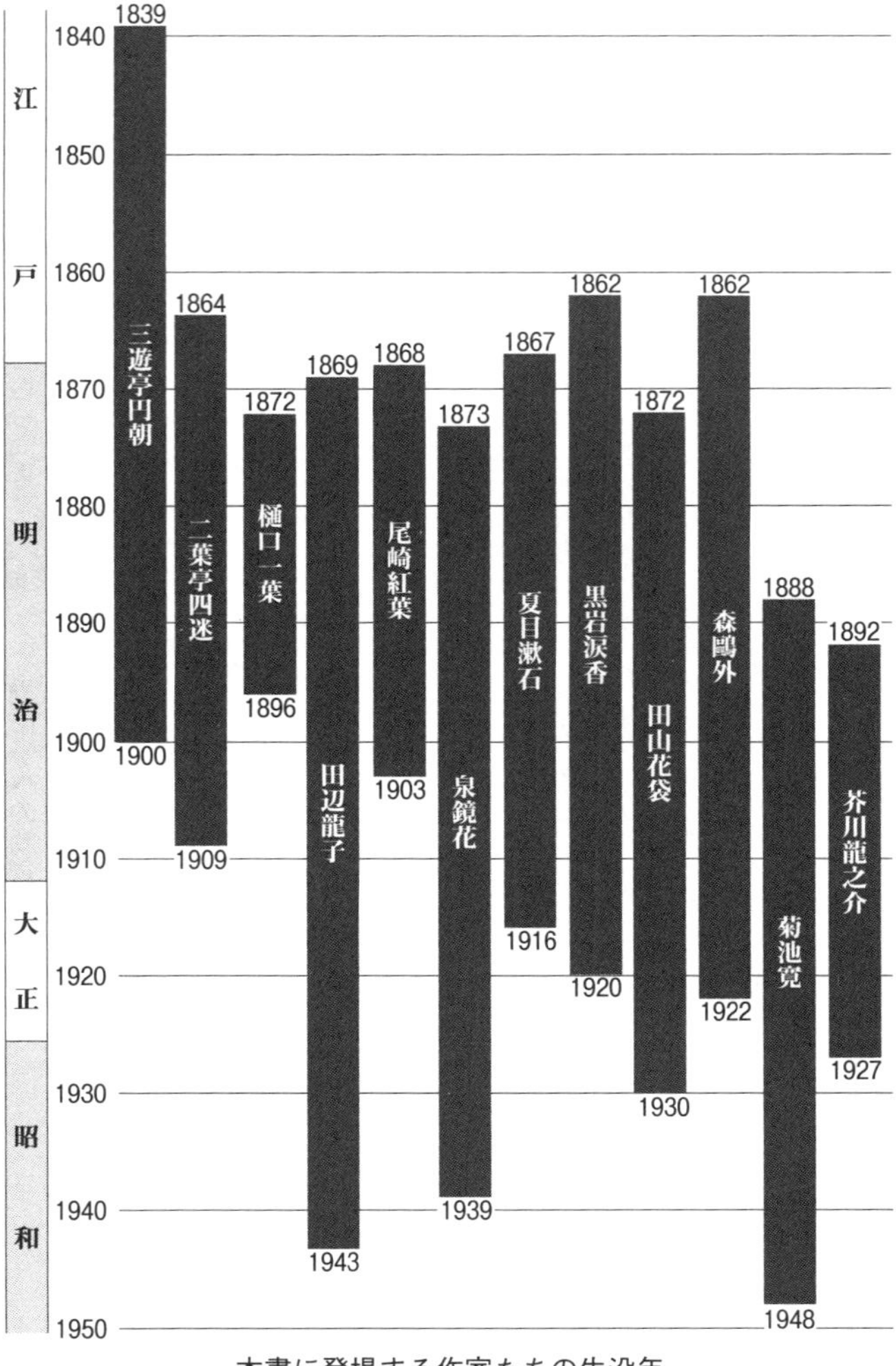


本書に登場する作家たちの生没年

# 第一章　異端の文体が生まれたとき——耳から目へのバトン

三遊亭円朝《さんゆうていえんちょう》と二葉亭四迷《ふたばていしめい》。この二人には一見、何の関わり合いもないように見える。どちらも江戸末の江戸生まれだが、出自や経歴、活動した分野に至るまで、まるで異なっている。だが彼らには、図らずも「共同作業」によって、近代文学、ひいては現代我々が手に取る小説の運命を大きく変えていった先駆者同士という、意外な役割がある。

それは、言文一致体という画期的な新文体の確立に寄与したことだ。言文一致体の登場は、文学上の革新的な一歩だった。

しかもその誕生は、二人の人生が関わった偶然によるものであった。二人はともにみずからの人生に行き詰まり、打開案を求めて足掻《あが》いた。そうして打ち出されたものが、後になって絡み合い、工夫されたことでこの結果が導かれたのである。その偶然がどのように引き起こされ、後世に影響を与える革新的な進歩をもたらしたのか。まずは二人の人生から、つぶさに追っていきたい。

## ①三遊亭円朝『怪談牡丹燈籠』――耳が捉える落語の魅力

### 名人噺家が生んだ名作

話の末尾に「落ち」を付けることから、かつては「おとしばなし」と呼ばれていた。「落語《らくご》」で定着したのは明治なかばからである。この国民的娯楽を江戸末から明治にかけて牽引《けんいん》し、近代落語の祖と称されたのが三遊亭円朝である。卓越した話芸と、当時の芸人らしからぬ品行方正な生き様は、同時代から称賛の的であった。彼をそんな謹厳実直な人物に育てたのは、下積み時代の壮絶な苦労である。そしてその苦労はまた、彼にオリジナリティーを与え、かの名作『怪談牡丹燈籠《ぼたんどうろう》』(文久《ぶんきゅう》元年〔一八六一〕)をも生み出させた。

現代にいたるまで頻繁に高座にかけられ、舞台化や映画化も繰り返される、この円朝の代表作は、円朝自身の創作落語である。そしてこの『怪談牡丹燈籠』は、単に落語としての完成度が高いというだけではない。じつはこの作品こそが、我々が現代も読んでいる小説の、基礎である文体の成立に大きく寄与している。すなわち円朝の功績は、落語の世界だけにとどまらず、文芸界にも大きな一歩を踏み出させたことになる。

ではなぜこの作品が、そのように波紋を投ずることになったのか。以下で詳しく見ていきたい。

## 『怪談牡丹燈籠』タイトルの由来

『怪談牡丹燈籠』は、長く哀《かな》しい、美しい話である。壮大なスケールで、当時、円朝は全話を語るのに二週間連夜の高座を要したという。ストーリーは二つの舞台で同時並行的に展開し、それぞれのエピソードが複雑に絡み合い、結末でより合わされてひとつの話に戻るという構成である。

その舞台とは、江戸の旗本である飯島《いいじま》家の当主・平左衛門《へいざえもん》が妾《めかけ》のお国《くに》と住む牛込《うしごめ》の本邸と、平左衛門の一女・お露《つゆ》が女中のお米《よね》と共に住まう柳島《やなぎしま》の別邸である。悪妾《あくしょう》のお国がいろいろと謀《はかりごと》をめぐらすため、本邸では彼女を中心に不義、内紛、仇討《あだう》ち、忠義などさまざまなできごとと因果がめぐる。いっぽう当主の娘・お露はお国を嫌って本邸に寄り付かず、忠義の女中のお米と二人で柳島に住んでいた。そしてここに繰りひろげられる恋絵巻が最も名高く、タイトルにもなった名場面を生むのである。

その場面は、まず梅の季節に始まる。山本志丈《やまもとしじょう》という飯島家出入りの医者が、友人の萩原《はぎわら》新三郎《しんざぶろう》という浪人を伴ってお露の別邸を訪れてくる。美貌のお露と端整な容姿の新三郎は互いに一目ぼれする。この日は何ごともなく、ただ新三郎は再来を約して帰宅する。しかし内気さゆえにふたたびお露を訪ねることはできない。そのうち、ようやくお露と再会を果たすもその場で二人とも平左衛門に手討ちにされるという不吉な夢を見る。ただ目覚めた新三郎の手もとには、不思議なことに夢のなかでお露から手渡されたはずの小箱の蓋が残されていた。
その後は再会を果たす間もなく、ある日、新三郎はお露が新三郎に焦がれ死にし、続いてお米も亡くなったと志丈から聞かされる。だが失意の新三郎は、お盆の夜に、牡丹芍薬《しゃくやく》の花飾りの燈籠（提灯《ちょうちん》のような携帯用の灯）を手にしたお露とお米に再会する。生きて再会できたことを喜びあい、それからは夜な夜な訪れるお露と逢瀬《おうせ》を重ねるが、じつは二人は本当に亡くなっており、夜に墓を抜け出して燈籠を提げて新三郎を訪ねて来ていたのだった。それに気づいた新三郎が恐怖におののく描写は秀逸である。

上野《うえの》の夜の八ツの鐘がボーンと忍《しのぶ》ケ岡《がおか》の池に響き、向《むこう》ケ岡《がおか》の清水の流れる音がそよそよと聞こえ、山に当る秋風の音ばかりで、陰々寂寞《せきばく》、世間がしんとすると、いつもに変わらず根津《ねづ》の清水の下《もと》から駒下駄《こまげた》の音高くカランコロンカランコロンとするから、新三郎は心のうちで、ソラ来たと小さくかたまり、額からあごへかけて膏汗《あぶら》を流し、一生懸命一心不乱に雨宝陀羅尼経《うほうだらにきょう》を読誦《どくじゅ》していると、駒下駄の音が生垣の元でぱったり止《や》みましたから、新三郎は止《よ》せばいいに念仏を唱えながら蚊帳を出て、そっと戸の節穴から覗《のぞ》いて見ると、いつもの通り牡丹花の燈籠を下げて米が先へ立ち、後には髪を文金《ぶんきん》の高髷《たかまげ》に結い上げ、秋草色染の振袖に燃えるような緋縮緬《ひぢりめん》の長襦袢《ながじゅばん》、その綺麗《きれい》なこと云《い》うばかりもなく、綺麗ほどなお怖く、これが幽霊かと思えば、萩原はこの世からなる焼熱地獄に墜《お》ちたる苦しみです。

「ボーン」「カランコロン」など、擬音語の多い場面である。これが卓越した噺家《はなしか》に表現されたときの、聴衆の恐怖は想像に難くない。

## 妖気を帯びた高座

じっさい、「円朝は贅沢《ぜいたく》だ、幽霊に下駄《げた》を履かせるんだから」と言わしめた、二人の幽霊の駒下駄の音が、カラン～コロン～と次第に近づき、大きくなる音響効果は、満座の聴衆を震撼《しんかん》させた円朝の真骨頂であった。この後、恐れをなした新三郎は高僧を頼り、純金の如来像を借りて懐に入れ、家中に護符を貼り、次の夜から二人の幽霊を遠ざけようとする。だが隣に住む店子《たなこ》で、強欲な伴蔵《ともぞう》夫妻が、百両と交換に幽霊の要求を容《い》れてひそかに如来像を奪い、護符を剝がしてしまう。そしてついに家に侵入してきたお露に憑《つ》かれ、新三郎は殺されてしまう。

じつは新三郎の死因は、幽霊の所為《せい》ではなく、金目当ての伴蔵夫婦の仕業であったことは話の後半に明かされる。超自然と見せかけ、じっさいには人為的な理屈のつく話としたのは、文明開化に合わせた仕掛けであろう。だがたとえ後半の種明かしを知っていようと、不世出の天才噺家にかかれば、じわじわと恐怖が身の内にしみ込むようであったらしい。みずからも奇譚《きたん》、怪異譚《かいいたん》を創作し、『半七《はんしち》捕物帳』や『修禅寺《しゅぜんじ》物語』などで名声を博した岡本綺堂《おかもときどう》は、予《かね》てこの話を速記本で知っていた。詳しくは後述するが、この高名な落語は、速記者によって書きとられ、今でいうテープ起こしのように音声が文字に起こされ、売り出されていた。それを速記本と言ったのである。だが綺堂は、円朝の高座でこの『怪談牡丹燈籠』を聴いたときの異様な体験を、こう振り返る。

　私は『牡丹燈籠』の速記本を近所の人から借りて読んだ。その当時、わたしは十三四歳であったが、一編の眼目とする牡丹燈籠の怪談の件《くだり》を読んでも、さのみに怖いとも感じなかった。どうしてこの話がそんなに有名であるのかと、聊《いささ》か不思議にも思う位であった。［中略］速記の活版本で多寡《たか》をくくっていた私は、平気で威張って出て行った。ところが、いけない。円朝がいよいよ高坐《こうざ》にあらわれて、燭台《しょくだい》の前でその怪談を話し始めると、私はだんだんに一種の妖気を感じて来た。（『随筆　思ひ出草』相模書房、昭和十二年）

だが世は近代化の真《ま》っ只中《ただなか》である。江戸のお化け噺《ばなし》など、もはや旧弊のはずであった。そのため綺堂は当時の様子を、

　読まされては、それほどに凄《すご》くも怖《おそ》ろしくも感じられない怪談が、高坐に持ち出されて円朝の口に上ると、人を慄《おび》えさせるような凄味《すごみ》を帯びて来るのは、実に偉いものだと感服し

た。時は欧化主義の全盛時代で、いわゆる文明開化の風が盛に吹き捲《まく》っている。学校に通う生徒などは、勿論《もちろん》怪談のたぐいを信じないように教育されている。その時代にこの怪談を売物にして、東京中の人気を殆《ほと》ど独占していたのは、怖い物見たさ聴きたさが人間の本能であるとは云え、確に円朝の技倆《ぎりょう》に因るものである（同前）

と分析する。円朝の話芸がいかに類稀《たぐいまれ》であったのか想像に難くない。後述するが、初期の円朝は道具や仕掛け、鳴り物にも凝った芝居噺を得意としていた。だが綺堂の回想するこのころには、扇子一本の素面素噺《すめんすばなし》に転じている。それがいっそう円朝の手並みを引きたてた。

なお『怪談牡丹燈籠』は、幽霊から得た大金と新三郎から奪った金無垢《きんむく》の如来像を手に逃亡した伴蔵夫妻が、飯島家で不義を働き逐電してきたお国と偶然知り合い、色と欲に駆られてさらに悪事を重ねるも、報いを受けるところで幕となる。飯島本邸でのお家騒動も忠臣の活躍でまとまるという、勧善懲悪の人情噺《にんじょうばなし》である。後年、これをもとに岡本綺堂自身が戯曲『牡丹《ぼたん》灯記《とうき》』（昭和二年〔一九二七〕初演）を発表した。

**大成功の秘訣**

さてこの『怪談牡丹燈籠』の成功が速記本の成立を導き、後の文学に影響を及ぼすことになるのであるが、まずなぜこの噺がそれほど注目されたかを考えねばならない。ひとつの理由は、人々の純粋な興味を惹《ひ》いたことである。この話にはいくつかの元ネタがあった。ひとつは円朝が贔屓筋《ひいきすじ》の田中《たなか》という旗本から、その屋敷に通い詰めて書き取ったという、牛込軽子坂《うしごめかるこざか》の旗本「飯島孝右衛門」の家で起きた因果のめぐる事件である。もうひとつは、中国の『牡丹灯記』という短編だが、さらにそこに別の実話が絡んでくる。これらについては、円朝と親交の厚かった漢学者・信夫恕軒《しのぶじょけん》を父に持つ信夫淳平《じゅんぺい》が、

> 丁度それに似寄った恋死物語が本所の柳島に起った。即《すなわ》ち男は羽川金三郎《うかわきんざぶろう》、女は飯島お常という美人である。そこで円朝は喬生《きょうせい》を金三郎に、淑房《しゅくほう》［芳］をお常に擬し、［中略］同じ筋の主人公を描き出したものである。（『反古草紙《ほごそうし》』有斐閣、昭和四年）

と述べている。じつは円朝自身の住まいもこの現場に近く、はじめてこの演目をかけた寄席も地元の両国橋《りょうごくばし》にあった。そのため地元の聴衆の多くがモデルの事件を知っており、まず周囲の興味を惹いたのである。

さらに人々を魅了したのは、牡丹花の燈籠というエキゾチックな小道具である。先述のように、〈牡丹燈籠〉というアイテム自体は、円朝の創意ではない。中国の瞿佑《くゆう》が編んだ明《みん》代の短編小説集『剪燈新話《せんとうしんわ》』にある『牡丹灯記』を参考にしたものである。「暗い夜に燈《ひ》の灯心を剪《き》って（さらに語り継ぐ）」という題意からも明らかだが『剪燈新話』は怪異的な奇談を多く扱う。

なかでも『牡丹灯記』は、死者である淑芳という美女を人間の喬生という青年が恋う話で、彼女が提げていたのが中国原産の牡丹の花を象《かたど》った燈籠であった。円朝はこれらをより合わせ、近在の幽霊坂《ゆうれいざか》という地名やみずからが兄から譲り受けた海音如来《かいおんにょらい》の雨宝陀羅尼経などの要素も盛り込み、細部を日本風に話を創りかえた。

ただ『牡丹灯記』の印象はよほど鮮烈であったらしく、十七世紀には『奇異雑談集《きいぞうだんしゅう》』（貞享《じょうきょう》四年〔一六八七〕）、浅井了意《あさいりょうい》の『御伽婢子《おとぎぼうこ》』（寛文《かんぶん》六年〔一六六六〕）と『狗張子《いぬはりこ》』（元禄《げんろく》五年〔一六九二〕）、十八世紀の上田秋成《うえだあきなり》の「吉備津《きびつ》の釜」（『雨月物語《うげつものがたり》』〔明和《めいわ》五年〔一七六八〕〕）、十九世紀の山東京伝《さんとうきょうでん》の『復讐奇談安積沼《ふくしゅうきだんあさかのぬま》』が生まれ、鶴屋南北《つるやなんぼく》の『阿国御前化粧鏡《おくにごぜんけしょうのすがたみ》』といった歌舞伎も影響を受けて成立している。なお円朝の『怪談牡丹燈籠』自体も後続の作家たちに影響を与え、先の岡本綺堂のほかに、石川鴻斎《いしかわこうさい》の怪異集『夜窓鬼談《やそうきだん》』の「牡丹燈」、さらにこれを底本に小泉八雲《こいずみやくも》が「宿世《すくせ》の恋」を『霊の日本』に収録し、英訳も手がけている。

時事性や実話性、印象的なモチーフも『怪談牡丹燈籠』の人気を後押ししたのであろう。歌舞伎でも尾上菊五郎《おのえきくごろう》などが演じ、大評判となった。

### 七歳で初高座

三遊亭円朝は、本名を出淵次郎吉《いずぶちじろきち》といい、江戸時代末に江戸の湯島《ゆしま》で噺家の息子として生まれた。円朝の祖父は加賀《かが》藩士の家系に生を享《う》けたが、妾腹《しょうふく》の子であったため農業を営みつつ、息子の長蔵こそは武士にしたいと望んでいた。だが長蔵は武士を嫌って放浪し、二代目三遊亭円生《えんしょう》の門下となり、橘屋円太郎《たちばなやえんたろう》を名のる。この円太郎が円朝の父で、円朝は父と同じ道を歩むことになった。

円朝は、辛口批評家の内田魯庵《うちだろあん》をして「明治大正の産みたる有らゆる芸術家の最大なるものの一人」であり、「之だけの気品を備えたものは、落語家や講談師は本より法壇の宗教家にも政壇の政治家にも稀《まれ》であろう」(1)と言わしめた。魯庵に限らず、円朝に接した人々は異口同音に、話芸のみならずその品格の高さも評価する。円朝の優れた人格を培ったのは、あるいは元来士族の血を引いているという矜持《きょうじ》であったのかもしれない。

円朝に物心がついたころ、父には四、五人の弟子があった。当然のなりゆきで、幼い円朝は見よう見まねで落語を覚えた。そして七歳で早くも初高座が用意される。だが高座が夜であったため、初日は楽屋で眠りこけ、翌晩は焦《じ》れて登壇を拒否するほどのいとけなさだった。結局、デビューは三日目の夜で、橘屋小円太《こえんた》と名のって『泥鰌《どじょう》ツ子』をかけたという。このときはなかば片言で、円朝本人も「寺の和尚さんと云うべき筈《はず》のを舌の廻《まわ》りません為《ため》に寺のおちょッさんなぞと兎角愛嬌《とかくあいきょう》な事を言いますのでお客さまはとんだ大受で在《ござ》いました」(2)と回想する。ご祝儀相場もあろうが、広い江戸にも子どもの落語家は珍しいと評判になり、噺家として華々しい一歩を踏み出していった。

## 雪の日も雨の日も裸足で

ただ円朝はそのまま芸の世界に居続けたわけではない。彼には玄昌という物堅い僧籍の異父兄があり、この兄や母の勧めで一度は寄席を退く。そして一時はふつうの子どもらしく寺子屋にも通った。だが、ほどなく高座に復帰すると、父と同じく円生の門を叩《たた》いてその内弟子となる。

円生はとりわけ厳しい師匠であった。当時の前座は、ふだんから藁《わら》草履以外を履くことは禁じられていた。だが円生は、雪や雨の日でさえも幼い円朝に裸足《はだし》で供をさせた。また、稽古に少しでも不備があれば「突然《いきなり》拳を固め、物をもいわず円朝が面《かお》を彼所此所《あちこち》撫《なず》るにぞ、其《そ》の痛さは中々にて、却《かえ》って頭顱《あたま》を打たるるより其の痛みの堪《こら》え難さ(3)」は円朝の骨身に沁《し》みた。だが何より円朝を苦しめたのは、具体的な指導や指示もなく打擲《ちょうちゃく》される理不尽さだった。円朝はのちに、この「大の皮肉屋」の師匠のもとでの下積み時代を、「今時の落語家《はなしか》に此位の難儀をしたものはありますまい(4)」と語っている。

厳しい修行が堪《こた》えたのだろう、幼い円朝は病を得てふたたび落語から離れる。そして商家に勤め、浮世絵師の一勇斎《いちゆうさい》（歌川《うたがわ》）国芳《くによし》に絵の手ほどきを受けたりもする。このころ、母と共に兄の住む谷中《やなか》の長安寺《ちょうあんじ》に同居し、座禅の修行も積んだ。その後三度、落語の世界に立ち還《かえ》った円朝にとって、これらの経験は貴重な糧となり、芝居噺の書割（大道具の背景）をみずから描き、親しんだ禅からインスピレーションを得たことで数々の怪談を生み出すことになる。

## 転機となった大地震

一念発起したのは安政《あんせい》二年（一八五五）、数えで十七歳のときである。三遊派を開いた初代円生の忌日に墓参し、斜陽ぎみであった同派の再興を誓う。このときみずからも橘屋小円太あらため、三遊亭円朝を名のる。落語には、二つの種類がある。落語の語源ともなった滑稽なオチをつける落とし噺と、世話物を語る人情噺である。円朝が後者を得意としたため、この後、彼が率いて勢いを盛り返す三遊派は、人情噺を主流とすることになる。噺家の芸名の苗字《みようじ》にあたる部分を亭号というが、「飲む、打つ、買う」の〈三遊〉を亭号の由来とする三遊派には、やや意外な側面かもしれない。

努力家の円朝は、十話も覚えれば真打でも充分といわれた当時、〈前座〉の次のステージである〈二つ目〉にして五十の演目を諳《そら》んじた。だがまだ勢いのなかった三遊派にはふさわしい寄席も準備されず、最高位である〈真打〉に昇進するために必要な披露興行も打てない。ようやく場末の寄席に弟子を集めた公演で、円朝は仮の真打興行を行う。そんな苦境にあった円朝の人生に転機をもたらしたのは天災である。

その年の秋、江戸を大きな地震が襲った。この安政江戸地震は、マグニチュード七クラスの大災害で死者は四千人を超えた。地震発生時の午後十時ごろ、円朝は高座にいて運よく難を逃れた。さらに円朝にとって幸運だったのは、その後の復興景気によって、江戸に人口が集中しはじめたことである。寄席は着実に客足を伸ばし、その機に乗じて円朝は格式ある寄席での興行を打ち、改めて真打の披露を行った。そして従来の落語にはない、派手な鳴り物やみずから描いた書割を以《もっ》て、動作も付けた芝居噺を始める。その目新しさが客層を拡《ひろ》げて話題となった。予て梨園《りえん》との交流も深く、尾上菊五郎らと怪談噺の会を開き、内輪の狂言にも参加していた円朝には、芝居のような魅せ方をする高座が趣味に合っていたのであろう。

ただ円朝がちょうど三十になる明治二年（一八六九）、「音曲物真似《ものまね》」など「歌舞伎」に似た所作をする、いわゆる芝居噺の取り締まりが布達される。なお後の、明治九年の東京府布達、乙第四号（三月二十八日）では「府下寄席ニ於《おい》テ演劇類似之《の》所業致候義ハ不相成《あいならざる》旨兼テ相達置候処近来右等ニ紛敷《まぎらわしき》所業間々有之《これあり》」として、「心得違之者」には「直《ただち》ニ差止メ」するとされ、さらに半年後の甲第百三号（九月二十三日）では、「廻り舞台を仕組」「大道具」「造り物」「鬘《かつら》」や「衣裳扮装《ふんそう》」「踏舞《とうぶ》」を行った場合は、「席主并《ならびに》芸人共各《おのおの》定額月税之三倍ヲ取立可申候」と、きわめて具体的に罰則規定の課税についてまで言及する、さらに厳しい禁止令が出された。

円朝は取り締まりが始まると、芝居噺の限界を感じる。そして明治五年以降、芝居噺は弟子の三代目円生にゆずり、みずからは扇子一本の素面素話に転じ、後までそのスタイルを貫いた。それが彼の絶妙の呼吸と巧みな間の取り方をより際立たせ、後年、柳田国男《やなぎたくにお》をして「聴衆の想像力をどんな処《ところ》へでも連れていった」[5]と絶賛させる芸域へと到達した。

### 災いを転じて福となす

だが天才円朝のエリート街道は決して順風満帆なものではなかった。その最大の苦労となったのが師・円生の存在である。幼いときから理不尽ともいえるほど厳しい修業を強いた師であったが、円朝が本格的に真打昇進披露を行ったとき、こうした場合の常として応援を円生に頼んだ。この場合、真打に昇進する噺家がトリを務めるため、師匠や先輩が先に高座にのぼり座を温めてから本人に花を持たせる。ところが円生はいつも円朝が準備してきた演目を、みずからが先にかけてしまう。このときはまだ芝居噺をしていた円朝は、演目に合わせて書割や鳴り物も準備していた。しかし自分の直前に師匠がかけた同じ演目を、自分が高座でかけるわけにはいかない。そのため準備した道具に無理に合わせて、自分の演目を直前に変えるという、大変な苦行を強いられた。

これが幾晩も続き、もはや決して偶然や過失ではないことを知った円朝だが、この師匠の仕向けを「随分皮肉な遣方《やりかた》ですが結局《つまり》私の為《た》めには余程修業になりました」と前向きに捉えられたのは、その非凡さゆえであろう。円朝は、円生の先回りを封じるため、創作落語で高座にのぼることを思いつく。しかも侍の話が嫌いであった円生の裏をかき、

武士尽《さぶらいづくし》のようなものを拵《こしら》えて、サア師匠今度は斯《こ》う云う話を拵えましたから何《ど》うぞ聴い

て下さいと云って其《その》筋を話しますと、ヤア武士ばかりでは迚《とて》も敵《かな》う見込がない、是《これ》には俺も手出しが出来ぬと大凹《へこみ》の躰《てい》で在《ござ》いましたが、夫《それ》からはモウ先《せん》を越されるような事がなくなりました。（「芸人談叢」『円朝全集　別巻2』岩波書店、二〇一六年）

とみごとな機転でこの窮境を乗り切る。円朝は終生、この師を恨みはしなかった。代わりに、次々にオリジナルのネタを創り、創作落語の旗手として、創作と話芸の双方に真価を発揮するようになる。そして期せずして彼の創作が、明治という新時代の文学が要求するニーズに答えを提供していくことになる。

**【ちょっとブレイク——美談のスパイス】**

噺家が客を魅了することを「客の胸倉を取る」という。だが円朝自身が真に胸倉をつかみたい思いをした相手は、じつは師の円生ではなかっただろうか。師匠のもとでの苦労話には、「底意地の悪い師匠」に屈せず、「自分の芸境を開い」た「美談」に「伝記を構成する逸話の虚構」(6)を感じるとした池田弥三郎《いけだやさぶろう》のように、こうしたエピソードに疑問を呈する向きもある。それでも気難しい師匠の理不尽ともいえる仕打ちの数々はじっさいにあったらしい。

真打披露興行の折も、創作ネタがすぐ完成したわけでもなく、その前に円朝の窮状を知った父の円太郎がみずから中入《なかいり》前を務めてくれることになった。それで気楽になった円朝の人気がいっそう出はじめると、これが円生の機嫌を損ねてしまう。加えて円朝の内弟子の円太《えんた》が、円生のもとに寝返るという手酷《てひど》い裏切りにあい、それがもとで生じたいざこざに激怒した円生から一座の前で面罵され、円太をはじめ前座にいたる人々にまでに土下座をさせられる。このときにはさすがに円朝も「落語家《はなしか》はやめます、講釈師になります」[7]と、母に涙を見せたという。ただ後年、円生が病を得て誰からも顧みられなくなった折には円朝だけが見舞いを欠かさず、円生も過去を悔いて謝罪する。そして円生没後にはその三人の遺児を引き受け、大切に養育したという後日談からも、円朝の人柄の一端を窺《うかが》うことはできよう。

こうした人格者の円朝にはおっとりしたところもあったようで、幾度か泥棒にも遭った。あるときは日本橋《にほんばし》を歩いているといきなり後ろから手で両目を隠され、そのまま気さくに声をかけられたため、馴染《なじ》み客の冗談だと思っていると、そのすきに巾着切りに懐中を狙われたという。

### 怪談噺とリアリティーの追求

こうして図らずも創作という強みを得た円朝は、後に西洋ものの翻案も含めて、三十以上の演目を完成させる。なかでも円朝が得意としたのは怪談風のテイストであった。幽霊画のコレクターとしても知られ、最盛期には古今の名画百幅以上を有したという円朝は、それらの画を師と仰いでもいた。そして蒐集《しゅうしゅう》した画に合わせ、怪談百物語の創作にも力を入れる。円朝は原話がある場合にはきちんと取材をしており、常陸《ひたち》（現茨城県）の鬼怒川《きぬがわ》沿いの土地に伝わる話をもとにした『真景《しんけい》累《かさね》ヶ《が》淵《ふち》』（安政六年〔一八五九〕）もそうした怪談の初期代表作である。

別の人気作『塩原《しおばら》多助《たすけ》一代記《いちだいき》』（明治十一年〔一八七八〕）も、実話をもとにしたものであった。モデルは、かつて江戸の本所《ほんじょ》に実在した大実業家の塩原太助《たすけ》で、「本所に過ぎたるものが二つあり、津軽《つがる》大名、炭屋《すみや》塩原」と謳《うた》われるほどの富を一代で築き上げた。だが二代目、三代目が相次いで狂死し、身代をつぶしたことに着想を得た円朝は、当初これも怪談として起筆する予定であった。ただ偶然にも太助の六世孫が落語家の寄り合い茶屋の経営者で、円朝も昵懇《じっこん》であ

**円朝の肖像（画・鏑木清方）**
清方の父は、条野採菊というジャーナリストで、『塩原多助一代記』の速記も連載した『やまと新聞』の経営者でもあった。そのため清方も円朝と馴染みが深く、円朝が57歳のときには取材旅行にも同道する。この肖像で清方は、「名人の厳しさを、結んだ口元、光る瞳のうちに蔵していた」（『明治の東京』）円朝の特徴をよく表現している（東京国立近代美術館蔵。『新潮日本美術文庫31　鏑木清方』より）

ったことから取材を始め、円朝は太助の故郷の上州《じょうしゅう》（現群馬県）にまで調査に赴く。円朝と親しく、後にその肖像画を描いた画家の鏑木清方《かぶらききよかた》も「まだ汽車も通じない上州の沼田《ぬまた》まではるばる出かけて資料を集めた」と、その熱心な取材について語っている。(8)

こうして円朝はこの作品の主意を、裸一貫から身を起こし炭商人として大成した主人公の成《せい》功譚《こうたん》へと変える。折しも身分制度が瓦解し、四民平等となって人々が立身出世を目指した時代である。優れた取材に裏打ちされ、リアリティーあふれる等身大の主人公の話は、時節に合い歌舞伎にもなって注目され、明治二十四年には井上馨《いのうえかおる》邸で明治天皇の御前口演まで行っている。そして立身伝の恰好《かっこう》の教材として明治二十五年に小学校の検定修身教科書二種にも採録され、その後は長く二宮金次郎《にのみやきんじろう》とともに明治人のニューモデルとなった。

## 円朝の交遊

着目すべきは、いかに怪談物を得意とはしても、円朝の名人芸がいたずらに怪力乱神を語るものではなかったことであろう。丁寧な取材や調査、そのうえに豊かな創造性を重ねていたことは当時から評価され、「円朝の嘉言善行《かげんぜんこう》世の廉恥《れんち》なき話し家等に立超たる事多きは信夫恕軒先生の円朝伝を見て知るべし［中略］蒲生褧亭《がもうけいてい》先生の曰《いわ》く円朝の笑話《しょうわ》を聴けば史遷《しせん》の諸伝を読むが如《ごと》し」(9)という新聞の投書にも見られるように、漢学者も充分な素養を感じ取っていた。余談ながらこの投書者に関しては森鷗外の可能性も示唆されている。(10)

円朝の高い品格や素養は、ふつうの噺家や講談師にはない持ち味で、いかにも文明的であった。そのため多くの知識人とも交流があり、なかでも円朝の墓碑銘を揮毫《きごう》した山岡鉄舟《やまおかてっしゅう》や由《ゆ》利滴水《りてきすい》和尚、槍《やり》の名人・高橋泥舟《たかはしでいしゅう》とは禅への興味でつながり、泥舟には槍のシーンの演じ方も乞うた。このほか、旅にはいつも円朝を同行させたという井上馨や、九段《くだん》の邸宅を譲ろうとした山県有朋《やまがたありとも》、徳川《とくがわ》邸にまで同道した渋沢栄一《しぶさわえいいち》や梨園関係者など錚々《そうそう》たる名士とも親しく、信夫淳平が「幕末の産んだ抜群の芸術家の一人で、且《かつ》江戸趣味の渋い落語道を向上せしめた最大の恩人」(11)と円朝に敬意を示したのもうなずける。

円朝は自身の品位で、噺家の地位を向上させ、落語界自体もより文明的に進化させた。ただ、初期の芝居噺のころは別として後年の円朝の洗練された落語は、必ずしも万人受けしなかったらしい。能楽師の喜多六平太《きたろっぺいた》は『六平太芸談』のなかで円朝の落語の真打らしい上品さを認めつつ、

> 円朝の落語には、寝そべったり、あぐらをかいてちゃあ聴けないような堅苦しいところがあってね、寄席のお客に少々不向きだったんだろう。いまでいう大衆向きじゃなかったんだね。(『日本の芸談　第三巻』九藝出版、昭和五十三年)

と語っている。上品な円朝落語は、大衆受けに於《お》いては諸刃《もろは》の剣でもあったようだ。

ところで円朝が親しくしていた戯作者《げさくしゃ》・ジャーナリストの一人に条野採菊《じょうのさいぎく》がいる。山々亭《さんさんてい》有人《ありんど》とも名のったこの人物は、現在の『毎日新聞』の前身で、東京初の日刊紙となる『東京日日新聞』を発刊した一人であった。先述の、美人画で名高い画家の鏑木清方は採菊の息子であり、清方が春陽堂《しゅんようどう》の『円朝全集』の装幀《そうてい》を手がけたのは、その縁もある。採菊と円朝は親しい友人で、それぞれ作品のやりとりもあったらしい。

興味ぶかいのは、後に清方が円朝の初期の創作落語のタイトルをいくつか挙げ、

鶴殺嫉刃庖刀《つるごろしねたばのほうちょう》もそうですが、政談月の鏡《せいだんつきのかがみ》と八景隅田川《はっけいすみだがわ》、それから菊模様皿山奇談《きくもようさらやまきだん》［中略］は父（採菊山人）の作のように覚えております。月の鏡でしたか八景隅田川でしたか忘れましたが、父が原稿を口語体で書いていたのを見たことがあります。円朝の名で発表するにもせよ、あの時分口語体で小説をかいていたことはおもしろいことだと思います。

（『円朝遺聞』『三遊亭円朝全集　第7巻』角川書店、昭和五十年）

と、述べたことである。春陽堂版『円朝全集』は、「鶴殺」と「八景隅田川」は「実は採菊散人の作」で「月の鏡」は「採菊散人の作だという説もあります」とし、逆に「菊模様」は「円

朝の初期の作で、評判のよかった為、明治四年に採菊散人が草双紙に綴《つづ》って公にして居ります」としている。そうした作品のやりとり自体は珍しいことではなかったにしろ、ここで清方が文体に言及していたのは注目に値する。とくに一人が「書き手」であり、いま一人が「話し手」であるならば、受け取る側が受容するのが目からか、耳からか異なり、とうぜんそれは文体にも反映されるはずだからである。ただ実情はどうあれ、これらの作品は〃落語〃として公表された。そのため冒頭から「お題を戴《いただ》きましてお話に致しました」や「外題《げだい》を置きまして申し上《あ》ぐるお話」といった、話し言葉仕様となっている。すなわち書き言葉であるのに、話し言葉の体裁をとっている点で、ここに言文一致体という文体の萌芽《ほうが》が認められる。

ほどなく、日本に定着しつつあった速記に興味を持った東京稗史出版社《とうきょうはいししゅっぱんしゃ》が、若林玵蔵《わかばやしかんぞう》に、円朝の落語の速記を依頼した。それまでも速記者の小相英太郎《こあいえいたろう》が内輪で、円朝の『真景累ヶ淵』などを書き取ってもいた。だが若林は当時の速記の第一人者で、東京稗史出版社は『怪談牡丹燈籠』を大々的に売り出すことを試みる。じつは若林は演説や談義は速記していても講談落語ははじめてのことだった。そのため、友人で同業者の酒井昇造《さかいしょうぞう》とともに、人形町《にんぎょうちょう》の末広亭《すえひろてい》に通い、円朝の許可を得て『怪談牡丹燈籠』を楽屋で速記した。結果、

一席を一回として、毎土曜日に発行したところ、円朝の「牡丹燈籠」で十分売込んであるのを話の儘《まま》に読めるということが評判になって、雑誌は非常な売行であった。（『若翁自

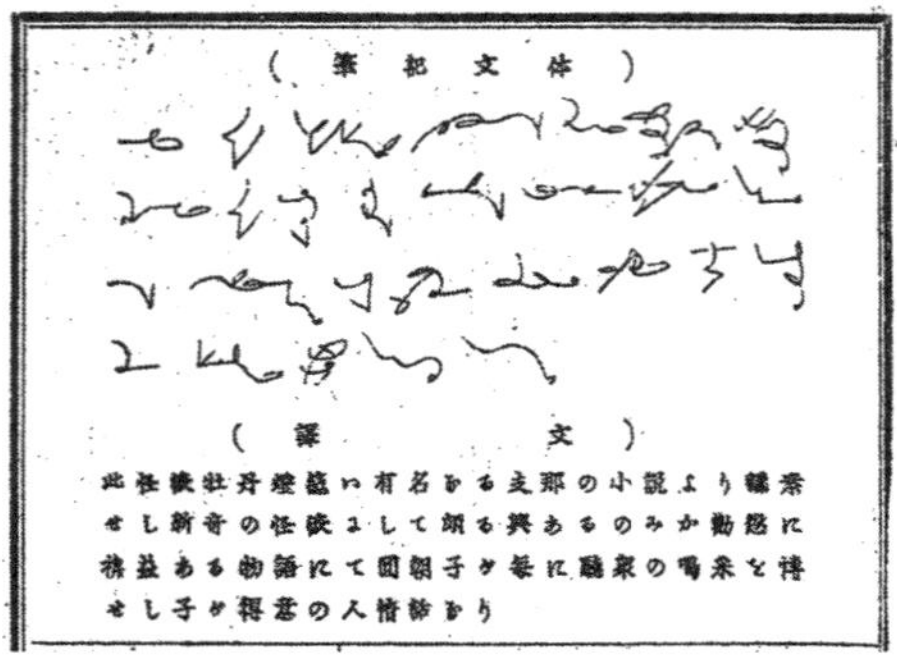


『怪談牡丹燈籠』初版の表紙裏　上段が速記の「筆記文体」で、下段が「訳文」。「此怪談牡丹燈籠は有名なる支那の小説より翻案せし新奇の怪談にして［中略］円朝子が毎に聴衆の喝采を博せし子が得意の人情話なり」とあり、速記文字も目を惹いた。『怪談牡丹燈籠』の再版には坪内逍遥も序を寄せ、「宛然（さながら）まのあたり」に情景を活写した「文の巧妙」を絶賛し、「人情の皮相を写して死したるが如き文」を書いている現今の作家たちに檄を飛ばしている（国立国会図書館蔵）

伝』若門会、大正十五年）となり、これが以後の講談速記本の嚆矢《こうし》ともなった。この冊子が表紙裏に速記文字を載せたことで、定着しはじめていた速記術と『牡丹燈籠』の宣伝は相乗効果を上げる。こうして『牡丹燈籠』はより広く知られることになった。だが円朝は全編で八十七銭の簡易な装幀に不満で、後に彼の注文通りの装幀で『塩原多助一代記』の速記本を出したときには、一円五十銭となり、十二万部という驚異的な売れ行きでも採算が取れなかったという。

## 話し言葉から読み言葉へ

当時は「話し言葉をそのまま読むこと」自体がそれほど画期的なことであった。『怪談牡丹燈籠』の速記本では「実に枕を並べて寝たよりもなお深く思い合いました。昔のものは皆こういうことに固うございました。ところが当節のお方はちょっと洒落《しゃれ》半分に［中略］『いやならいやだとはっきり云いたまえ。いやならまたほかを聞いてみよう。』と明《あ》き店《だな》か何かを捜す気になっているくらいなものでございます」や「忠義無二の孝助が覚悟を定めましたが、さてこのあとはどうなりますか」など、話し口調の文章の読みやすさが際立つ。

だが、単に話された（発話された）言葉を書き取っただけでは意味がない。同じ年によく読まれた小説に矢野龍渓《やのりゅうけい》の『経国美談《けいこくびだん》』がある。前後編があるが、後編は体調不良であった矢野に依頼された若林が、同じく速記を用いて口述筆記した。すなわち〈速記本〉であるという出版の経緯は『怪談牡丹燈籠』と同じである。だが読み物としての雰囲気はまるで違う。こちらは冒頭から「地下ノ祖先ニ愧《はじ》ルコト無キノ一事アルノミト述べ又比氏ハ兵数ニハ多寡ノ懸隔アリ［中略］ト説キシカバ巴氏モ亦《ま》タ其意見ヲ述テ曰ク」と漢語の多い漢字仮名交じり文である。前編との統一性が要される事情もあっただろうが、『牡丹燈籠』と比べれば、字面からして小難しく、いかにも読みにくい。

『経国美談』は政治小説ということもあり、内容とのバランスからも古式ゆかしい伝統的手法を維持したのであろう。他方、情報（ストーリー）の発信者が、私見や私意も交えて、話しかけるように受け手との距離を縮めているのが『怪談牡丹燈籠』である。落語が出発点であり、まさに話芸を書き取ったからこそ、たとえ直接顔は見えなくとも読者からの反応を窺おうとした双方向型のコミュニケーションは、実現しえたのである。

なお円朝の創作は先にも述べたように、実話、すなわち人々の口の端にのぼった噂話《うわさばなし》を元ネタにすることも多かった。それが高座にかけられ人々の耳に伝わり、のちに書き起こされて読み物となって読者の目にふれたのである。口から耳へ、さらに目へというスパイラルは興味ぶかい。

より簡易で、楽しく、スピード感のある読み物は、もともと音声であったものを書き起こしたからこそ実現可能となった。だがこれでは、まだ正式に〈文体〉が確立されたとはいえない。その後に新しい文体を確立させ、文学界そのものに実践的な変革をもたらしていく人物については、次に見ていくことになる。

なお明治三十二年（一八九九）、円朝は最後の高座を弟子の「スケ（応援）」として務めた。演目は『怪談牡丹燈籠』だった。円朝は翌三十三年に、進行性麻痺《まひ》兼続発性脳髄炎で没した。二代目は二十四年も経た後にようやく、初代三遊亭円右《えんう》に襲名が許されたが、円右は襲名披露をする間もなく病で没し、幻の二代目と称され、以降「円朝」は空き名跡となっている。

## ②二葉亭四迷『浮雲』——最初の近代小説が生んだ新文体

### 落語から生まれた近代小説

三遊亭円朝は、師匠からの無理難題を巧みに回避するために、創作落語を創りあげた。その円朝の影響を受け、同じく行き詰まった現状を創作によって打破した人物が二葉亭四迷である。彼が生涯に著した小説はたった三編、しかも未完の作も含まれる。翻訳はいくつも遺《のこ》し、その評価はゆるぎない。それでも彼の名が文学史に燦然《さんぜん》と刻まれるのは、やはりその創作、とりわけ写実性の高さと新しい文体の確立で成功をおさめた『浮雲《うきぐも》』（明治二十年〔一八八七〕）ゆえであろう。

『浮雲』は二葉亭の最初の小説である。また、近代小説の嚆矢ともされている。そして二葉亭はこの作品を以て日本近代文壇の先駆者的存在となり、後続の近代文学を牽引することになった。だが、この事態は彼にとって意想外の展開であった。

『浮雲』は、明治二十年から二十一年にかけて、第一編と第二編が金港堂《きんこうどう》から出版され、その後に第三編は同社の刊行する文芸誌『都の花』に四回にわたり、明治二十二年まで連載された。先にも述べたように、円朝落語と因縁浅からぬ作品であったが、同時に、二葉亭にとってもみずから発表していた文芸評論『小説総論』（明治十九年）を実践的に展開した試行錯誤の表れでもあった。

これは、坪内逍遥《つぼうちしょうよう》が『一読三歎《いちどくさんたん》　当世書生気質《とうせいしょせいかたぎ》』（明治十八年）という小説で、みずから『小説神髄《しょうせつしんずい》』（明治十八年）で展開した、小説の主眼は人情や世態風俗をありのままに模写することとした持論を具体化した経緯と似ている。むしろ二葉亭の『小説総論』自体が、逍遥の『小説神髄』をふまえてそれを補うために発表されたものであった。この点からも明らかなように、当時の二葉亭は逍遥に傾倒していた。二葉亭は逍遥に教えを乞うたときのことを以下のように回想する。

自分が始めて言文一致を書いた由来——も凄《すさ》まじいが、つまり、文章が書けないから始まったという一伍《いちぶ》一什《しじゅう》の顚末《てんまつ》さ。

もう何年ばかりになるか知らん、余程《よっぽど》前のことだ。何か一つ書いて見たいとは思ったが、元来の文章下手で皆目方角が分らぬ。そこで、坪内先生の許《ところ》へ行って、何《ど》うしたらよかろうかと話して見ると、君は円朝の落語《はなし》を知っていよう、あの円朝の落語通りに書いて見たら何うかという。

で、仰せの儘にやッて見た。所が自分は東京者であるからいう迄《まで》もなく東京弁だ。即ち東京弁の作物《さくぶつ》が一つ出来た訳だ。早速、先生の許へ持って行くと、篤《とく》と目を通して居られたが、忽《たちま》ち礑《はた》と膝を打って、これでいい、その儘でいい、生《なま》じッか直したりなんぞせぬ方がいい、とこう仰有《おっしゃ》る。

そして「円朝ばかりであるから、無論言文一致体にはなっている」ことを認識したうえで、文末を「です調」で結ぶか「だ調」にするか考え、後者に統一したという。(12)

すなわち、文章の書き方に行き詰まっていた二葉亭に逍遥がアドバイスしたことで、円朝落語の速記本のような形式の文体による『浮雲』が生まれたのである。

## 新しい文体の誕生

だがこの文体誕生の背景については少し整理しなくてはならない。先述のように、当時の話し言葉(口語)は、書き言葉(文語)とはずいぶん異なっていた。書き言葉は、現在でいう古文のようなもので、「汝《なんじ》」「いわく」や「〜なり、〜たり」といった語彙《ごい》も文末表現も古めかしく、とうぜん話し言葉のほうが読みやすい。明治に入り、読み書きする人口が増え、識字者の階層が広がるにつれ、その乖離《かいり》と不便さが痛感されるようになった。そのため、話し言葉をそのまま書き言葉とし、口語を以て文章にするという新しいスタイルが誕生した。これを言文一致体といった。

文章を話し言葉で書くこと。これは現代ではあたりまえのことだが、当時としては大胆な試みだった。表現もまだ変則的であったが、折しも勃興していた国字改良運動なども絡み、読みやすい文字が推奨されていたことも、読みやすい文体の成立を後押しした。

まず「言文一致」という言葉自体は、明治十九年(一八八六)に物集高見《もずめたかみ》が出版した書のタイトル『言文一致』(平尾鍗蔵出版)によって広く知られるようになる。物集は「文学の進歩」を「言文の一途」に求めていくべしという持論のもと、同書の冒頭で「文章は、話しのように、書かねばならぬ」ことを主張し、後半ではじっさいに古典名著の冒頭を、言文一致体に直すとどうなるか、原文との比較を実践している。

たとえば『竹取物語《たけとりものがたり》』では、

「今はむかし、たけとりの翁《おきな》といふものありけり」を、

「今では、むかし、だが、竹取の翁といふものがあつた」と直し、

『枕草子《まくらのそうし》』では、

「春は、あけぼの、やう〳〵志ろくなりゆく、やまぎは、すこしあかりて、むらさきだちたる雲の、ほそくたなびきたる」を、

「春は、曙《あけぼの》がおもしろい。それは、だん〳〵、白くなりてゆく、山ぎはが、すこし、赤くなりて、紫だちた《る〔ママ〕》雲が、細く、たなびいてあるが、おもしろい」

とするなど、シンプルな例を挙げている。

興味ぶかいのは『徒然草《つれづれぐさ》』の比較で、

「つれ〴〵なるままに、ひぐらし、硯《すずり》にむかひて、心にうつりゆく、よしなしごとを、そこはかとなく、書きつくれば、あやしうこそものぐるほしけれ」と、

「つれ〴〵なままに、ひぐらし、硯に、むかひて、心にうつりゆく、よしなしごとを、何といふことなく、書きつけをれば、あやしう、ものぐるほしい」

という対比に見えるように、直した文章も現代語訳ではないために語彙は古語のままだが、文体を変えただけで格段に読みやすくなっているのが明らかである。同書はほかにも『伊勢《いせ》物

語』や『土佐《とさ》日記』、『源氏《げんじ》物語』から『義経記《ぎけいき》』に至るまで、物語、歌集、日記、歴史物語など二十一の古典名作を比較検証している。

ついで大阪で「かなのくわい」（仮名の会）が「学問の道を容易《たやす》くし世の便利を計らんが為め総《すべ》て仮名のみにて文章を記し言文一致するの方法」の協議に入ったことが報じられ(13)、言文一致を謳った作文教科書なども出版されはじめると、「言文一致体」という表現や意識がいっそう浸透しはじめる。

## 言文一致体小説の先駆

言文一致体は、その要としてまず文末が注目される。『浮雲』は、文末が「〜だ」調となる言文一致体小説の嚆矢とされている。じつは同じ時期に、山田美妙《やまだびみょう》が『武蔵野《むさしの》』（明治二十年〔一八八七〕）をはじめとする作品で「〜です」調、尾崎紅葉が『二人女房《ににんにょうぼう》』（明治二十四年）で「〜である」調、翻訳でも若松賤子《わかまつしずこ》がバーネットの『小公子』を訳した「〜ありました、〜ませんかった」調などさまざまな文末が試され、言文一致体の文末のバリエーションも増えていった。

だが実のところ、文壇で盛んに唱えられた文章改良運動をよそに、そうした背景を意識的に分析し、試行した自覚など、二葉亭にはなかった。言文一致という文体を認識こそすれ、勢いで書いた自作に「やみらみっちゃな小説が出来しぞやと我ながら肝を潰して」と、「はしがき」で述べている。だが、充分に研究や研鑽《けんさん》を積んでいなかったからこそ、小難しい定義に囚《とら》われず、勢いで流し込んだ文体が出来上がったのである。本人には、よもや言文一致体小説の嚆矢を創作する意図などなかったであろう。だが結果的にその無意識な自然な対応が、枠にとらわれない新機軸を打ち出すことに成功したのである。

こうして、耳で受容されていた落語は、目で受容される読み物となっても、あたかも耳で聞いているような、簡便な言葉で綴られる文体の読み物へと変わっていった。余談ながら、その後に大人気娯楽へと成長する新聞小説は、多くの場合、誰か一人が朗読するのをその家族や友人など数人が集まって聴くというスタイルで広まった。それを〈耳読〉と表現することもある。後章でふれるが、それゆえに作者たちも、音読されたときのリズムや音感などに配慮した。そうして、この読みやすい言文一致体が現代にいたるまで、小説の文体の主流をなすことになった。

二葉亭が『浮雲』を言文一致体で発表したことは、日本近代文学の揺籃期《ようらんき》における画期的なできごとである。だがその前段階として、たとえば落語や講談などの物語（語り）を受けとめる器官としての耳が、物語の受容に大きな役割を果たしていたことも意識しておくべきだろう。

## 「人真似」の文章

こうして、文体そのものにはあまり留意していなかった二葉亭は、『浮雲』執筆にあたり、むしろ文章の書きぶり、文章の調子を重視していたふしがある。

一体『浮雲』の文章は殆《ほとん》ど人真似《ひとまね》なので、先《ま》ず第一回は三馬《さんば》と饗庭《あえば》さん（竹の舎《たけのや》）のと、八文字屋《はちもんじや》ものを真似てかいたのですよ、第二回はドストエフスキーと、ゴンチャロッフの筆意を模して見たのであッて、第三回は全くドストエフスキーを真似たのです、稽古する考で、色々やッて見たんですね。（「小説家の覚悟」『唾玉集《だぎょくしゅう》』『明治文学全集　第99巻　明治文学回顧録集二』筑摩書房、昭和五十五年）

すなわち、ここで日本とロシアの先人の「人真似」をすることで、文章の「稽古」をしたというのである。ロシア語の素養があった二葉亭にとって、ロシアの小説は身近なテキストであった。確かに、それぞれの回によって文章のテイストは異なった印象を与える。たとえば第一回は、

千早《ちはや》振る神無月《かみなづき》も最早《もはや》跡二日の余波《なごり》となッた二十八日の午後三時頃に神田見附《かんだみつけ》の内より塗《と》渡《わた》る蟻《あり》、散る蜘蛛《くも》の子とうようよぞよぞよ沸出《いず》て来るのは孰《いず》れも顋《おとがい》を気にし給《たま》う方々、しかし熟々《つらつら》見て篤《やけ》と点検《てんけん》すると是れにも種々《さまざま》種類のあるもので、まず髭《ひげ》から書立てれば口髭頬髯《ほおひげあご》顋の鬚《ひげ》、暴に興起《おや》した拿破崙髭《ナポレオンひげ》に狆《チン》の口めいた比斯馬克髭《ビスマルクひげ》、そのほか矮鶏髭《ちゃぼひげ》、貉《むじな》

髭《ひげ》、ありやなしやの幻の髭と濃くも淡《うす》くもいろいろ生分《はえわか》る。髭に続《つづ》いて差《ちが》いのあるのは服飾《みなり》。（第一回）

のように、読点が少ない一方で体言止めや掛詞《かけことば》、枕 詞《まくらことば》が頻出する、いかにもという戯作《げさく》調であった。これに対し、第三回は以下のようなもので、

今年の仲の夏有《ある》一夜文三《ぶんぞう》が散歩より帰ッて見れば叔母のお政は夕暮より所用あッて出た儘未だ帰宅せず下女のお鍋も入湯にでも参ッたものか是れも留守、唯《ただ》お勢《せい》の子舎《へや》に而已《のみ》光明《あかり》が射《さ》している。文三 初《はじめ》は何心なく二階の梯子段《はしごだん》を二段三段登《みだんあが》ッたが不図《ふと》立止まり何か切《しき》りに考えながら一段降りてまた立止まりまた考えてまた降りる……俄《にわ》かに気を取直して将《まさ》に再び二階へ登らんとする時 忽《たちま》ちお勢の子舎の中《うち》に声がして
「誰方《どなた》」
トいう（第三回）

とあるように、適度な句読点も打たれ、落ち着いた近代的なものとなっている。

## 絶賛された内容

じつは『浮雲』に寄せられた初期の評自体も、実験的な文体や文章よりも、作品の内容描写に注目していたふしがある。折しも、それまでのご都合主義的な江戸風の戯作を脱却し、西洋文学の影響もあって、写実的なストーリーが注目されはじめた時期である。二葉亭自身も、江戸の戯作にありがちなステレオタイプの勧善懲悪作品を「教法の提灯持」「小説めいた説教」と否定的に捉え、「小説は浮世に形《あら》われし種々雑多の現象（形）の中にて其自然の情態（意）を直接に感得するもの」[14]という主義を掲げていた。

じっさい、無名であった二葉亭が、『浮雲』の上梓《じょうし》によって小説世界に輝き出した「将星」と称賛されたのも、「心理に基き実情を写したる」内容が「面白きこと比類《たぐい》なし」[15]とされた功績によるところが大きい。そして作品評も「西洋小説の骨髄を得て日本文学の英華を新たにせし」「小説中の新小説」[16]とされ、「『浮雲』の一篇《ぺん》を草して文壇に一新局面を開創せしめた」[17]という着眼点が最大に評価されている。

結果的に、登場人物を活写し、主人公の文三の心理に丁寧に寄りそうという写実的描写が高く評価され、従来になかった作品として『浮雲』が〈最初の近代小説〉と称されるにいたったのである。

そうした意味では、二葉亭自身の意識と、文壇の評価は同じ方向を向いていたといえる。現代的な観点からいえば『浮雲』は、写実的な内容描写と共に、言文一致体で書かれた先駆性が重んじられる。ただ『浮雲』が画期的な文体を体現したとはいえ、その直後から言文一致体が広まったというわけではない。多くの作家が新しい文体を模索していた渦中でもあり、言文一致体は、この『浮雲』をはじめとする同時代のいくつかの試行的作品を起点に広がりを見せていくことになる。そして明治三十年代後半以降、自然主義文学の勃興もその定着に一役買い、徐々に浸透していった。

そして、まずは内容が高く評価され注目を浴びたことが、後にこの作品を言文一致体普及の面からも人々に記憶させた。そして、円朝の『怪談牡丹燈籠』も然《しか》りであるが、この『浮雲』が人気を博したのは、身近なテーマで人々の純粋な興味を惹いたためである。そのテーマとは、きわめてタイムリーな「リストラ」問題であった。

**【ちょっとブレイク――裸のつきあい】**

『大阪朝日新聞』の東京出張員になっていた二葉亭と、同じ『朝日』の社員であった夏目漱石は、それほど深いつきあいはなかったらしい。新入社員の漱石が『朝日』の関係者の会食の席で二葉亭と初顔合わせとなったが、あまり話す時間もなかった。ただ「品位のある紳士らしい男――文学者でもない、新聞社員でもない、又政客でも軍人でもない、あらゆる職業以外に厳然として存在する一種品位のある紳士から受くる社交的の快味」を感じたと述べている。二葉亭の落ち着いた話しぶりは、後日、湯屋の風呂上りに裸で会ったときも変わらなかったらしい。ただ、二葉亭が脳病のために体調不良であることを知った漱石は、後日これを慰めるつもりで、『其面影《そのおもかげ》』（明治三十九年〔一九〇六〕）を読んで感服した旨を書き送った。この作品は、二葉亭が『東京朝日新聞』に連載したものである。『浮雲』以来の小説の創作ということで話題を呼び、漱石自身が『朝日』ではじめての作品となる『虞美人草《ぐびじんそう》』を連載したのはそのすぐ後である。だが文士を名のることを恥じていた二葉亭の心情を知らなかった漱石は後にそれを知り「入らざる差し出た所為」であったと悔やんだという(18)。

### タイムリーなリストラ小説

『浮雲』は、功利主義社会で挫折した青年の葛藤、孤独な近代知識人の内面をリアルに描いたとされる作品である。だが、その青年に苦悩をもたらしたそもそもの原因は「免職」であった。そして、このきわめて時宜にかなったテーマが、まず人々の耳目を集めたのである。

内海《うつみ》文三という学業優秀な青年が苦学して学校を卒業する。そして青雲の志を抱いて上京し、ようやくのことで官吏の職を得た。〈官尊民卑〉の風潮が色濃い時代である。下級職ながら、官途に就いたことで文三の人生は大きく変わった。肩身の狭い下宿人であった叔母の家でも待遇が良くなり、その家の一人娘で、文三が心を寄せていた美しい従妹《いとこ》のお勢との縁談までにわかに浮上する。だが突如、文三はさしたる非もなく理由もわからないまま免職となってしまう。

いっぽう生真面目な文三とは正反対に、上司に阿《おもね》るのがうまい同僚の本田《ほんだ》は在職のままで昇進までする。本田は、友人の文三を励ますという建前で、しばしば文三の下宿を訪れる。そしてお勢にも声をかけ、彼女の気持ちをゆるがしていく。西洋かぶれで軽薄なお勢は、次第に文三よりも本田に興味を移していく。文三は、野心家の本田の本命の女性が、上役である課長の義妹であることを見抜いていた。だが口が重いためになかなかお勢にそれを切り出せず、自分の気持ちを伝えることもできない。そんなみずからにいら立ちを募らせ、本田のおためごかしの慰めに業を煮やした文三が、ついに本田の本心についてお勢に警告を与えるべく決意する、というところで話は終わっている。漢学と英学を生かじりし、「男女交際論」や「真理」をふりかざして母親や女中を「教育のないという者は仕様のないもんですネー」と見下すお勢はいかにも近代的で、やや滑稽ながら魅力的に活写され、作品に花を添える。

だが、じつはこの作品は未完であった。ストーリーのその後について、二葉亭は一応、構想を練っていたらしい。そして後年、

> 彼《あれ》は本田昇《のぼる》は一旦お勢を手にいれてから、放擲《うっちゃ》ッてしまい、課長の妹というのを女房に貰《もら》うと云う仕組でしたよ。其れで文蔵(ママ)の方では、爾《そう》なることを、掌上の紋を見るが如《ごと》く知ッていながら、奈何《どう》することも出来ずに煩悶《はんもん》して傍観してしまうと云ッたような趣向でした。(「小説家の覚悟」『唾玉集』前掲)

と述べている。

この話の発端は、そもそも文三が役所を「免職」となったことである。理由が明らかではないため、文三からは理不尽の感は否めない。だが理由が何であれ、結果的に免職されたことが寄宿先の園田家での文三の立場を失わせ、彼の意思や望みをも封じ込めてしまう。免職が人生を狂わせる、というテーマがきわめてタイムリーに受けとめられたのは、当時、じっさいに多くの人々が各地で、「さしたる理由もなく」「突然の免職」という事態に直面していたためである。

## 非職免職は流行語

じつは『浮雲』発表の数年前から、こうした動きはあった。まず、ときの伊藤博文《いとうひろぶみ》内閣が官僚制整備のために、明治十七年（一八八四）一月四日に太政官《だじょうかん》布告第三号で官吏非職条例を公布した。そして翌明治十八年には、伊藤博文がこの内閣制度発足に及んで作成した「官紀五章」も通達される。

だがじっさいには、こうした事態はその前から話題となっており、明治十年代後半から各紙にはこうした報道が多数あらわれている。『読売新聞』（明治十六年十二月二十六日）によると、明治十六年末には駅逓局《えきていきょく》でも三十人が昇等したのに対し、八十人余が免職となっている。そして明治十八年末から十九年の年始にかけては、文部省の六百五十名、農商務省の六百名をはじめ中央各省でも大規模な人員削減が行われ、減俸もはかられた。東京府でも十九年の八月には二十数名が昇進したのに対し、十五、六名が非職、六、七名が免職の憂き目にあい、明暗を分けている。すなわちこの時期の改革で多くの官吏が人員削減されており、文三のような立場の人々も少なくはなかった。

なお非職とは官吏が身分・地位はそのまま、職務だけ免ぜられることである。条例では「廃庁廃官」「疾病」「事故」などケース・バイ・ケースで、俸給は三分の一となり、その後三年間は保証されるものの（二十四年の非職条例改正まで）、食べていくことに支障が出る意味では免職と大きな隔たりはなかった。そのため、「非職」「免職」はともにこの時期の流行語となり、芸娼妓《げいしょうぎ》や役者、噺家などの間でも非職や免職という語が冗談まじりで飛び交い、酒宴で猪口《ちょこ》のまわりが悪い場合には「非職らしいからお一つ」と言って勧め、酒を切り上げて食事にする場合はお猪口を「免職」にしたといい、芸者がお茶を挽《ひ》いているときも「当時非職」、客が離れたのを「免職」、座が休業中の役者は「非職でござります」などと騒いだという。

結果的に『浮雲』が時流に乗ったのは、リアルに世相を反映していたためである。じつは二葉亭の父は福島県の租税課に勤めていた三等主税属であったが、やはり十八年に非職となっている。時期的にも二葉亭個人にとってもリアリティーを感じさせる内容であったことが、この作品に深みを与え、同時に話題性を高めたのであろう。

## 「くたばってしまえ」のペンネーム

二葉亭四迷は、本名を長谷川辰之助《はせがわたつのすけ》という。江戸時代末に今の東京の市ヶ谷《いちがや》の尾張《おわり》藩上屋敷で生まれた。ロシアの南下政策に対抗すべく、外交官を目指して東京外国語学校（現東京外国語大学）の露語部に入学した。そして政治色の濃いロシア文学になじむと、文学方面への興味を抱く。その後、『小説神髄』や『当世書生気質』を以て、文学界の旗手と見なされていた坪内逍遥の門を叩いた。

『浮雲』は先述のとおり、逍遥の助言のもと書かれた。出版にあたり逍遥は序を寄せて、内容を称賛しほとんどが二葉亭に負うものとしている。だが、逍遥も筆を入れており、二葉亭が無名であったことも手伝って、共著とはいえ初版の表紙は「坪内雄蔵《ゆうぞう》」（逍遥の本名）の名で大々

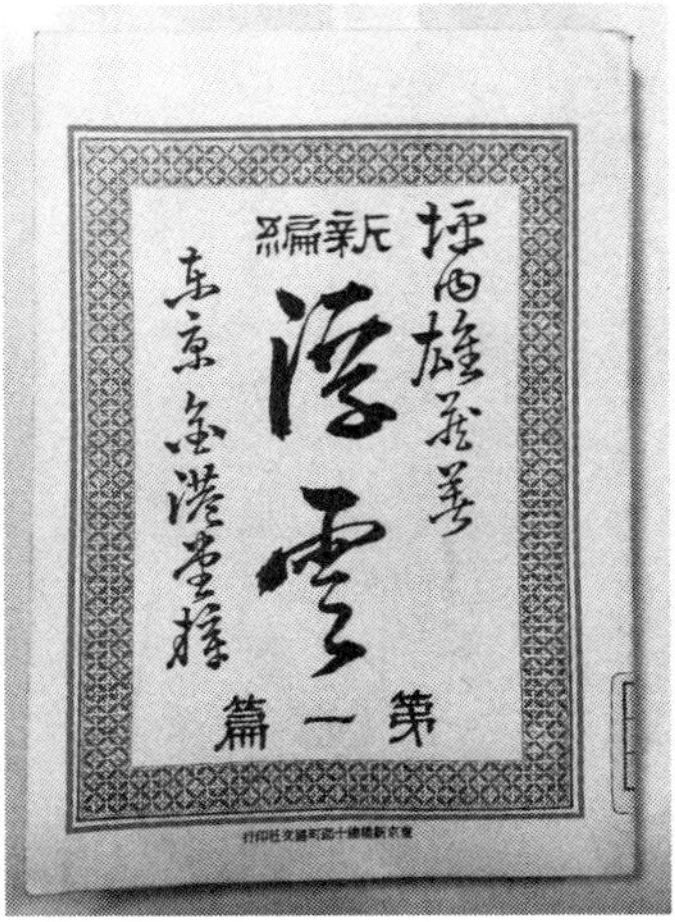


『新編　浮雲』初版　『浮雲』は当初、坪内雄蔵（逍遥）が著者としてその表紙を飾り、新聞の広告なども逍遥の名前が出ていた。そして冒頭の第１回も、逍遥を意味する号「春のや主人」と二葉亭四迷の「合作」とされている。それだけ、有名な作家の名なら本が売れたという意味なのだろう（金港堂、明治20年４月９日）

的に刷られ、逍遥は印税の半分も受け取っている。二葉亭の名は第一篇二篇ともに記されてはいるが、いずれも逍遥と「合著」「合作」とされ、表紙に二葉亭の名が記されるのはようやく三編になってからである。

二葉亭四迷といういっぷう変わったペンネームは、「くたばってしまえ」という罵言《ばげん》の当て字だという話は、広く知られている。だが作家になりたいと言った彼に、父親が浴びせた言葉だというのは俗説である。本当のところは二葉亭の、自身への想《おも》いによるものであり、その由来を二葉亭はこう述べている。

> よんどころなくも『浮雲』を作《こしら》えて金を取らなきゃならんこととなった。で、自分の理想からいえば、不埒《ふらち》な不埒な人間となって、銭を取りは取ったが、どうも自分ながら情ない、愛想の尽きた下らない人間だと熟々《つくづく》自覚する。そこで苦悶《くもん》の極、自ら放った声が、くたばって仕舞《しめ》え（二葉亭四迷）！
>
> 世間では、私の号に就ていろんな臆説を伝えているが、実際は今云った通りなんだ。いや、「仕舞《しめ》え！」と云って命令した時には、全く仕舞う時節が有るだろうと思ったね。――その解決が付けば、まずそのライフだけは収まりが付くんだから。で、私の身にとると「くたばッて仕舞え！」という事は、今でも有意味に響く。（『予が半生の懺悔《ざんげ》』『文章世界』明治四十一年六月『明治の文学　第五巻　二葉亭四迷』筑摩書房、平成十二年）

当時、彼は親のすねをかじらず「独立独行」を目指し、書くことで経済的に自立しようとしていた。だが充分な文章研究や小説研究を重ねることなくいわば売文目的で書いたところ、意外にもスラスラと筆が進み、『浮雲』が思いのほか好評であったことに、二葉亭はかえって居心地の悪さを感じるようになった。

なまじ話題性があり注目を浴びただけに、論理の破綻や未熟さの自認も手伝い、彼はこの作品を未完のまま擱筆《かくひつ》した。そして小説をその後二十年も発表しなかったというのは意外な後日談である。なお、このときまで翻訳業や、母校である東京外国語学校の教授などを経ていた二葉亭は、『大阪朝日新聞』の東京出張員となった。そして『朝日』紙上に、二十年ぶりとなる小説『其面影』（明治三十九年〔一九〇八〕）、『平凡』（明治四十年）を続けて発表するも、翌年特派員としてロシアに派遣され、帰国の船中に不帰の客となった。

### 詐欺師を自認した二葉亭

『浮雲』の大成功とは裏腹に、自信が持てなかった心情については後年、二葉亭自身が吐露している。

『浮雲』から御話するが、あの作は公平に見て多少好評であったに係らず、私は非常に卑下していた。今でも無い如く、其当時も自信というものが少しも無かった。然《しか》るに一方には正直という理想がある。芸術に対する尊敬心もある。この卑下、正直、芸術尊敬の三つのエレメントが抱和した結果はどうかと云うに、まあ、こんな事を考える様になったんだ――将来は知らず、当時の自分が文壇に立つなどは僭越《せんえつ》至極、芸術を辱《はずか》しむる所以《ゆえん》である。正直の理想にも叶《かな》って居らん……と思うものの、また一方では、同じく「正直」から出立して、親の臑《すね》を噛《かじ》っているのは不可《いかん》、独立独行、誰の恩をも被《き》ては不可、となる。すると勢い金が欲しくなる。欲しくなると小説でも書かなければならんがそいつは芸術に対して済まない。剰《あまつさ》え、最初は自分の名では出版さえ出来ずに、坪内さんの名を借りて、漸《やっ》と本屋を納得させるような有様であったから、是れ取りも直さず、利のために坪内さんをして心にもない不正な事を為《さ》せるんだ。即ち私が利用するも同然である。のみならず、読者に対してはどうかと云うに、これまた相済まぬ訳である……所謂《いわゆる》羊頭を掲げて狗肉《くにく》を売るに類する所業《しわざ》、厳しくいえば詐欺である。(『予が半生の懺悔』前掲)

ずいぶん念の入った自信喪失ぶりである。そして「卑下、正直、芸術尊敬の三つのエレメントが抱和した結果」をトリレンマとして認識していくのである。

こうした二葉亭の逡巡《しゅんじゅん》と、思いが空回りしている様子は、悩みの趣旨こそ異なるものの『浮雲』の文三の、「こう心の乱れるまでに心配するが、しかし只《ただ》心配する計《ばかり》で、事実には少しも益が無い」と同じ思考回路である。「人の心というものは同一の事を間断なく思ッていると、遂《つい》に考え草臥《くたびれ》て思弁力の弱るもの」という近代の青年ならではの煩悶は、やはり新しい時代の文体で表すのが適していたのであろう。

田山花袋は、二葉亭を「明治文壇の恩人」と呼び、(19)友人の国木田独歩《くにきだどっぽ》とともに大きな影響を受けたと述べて、早い段階で明治文壇に登場した『浮雲』を「奇蹟《きせき》以上の奇蹟」と評している。それでも戯作に慣れ親しんでいた自分がはじめて『浮雲』を、友人から読み聞かせられたときには、心理描写が奇異に響いたと語っている。それほどこの作品は斬新だったのであろう。

日本の近代文学にとって大きな変革をもたらした、この新しい文体の確立は、才能あふれる二人が、現状に苦悩しそこから抜け出すための努力を重ねたことで図らずも成り立った。あるいは他の作家たちの研究によっても、言文一致体はいつかは成立したであろう。だが、苦しい現実のなかで足掻いた彼らが、一歩を踏み出し、結果として新しい機軸がもたらされることになった。この背景には、日本の長い口承文芸の背景も関与しており、文学が「語られるもの」であったことも再認識される。言文一致体が、現代にいたる長い文学の歴史とともに成立し、現代まで恩恵を与え続けてくれている道のりをイメージさせてくれたことは円朝と二葉亭の大きな功績であっただろう。

# 第二章「女が書くこと」の換金性——痩せ世帯の大黒柱とセレブお嬢さま

元号が変わり、新札も数年のうちに発券《はっけん》されるという。現行の紙幣で、唯一女性として紙幣を飾っている樋口一葉《ひぐちいちよう》の肖像も、ほどなく引退である。だが、彼女が日本近代を代表する女流作家であることに変わりはない。早世したために彼女の作品は多くはない。しかしそのほとんどは名作として現代まで読み継がれている。

この一葉を作家として開眼させ、才を花開かせたのは、一人の先輩女性であった。彼女の名は田辺龍子《たなべたつこ》、筆名は花圃《かほ》といった。龍子の存在と活躍が一葉をふるいたたせて作家の道に進ませ、互いに友人としてもライバルとしても離れがたい存在として切磋琢磨《せっさたくま》したのである。そこには女性同士の繊細な感情が絡み合い、互いを意識するなかで成長したが、両者の環境は天と地ほども隔たっていた。

女性として近代初の小説を書いた花圃と、女性として近代初の職業作家となった一葉。二人の文学上の功績を、それぞれの実生活と明治女性としての立ち位置から浮き彫りにしていきたい。

## ①樋口一葉『十三夜』――才か色か、女性に換金しえたもの

### 書くことの換金性

五千円札が財布にあると、なるべく早くくずしてしまう、という人がいる。理由は、お札の肖像が樋口一葉だから。一葉は経済的に苦労した人だった。そのため、たとえ一葉の作品が好きでも、彼女の苦労には「あやかり」たくない、という。確かに、お金に苦労した一葉をお札の顔に、というのは皮肉な話かもしれない。だがその苦労こそが、まさに〈作家・樋口一葉〉を誕生させた原動力であった。

先章でもふれたが、江戸時代の身分制度が瓦解した明治時代、四民は平等となった。青年はみな青雲の志を抱き、出自に関わりなくステータスを得はじめる。女性たちもまた、身分地位のある男性に見初められ、必ずしも出身を問われずに、いわゆる玉の輿《こし》に乗る機会も増えた。一葉の名作『十三夜《じゅうさんや》』（明治二十八年〔一八九五〕）のヒロインもそうした女性の一人である。〈立身出世〉が大流行するなか、「男、才を以て出世し、女、色（容色の美しさ）を以て出世す」が声高に謳われるようになった。

では〈才〉と〈女〉はどう結び付いたか。その答えを模索したのが一葉である。食べるため

に追い詰められた彼女が試行錯誤の末にたどり着いたのは「書くことで食べる」ことであった。彼女は〈才〉を以て、生活の方便として職業作家という活路を見いだす。彼女が小説に指を染めたのは、余技や趣味としての手すさびのためではない。きわめて即物的な、そして差し迫った理由からだった。

だが当時は男性作家であっても、小説だけで安定収入を得ることは難しかった。多くは、教職や出版社勤務などの別業があり、新聞社の社員として創作に専念できた例などはよほど恵まれたケースである。雑誌や新聞の単発的な原稿収入を得ようとするのは不安定であり、まして女性としてはほとんど例がなかった。大胆で斬新な発想であったが、後ろ盾もない若い身空の女性としては、鋭い着眼点であったといえよう。だが、そもそもなぜ彼女はそれほどお金を必要としたのだろうか。

## 一家の大黒柱になるまで

一葉は、本名を樋口なつという。「なつ」は戸籍上では「奈津」で、「夏」あるいは「なつ子」とも表記される。なつは明治五年（一八七二）三月二十五日（新暦の五月二日）に、東京で生まれた。両親は甲斐《かい》国（現在の山梨県）山梨郡出身であったが、駆け落ちのようにして上京する。折しも幕末から明治への過渡期で、父は御家人株を買って八丁堀《はっちょうぼり》同心となる。そして幕府が瓦解すると東京府の官吏となり新政府に仕えた。そのため、なつら五人兄妹は東京で生まれ育つことになる。

なつは学業優秀であったが、明治十六年に小学高等科の四級のとき首席で学校をやめる。女子に学問は不要という母親の意向にそったためであるが、なつ本人は勉強好きであった。ひどい近眼になったのも、母の眼《め》を逃れて土蔵の薄明かりで草双紙を読みふけったためといわれたほどで、彼女自身は勉強を続けることを望む。

だが当時の小学校は明治十四年の「小学校教則綱領」の制定を受け、初等科、中等科、高等科に分かれており、高等科まで全うすれば八年の在学期間となる。そして明治三十三年に、小学校令の二回目の改正によって四年間の義務教育が定められ、その授業料無償の原則が成立するまでは、授業料は受益者負担だった。それも一因で、なつが小学校にあがった明治十年代には、女子児童の就学率は三割に届かず、男女平均しても五割未満であった。そのため、彼女は明治の平均的な家庭の女子としては、むしろ満足すべきレベルの初等教育を受けていたといえる。

そうして二年半ほど家事見習いをしつつ針仕事や常磐津《ときわづ》の稽古に励んだが、学問への意欲の衰えないなつに、父が理解を示し、ついには中島歌子《なかじまうたこ》の歌塾〈萩の舎《はぎのや》〉に入門を許される。

〈萩の舎〉は女性ばかりで千人の門下生を抱えていたが、ここでも、なつはめきめきと頭角をあらわす。このころまで、樋口家は裕福とはいえないまでも中流家庭であり、なつには渋谷三郎《しぶやさぶろう》(後に阪本《さかもと》三郎)という婚約者もあった。この人物は司法官、官僚、政治家としても活躍し、後に彼の母校でもある早稲田《わせだ》専門学校（現在の早稲田大学。三郎が在籍した当時は、東京専門学校）の校長となり、教育者としての顔も持つことになる人物である。

運命が変わったのはなつが十七歳の折で、父が借財を残して世を去った。すでに長兄を喪《うしな》い、長姉と次兄も家を出ていた。そのためなつが一家の長となり、老母と妹の三人の女世帯を継ぐことになった。当時、この立場を戸主《こしゅ》といった。今でいう世帯主だが、旧来の〈家〉制度が健在だった明治においてその権限は強く、同時に家族を扶養する義務も負う。渋谷三郎は、なつのそうした状況まで背負うことを躊躇《ちゅうちょ》し、婚約を解消する。そのため、なつは十代の若さで一家の経済を支えはじめ、二十四歳で亡くなるまで孤軍奮闘し続けることになった。

## 教員月給の半年分の稿料

なつが萩の舎に入門したのは明治十九年（一八八六）である。全盛期を迎えていた萩の舎の千人の門下生のなかには、梨本宮《なしもとのみや》妃や鍋島《なべしま》、前田《まえだ》の両侯爵夫人をはじめ、やんごとない名流夫人や名家の令嬢が多かった。なつより四歳年上で、すでに萩の舎の門下生であり、後に評論家の三宅雪嶺《みやけせつれい》の夫人となった才媛・田辺龍子もその一人である。龍子については後述するが、彼女との出会いが、なつに大きな転機をもたらす。龍子が明治二十一年に田辺花圃のペンネームで『藪《やぶ》の鶯《うぐいす》』という小説を発表したからである。

若い名門の令嬢が手がけたこの作品は大変な反響を呼び、龍子は三十三円二十銭という多額

**萩の舎塾の写真**　萩の舎の発会の記念に撮影したもの。３列目左から３人目が樋口なつ、その右隣りがなつの親友の伊東夏子。２列目左から４人目が田辺龍子（三宅花圃）で、その右隣りが師匠の中島歌子。この写真でも師に近しい位置に立っていた龍子がのちに、この歌塾の後継者となる（明治20年、鈴木真一〔二代〕撮影。写真・日本近代文学館）

の稿料を得る。当時の一円は、現代では優に一万円以上の価値がある。明治十九年の小学校教員の初任給が五円、明治二十四年の巡査の初任給は八円であったことに鑑みると、相当の高額であったことがわかる。ちなみに『藪の鶯』は日本近代史上、女性が小説で稿料を得た嚆矢となった。

なつは、この姉弟子の活躍に触発される。龍子は、萩の舎での学業上のライバルであった。だが身分地位は大きく隔たっており、勅任官と呼ばれる高等官の令嬢である龍子は恵まれたお嬢さまである。萩の舎でも同じ生徒でありながらその扱われ方には歴然たる差があった。

なつが親しかったのは、宮大工の未亡人であった田中みの子と、日本橋の大店《おおだな》の鳥問屋の娘で、裕福ではあったがやはり「無位無官」の娘であった伊東夏子《いとうなつこ》の二人である。伊東夏子は、当時の様子を「中島師匠のお弟子は、華族とか勅任というようなお歴々のお嬢さん方が多かったものでございますから、平民の私ども三人は、歌会に見えるお客様方のお膳を出したり、御酒のお酌をしたり、一緒にお手伝いをした」(1)と回顧している。

もともと上流家庭出身の学友が、多額の稿料を得てあまつさえ文名まで高くしたことは、なつにはさぞ羨ましかったことであろう。なつは知らなかったが、じっさいにはそのとき、龍子の内情もそれほど優雅なものではなかった。ただ、なつはこのできごとをより啓発的に捉えた。そしてこの翌年に父を喪い、一家の家計を支えることになったなつは、「女性が小説を書く」ことが収入を、それも成功すれば高額の収入をもたらす具体性に気づいたのである。これは、萩の舎で龍子に遜色ない実力を発揮していた彼女にとって実現可能な方法に思えた。そこでなつは小説の書き方を習いたいと願うようになる。

### 桃水に弟子入り

だがなつの師匠・中島歌子は歌人であり、小説の書き方は教えられなかった。そこでなつは、作家に弟子入りしようとする。ちょうど妹のくにが本郷《ほんごう》の裁縫伝習所で知り合った野々宮《ののみや》きく子（起久《きく》）が、半井桃水《なからいとうすい》の妹と築地《つきじ》女学校で同窓であった。その縁で紹介を受けたなつがはじめて半井家を訪れた模様は彼女の日記『若葉かげ』（明治二十四年〔一八九一〕四月十五日）に詳しい。

半井桃水は、長崎の対馬《つしま》の出身だが、このころには『東京朝日新聞』で小説欄や雑報を担当していた。当時三十二歳の桃水は最初の妻を喪って独身だったが、半井家には桃水が郷里から呼び寄せた父母弟妹に加え、妹の友人や弟子も同居していた。そんなアットホームな雰囲気のなか、桃水もまた、初対面のなつを温かく迎える。

そして、「日本の読者の眼の幼ちなる 新聞の小説といわば有ふれたる奸臣《かんしん》賊子の伝 或《あるい》は奸《かん》婦《ぷ》いん女の事跡の様の事をつづらざれば世にうれざる」苦境を包まず語り、「我は名誉の為著作するにあらず 弟妹父母に衣食させせんが故」と、新聞小説を書くことが本意ではないと託《かこ》っている。当時、新聞小説を書くことは流行作家の証《あかし》であると同時に、読者の人気で連載小説の内容が左右されるほどの重圧もあった。そのため大衆迎合的な作品を書くことが求められ、その立場が芸術至上主義の文士たちからは軽視されることもあった。

そのため多くの新聞小説家たちが、生活のために不本意ながら今の立場に甘んじている、というスタンスを標榜《ひょうぼう》していた。あるいは桃水も初対面の弟子入り志願者に体面を繕ったのかもしれない。ただその調子は決して陰気なものではなく、端整な容姿とあいまって柔和で飾らぬ人柄の桃水は、なつに少なからず好印象を与えた。桃水の幼名は泉太郎《せんたろう》といい、なつの亡き長兄と同じ名だった。また桃水の母の名は、なつの姉と同じ「ふじ」である。そうした不思議な符合も、桃水との特別の縁を感じさせたのだろう。「我れ師といわれん能はあらねど談合の相手にはいつにても成なん　遠慮なく来給え」という親身の言葉に、なつは「限りなく嬉《うれ》しきにもまず涙こぼれぬ(2)」と感激する。

こうして良き師を得たなつは、その指導を得て近世文学も勉強し、明治二十五年三月に桃水が主宰して創刊した『武蔵野』に短編『闇桜《やみざくら》』を発表し、作家としての一歩を順調に踏み出すのである。

### デビューとスキャンダル

『闇桜』は、千代《ちよ》という美しい少女が、兄妹のように隔てなく育った幼馴染《おさななじみ》の良之助《りょうのすけ》をふとしたことから想い初《そ》め、焦がれるあまりに床に就き、ついには儚《はかな》くなってしまうという話である。『蓬生日記《よもぎうにっき》』によると、なつはこの前年の十一月二十四日に桃水を尋ねて創作中の「片恋」をテーマとする創作中の作品の梗概《こうがい》を語っているが、時期的にもこの『闇桜』のことと思われる。桃水はその話を受けて「そはいとよかるべうこそ　其くだりはかくかくせばよからんここはかくせばなど」と、具体的で適切なアドバイスを与えたらしい。

筋は他愛《たわい》もないが、後の彼女の名作に連なる流麗な文体はすでに完成されている。同時代評でも、「燈ともし頃を散る恋の心いとあわれなり(3)」、あるいは桃水らの「大家名流」の作が絶賛される陰に隠れはするものの、「一葉［中略］なんど云う人々の作何れも後へは落ちず[4]」と好評で、まずまずのデビューを飾ったことが窺える。

じっさいの指導を受け、作品発表の場も与えてくれた師に、なつが全幅の信頼を寄せたのは当然であろう。ことに『武蔵野』は師を含め熱心な有志たちによって創刊されたばかりであった。同時代の人気雑誌『都の花』（金港堂発行）の倍にあたる五千部は発行したいと意気軒昂《いきけんこう》な同志に対して、なつも、万世橋《まんせいばし》のたもとで無料配布すれば五千どころか五万部はかたいと、冗談で応じたりしている。師弟にとって順調で楽しい時代であったに相違ない。

だが、作家として無事デビューし、師を信じて書くことに邁進《まいしん》しようとした矢先、思いもよらぬスキャンダルがふりかかった。師・桃水との関係が噂になったことである。

後に妹くには「あんな人は今の世には容易に見られまいと思う程、謹厳といおうか方正と云おうか、それはもうつつましやかな人でした。私等は一寸《ちょっと》悪い事をしても、姉の顔附を覗《うかが》うてビクビクしていた位です[5]」と、なつの物堅い性質を回顧する。生真面目な若いなつにとって、敬愛する師との、根も葉もない醜聞は耐えがたいものであったのだろう。結果的になつは、桃水と絶縁する。だがこれはきわめて苦しい決断だった。友人のからかいや噂をきっかけに相手を意識し距離をおくことになったものの、「唯々《ただただ》まことの兄様のような心持にていつまでもいつまでも御力にすがり度願いに御坐候[6]」と思う相手から離れることは、まさに彼女の『闇桜』のヒロイン千代の「他《あだ》し心なく兄様と親しまんにもよも憎みはし給わじ」という苦悩に重なる心境であっただろう。

## 師との別れ

当時の萩の舎では、この噂が相当喧《やかま》しかったらしい。決定打となったのは、この噂がついに中島歌子の耳にまで届き、歌子から強く忠告を受けたことである。だが事情を知らない桃水にしてみれば、なつからの絶縁の申し出は突然のことで、桃水は仰天する。だが行き違いもあって桃水からなつへの連絡も取れなくなり、師弟関係は自然消滅する。数年後、二人が再会する話は後にふれるが、桃水はこの女弟子との関係を、

私は何人に対しても、故女史とは親友であった、言得べくんば兄妹であったヨリ以上の何事もなかったと、常に明言して居たのである。(「一葉女史の日記に就て」『女学世界』明治四十五年八月一日)

と回顧し、当初から「年ごろの女が独身の男と親しく交際する事になれば、世間の批評も免かれぬ、[中略]私は樋口さんに向い、貴嬢《あなた》は私を男と見てはならぬ、私も女としては貴嬢を見ぬと約束した、以来私は樋口さんを常に同性の友として交わった(7)」と注意しており、「お互い独身であれば世間の疑惑を避ける為成るべく手紙で済む事は手紙で(8)」と、慎重な姿勢をくずさ

なかったと主張している。

そしてまた「女史の為に冤《えん》を雪《すす》ぐ」(9)ためとしてこれを公開し、伊東夏子もまた、一葉から受け取った同じ内容の手紙を「一葉さんの潔白を証拠立てるため」(10)として公表して、じっさいには桃水との間にはふつうの師弟関係以上のことは何もなかったとしている。

ただ桃水は、紹介者である野々宮きく子に、なつのことを褒めた折、もし自分が半井家を出られるなら樋口家の跡取りである彼女に、婿に「しいても貰いていただき度ものよ」などと冗談を言ったこともある、とも告白している。(11)桃水は「いわねばよかりしものを」と悔やんだようだが、これも軽口を叩いた程度のことであっただろう。

## 靄のなかの一葉

では、この「何もなかった」関係が、なぜそれほどの大事になったのであろうか。樋口一葉の名は現代もよく知られ、我々は彼女の顔立ちでさえ日常的に紙幣で見慣れている。だがその人となりについては、あまり明確なイメージがない。それは当時も同じであったらしい。親友の伊東夏子は、なつを「いくら親しくしても何だか靄《もや》のかかっているというような人」(12)と形容している。

伊東夏子は、萩の舎の朋輩《ほうばい》であった。だが夏子ら数名の親友との交流を除き、ここはなつにとってあまり居心地の良い空間ではなかった。成績優秀であったなつは入門してすぐに頭角をあらわす。ただ、他の入門者は裕福な女性ばかりである。貧しいが、学業に秀でた門下生。そんな立ち位置で、なつは少女から大人への多感な時期を過ごす。優れた成績を誇るいっぽうで、質素な身なりの「平民組」では周囲の優雅なお嬢さまたちには溶け込めない。若い女性であったなつが、自己顕示欲と過度な卑下による自己韜晦《とうかい》のあいだで、常に揺れ動いていたであろうことは想像に難くない。

同じく萩の舎で机を並べた田辺龍子は、「初めは高慢ちきでした。けれども、十七位からずっと練れましてね(13)」と、後輩となった一葉が相当変貌したとも語っている。学友に借金もし、コンプレックスに雁字搦《がんじがら》めになって、本音を明かせないことも増えたのだろう。結果的に親友にも彼女のキャラクターはつかみえなかったのかもしれない。

そんなとらえどころのなさは、桃水との関係に関してのなつ自身の言動にも認められる。たとえば伊東夏子はなつとのこんな会話を記憶している。

桃水に、小説を見てもらい初めました時、独身で好男子だから都合がよくないと、言いましたので、何か思わせぶりの事を言うかと問いましたらそんな事は一度も無いが、此間《このあいだ》嫁の申込を、断りましたよと、話したが、そんなよけいの事、わたしに言わずともいいにと、思うた（「一葉の憶《おも》ひ出」『一葉の憶ひ出』〈新修版〉日本図書センター、昭和五十九年）

すなわち桃水から求婚を受け、それを辞したというのである。田辺龍子もまた、「半井桃水となつちゃん［なつ、の意］の恋愛事件は有名なものであるが、私は、その問題が起きてからはのべつに半井桃水の話を聞かされて、なかなかうるさいことであった(14)」と語り、逆に一葉から桃水に求婚したが断られた、と聞いたという話も伝えている。

それはあるいは、姦《かしま》しい女学生世界を生き抜くための方便でもあったろうし、そこに身を置く若い女性らしい気取りや衒《てら》いもあっただろう。だが少なくとも、一葉はこのデリケートな私事について意外に饒舌《じょうぜつ》であったらしい。虚実ないまぜの雑談のうちには「嫁の申込」云々《うんぬん》といったエピソードもエスカレートし、情報もより錯綜《さくそう》していったと思われる。

後に交流のあった『文学界』の作家仲間であった戸川秋骨《とがわしゅうこつ》は、なつを「調子のいい上に話上手聞上手」な「人懐っこい方(15)」としている。人懐こいのにどこか打ち解けず、はにかみ屋なのに多弁といった、相反する傾向の気質はもともとあったのだろう。そうした彼女の言動は、多分に周囲の目を気にする女学生生活のなかで、いっそう統一感を欠き、とらえどころのない印象を与えていった。

桃水への別れの挨拶については、彼女の日記ではことさらに客観的に淡々と記されている。それゆえこの辛《つら》い場面でも、桃水に対するなつの心底を窺い知ることは難しい。だが知らぬ者はないほど広まったこの噂について、夏子から教えられるまで、なつは「人々のあてこすりもからかいも更に更に気がつき申さず(16)」というほど、のんびりしていた。気づいてからは「隙《すき》あれかし落しいれんの陥穽《かんせい》設けられし身」(8)というほど、自意識は充分に有しながらも、人からの視線には疎い面もあった。そんなところもなつの相反する一面だったのだろう。

靄がかかっているようで周囲はなつを窺いづらかった。いっぽうなつもまた、靄を通して窺う外の世界をうまく見透かせなかったのかもしれない。本心はガードして人に見せぬ代わりに、人の思惑にも疎い。だからこそ、みずからの噂がかくも広がるまで無頓着で、気づいてはじめて困惑したのであろう。固い信頼関係で結ばれていた師弟関係が、一年あまりで断ち切られたのはいかにも残念なことである。だが代わりに、田辺龍子を通じて、なつは新たな文学世界を拡げていくことになる。

**【ちょっとブレイク——泥棒と疑われた内弟子時代】**

一葉は経済的に苦しい実家を出て、中島歌子の内弟子として萩の舎に住み込んでいた時期があった。この間は代稽古も務めたが、下働きもした。歌子は、一葉を淑徳《しゅくとく》女学校の教師に斡旋《あっせん》する心づもりであった。残念ながらこの運動は実を結ばず、一葉はいっそう逼迫《ひっぱく》した家族との生活に戻ることになる。

この内弟子時代に、一葉は師匠の歌子から、弟子に分配する筆の代金が毎月二円ほど不足することで疑われていたらしい。一葉はこのとき、「貧乏だから仕方がない」となかばあきらめつつも、龍子に泣き言を並べたこともあった。ただこのころ、一葉は歌子のみならず朋輩たちからも少額ながら借金を重ねていたようで、返済しないことを不満に思っていた友人もいた。のちに、病を得た一葉が歌子に十円の無心をしたときに、歌子がそれを用立てると、一葉は不平そうに受け取ったという。色も付けずに言い値を渡した師匠に不満があったのであろうが、歌子もまた手もと不如意の時期で、着物を質入れしてつくった十円だった。歌子なりに精一杯の手を差し伸べようとしていたのであろう。

### 貧窮生活の苦労

樋口なつの愛用した文机《ふづくえ》が、日本近代文学館に遺されている。そこに正座して膝を入れていたことを思えば、そのあまりの低さに驚く。なつの身長は百四十センチ台前半と推定され、現代女性より約十センチ低い。当時の女性としては平均的であったがそれでもなお、その低い机から想像される彼女の膝の薄さは、薄幸だった彼女の人生を髣髴《ほうふつ》させる。その小さな机に向かい、彼女は名作を書き続けた。

明治時代に若い女性が、父の残した借金を抱え、母娘三人の糊口《ここう》をしのぐことがどれほどの苦労であったかは想像に難くない。先述のとおり、両親は山梨を出奔して上京したため、故郷の身内や知人には経済的に頼るすべもない。いっぽう次兄の虎之助《とらのすけ》は、分家したのもそもそも経済面で頼りないためで、ただでさえ苦労している妹のなつにまで、時おり無心する。ただ芸術家肌の虎之助は薩摩《さつま》絵付師となったため、なつはこの兄をモデルにしアドバイスも得て、薩摩焼の陶工を主人公とする『うもれ木』（明治二十五年〔一八九二〕）を発表した。

この作品は、龍子の紹介で文芸誌『都の花』に掲載され、好評を博してはじめての原稿料、十一円七十五銭を得る。龍子の『藪の鶯』の三分の一であったが、まとまった額であり、借金も一部返済している。しかし他の作品も合わせて、この一年の原稿料は三十五円で、まだまだ生活費に足りなかった。そんな家計がいかに逼迫していたかは、知人の訃報に接した折の日記からも窺い知ることができる。

**樋口なつの文机**　なつの父が買い与えたもの。なつは、夜は早くても10時前には床に就かず、針仕事をしないときには、この机に向かって図書館で借りた本を読んだり、執筆したりしていた。だが、雨の日などは一日この机に向かっていても遅々として筆が進まぬこともあり、「今日もすることなしに暮たる也」と歯がゆい思いも吐露している（写真・日本近代文学館）

是非とぶらわまほしきを香花《こうげ》の料いかにして備うべき家は只貧せまりにせまりて米のしろ（代）だに得やすからぬを［中略］きたる衣とても大方はうり尽しぬる今日この上にうしなわんはいと心くるし ともらわましきは さる事ながら明日の米にもことかくなるを人の上にかかずらうべき身にもあらず

（『蓬生日記』明治二十六年四月十九

日）

亡き人を弔いたい思いはあるものの、香典を包むことができず、それどころか明日の米にも事欠く我が身の上を嘆いてのことである。着物もほとんど「うり尽し」たというのは、じっさいその頃から、彼女が頻繁に通いはじめた本郷区菊坂町《きくざかちょう》の質屋「伊勢屋《いせや》」の質草にしたという意味であった。

この頃、なつは上野の図書館に通い、勉強に身を入れていた。そのため、じっさいには針仕事などをしていた妹のくにが大黒柱的存在であった。だがこの香典の一件がきっかけで母や妹にも不如意を責められたなつは、改めて質草の着物を売り、あるいは流し、吉原《よしわら》に近い下谷《したや》龍泉寺《りゅうせんじ》に転居すると、あらもの屋と駄菓子屋を始める。そして風呂敷を抱え、ときには一里もある遠方の神田《かんだ》まで仕入れに行き、近くの子どもや遊女相手に小銭商いに明け暮れる。また、小遣い稼ぎに、文字が書けない遊女らの手紙の代筆を引き受ける。そして手紙を認《したた》める折に漏れ聞く苦界の様子が貴重な取材源となり、名作『たけくらべ』や『にごりえ』（ともに明治二十八年）が誕生するのである。

それでも困窮生活に変わりはなく、老母や妹と悶着《もんちゃく》は絶えず、「厘毛のあらそいに寸の暇もなく火宅のやどにうごめき居候」(17)とその苦衷を述べている。結果的にこの店も十カ月で閉め、終《つい》の棲家《すみか》となる本郷区丸山福山町《まるやまふくやまちょう》（現在の文京区《ぶんきょうく》西片《にしかた》一丁目）へ移り住むことになる。

## ダルマからきたペンネーム

「我こそは　だるま大師に　成にけれ　とぶらはんにも　あしなしにして」

先述の明治二十六年（一八九三）四月十九日の日記に、この一首がある。「だるま大師」とは、インドの仏教僧で、禅宗の始祖とされた菩提達磨《ぼだいだるま》を指す。最もよく知られているのは「面壁九年」の行であろう。壁に向かって沈黙を守り九年間坐禅を組むことで悟りを開いた、とされることから、辛抱強く精進することのたとえともされる。

だが九年ものあいだ動かずに座禅を組んでいたことから、達磨大師の手足は衰えたとされ、それゆえに現代の置物や玩具として扱われる「ダルマ」の多くは、丸い形状に造型されている。「おあし（＝お金）」がない苦労を重ねていたなつは、ともに「あし」がないという意味からみずからを達磨大師に見立てて先の句を詠んだ。だが達磨大師の苦行に重ねたのはもうひとつ、なかなか筆が進まずじっと壁を眺めているだけのみずからの苦境でもあった。

達磨大師は布教活動のために、葦《あし》の小舟に乗って大河を渡ったとされ、その姿は芦葉《ろよう》達磨図のイメージで知られる。これは「渡江達磨」とも呼ばれ、達磨大師が梁《りょう》の武帝《ぶてい》との問答の後、一枚の葦の葉に乗って揚子江《ようすこう》（長江）を渡り魏《ぎ》に入ったという説話がもとにある。なつは、この葦の一葉《ひとは》の「一葉」をペンネームに定めた。このペンネームの由来には他説もあるが、なつがこれを内緒話として語った相手は、龍子であった。

## 「まことの詩人」と絶賛

こうしてなつは、龍子の世話で『都の花』や『文学界』などの雑誌に執筆の機会を得る。『文学界』の稿料はあまり高くはなかったが、同人たちは、星野天知《ほしのてんち》、戸川秋骨、島崎藤村《しまざきとうそん》ら有望な若手作家たちで、なつの交友関係は広がりを見せた。すでに創作のノウハウを心得て、独力で作品の完成度を高めていた彼女は、作品に彼女の実人生を投影する。そのため貧しく身分地位の低い人々や女性など、社会的弱者の苦悩を描く彼女の作品のリアリティーは高く評価された。

また、ほとぼりが冷めて少し行き来を再開するようになった桃水から、博文館《はくぶんかん》という大手出版社の名編集者である大橋乙羽《おおはしおとわ》を紹介される。このとき桃水と離れてちょうど二年が経《た》っていたが、この再会になつは「諸事はみな夢 この人こいしとおもうもいつまでの現《うつつ》かは」「かく斗《ばかり》したわしくなつかしき此人(18)」と、さまざまに思い乱れている。

ともあれ、乙羽夫妻はなつが明治二十九年(一八九六)に世を去るまで、公私ともに面倒を見る。彼女の文名をいっそう高めたのは、乙羽が手がけ、文芸雑誌の横綱と言われていた博文館の『文芸倶楽部《ぶんげいくらぶ》』に作品が掲載されたためである。江戸の少年少女の淡い初恋を情趣豊かに描いた名作『たけくらべ』も最初は『文学界』に連載されていた。だが大評判になったのは、その後に博文館の『文芸倶楽部』に再録されてからであることは、戸川秋骨や塩田良平《しおだりょうへい》が

「樋口一葉研究」(19)の座談会で語ったようによく知られている。この作品を読んだ森鷗外は彼女を「まことの詩人」と激賞し、幸田露伴《こうだろはん》は、この『たけくらべ』と『十三夜』を彼女の「最大傑作」と評価し(20)、まさに作家・一葉の地歩が固められたころであった。

## 玉の輿の〝功罪〟

『十三夜』には、お関《せき》という、一葉作品には珍しい裕福なヒロインが登場する。だがもともとは中流家庭の娘であったお関がその地位に「出世」しえたのは、玉の輿に乗ったためであった。女性にも、経済的自立や「立身出世」の波が押し寄せ、いっぽうで貴顕紳士が外見内面ともに社交に耐えうる妻を求めた明治時代、〈玉の輿〉は日常的に見られる光景となっていた。だが提供される物質的な豊かさは、女性たちの精神的な自立を確約するものではない。気持ちの冷めた夫との関係や婚家での辛い扱いに悩む妻たちの姿は、坪内逍遥の『細君』(明治二十二年〔一八八九〕)や、尾崎紅葉の『二人女房』(明治二十四年)、『袖時雨《そでしぐれ》』(明治二十七年)をまつまでもなく、多くの作品に描出されている。

『十三夜』のお関は、美貌を見初められ、エリート官吏である奏任官・原田の妻となった、大人しいヒロインである。両親もその「出世」を誇りにしていたが、結婚七年目のある夜、お関は幼い息子の太郎を置いてひそかに家を抜け出し、実家の戸を叩く。そして身分の違いゆえに、次第に夫に疎まれるようになった不幸な結婚生活をはじめて語り、離縁を望む。だが驚き、悲

しみつつも理にかなった父の説得に得心し、

離縁をというたも我ままで御座りました、成程太郎に別れて顔も見られぬ様にならば此世に居たとて甲斐もないものを、唯目の前の苦をのがれたとて何《ど》うなる物で御座んしょう、ほんに私さえ死んだ気にならば三方四方波風たたず、兎《と》もあれ彼《あ》の子も両親の手で育てられまするに、つまらぬ事を思い寄まして、貴君《あなた》にまで嫌やな事をお聞かせ申ました、今宵《こよい》限り関はなくなって魂一つが彼《あ》の子の身を守るのと思いますれば良人《おっと》のつらく当る位百年も辛棒出来そうな事、よく御言葉も合点が行きました、もう此様《こん》な事は御聞かせ申ませぬほどに心配をして下さりますな

と涙ながらに語ると、父親が呼んできた人力車に乗って帰途につく。だが折しも十三夜の明るい月影で、その車夫の顔が見え、かつて淡い想いながらお関と相思相愛の仲であった幼馴染のタバコ屋の息子、録之助《ろくのすけ》であることがわかる。

ストーリーの後半、お関は車を降りて録之助と並んで歩きつつ、すっかり落ちぶれた録之助の身の上話に耳を傾ける。ここで彼女はふとわが身を省み、

烟草《たばこ》（屋）の録さんにはと思えど夫《そ》れはほんの子供ごころ、先方《さき》からも口へ出して言うた

事はなし、此方《こちら》は猶《なお》さら、これは取とまらぬ夢の様な恋なるを、思い切って仕舞え、思い切って仕舞え、あきらめて仕舞《しまお》うと心を定めて、今の原田へ嫁入りの事には成ったれど、其際までも涙がこぼれて忘れかねた人、私が思うほどは此人も思うて、夫《そ》れ故《ゆえ》の身の破滅かも知れぬ物を、我が此様な丸髷《まるまげ》［当時の既婚婦人のヘアスタイル］などに、取済《とりすま》したる様な姿をいかばかり面《つら》にくく思われるであろう、夢さらそうした楽《たの》しらしい身ではなけれども

と、茫然《ぼうぜん》とする。そして夢のごとき儚いこの偶然の出会いによって互いに憂世《うきよ》に思いを馳《は》せつつ、二人は別れていくという結末である。

『十三夜』の最大の特徴は、一見、夫からの辛い仕打ちに悩む〈被害者〉のお関が、思いがけずもかつての想い人である録之助に再会し、彼が自分への失恋の反動で放蕩《ほうとう》し身代をつぶしたことを知ることにある。そうした意味で彼女は、自身も録之助を零落させた〈加害者〉である不条理に気づく。当時は、「飛乗《とびのり》」と言われた流しの人力車が東京に一万台近くあった。録之助の車に、文字どおり万分の一の確率で乗り合わせ、なおかつ十三夜という明るい月夜であったからこそ、お関と録之助の再会が叶う。その偶発性の高さが両者の想いの強さに響いてくる。

### 作家・一葉の個性

樋口一葉は結核を病み、二十四歳の若さで世を去った。『十三夜』をはじめその作品の多く

は、早世する直前までの一年あまりに書かれたもので、この時期は一葉の〈奇跡の十四カ月〉と称される。一葉は経済的に困窮する生活と、限りの見えてきた命とに追い立てられるように筆を走らせた。『十三夜』で、「千度《ちたび》も百度《ももたび》も考え直して、二年も三年も泣尽《なきつく》して今日という今日どうでも離縁を貰うて頂こうと決心の臍《ほぞ》をかためました」と両親に切り出し、録之助を「誰《だ》れも憂き世に一人と思うて下さるな」と慰めるお関と、「お別れ申すが惜しいと言っても是が夢ならば仕方のない事」と諦観する録之助とは、ともに一葉自身に通じるものがある。

経済的に追い詰められたことで筆を執り、ひいては精神的に追い詰められた生活が、一葉の命を削ったのであろう。だがいっぽうで、貧しいなかで家族を扶養せねばならない若い女性という、逃れようのない社会的弱者としての立場こそが、一葉の作品に個性を与えた。

一葉の強みは、こうした弱者としてのネットワークを活《い》かせたことにあろう。それはとりわけ、遊女や駄菓子を買いに来る子どもたちとのじっさいのふれ合いである。みずからが名もない貧しい家庭で苦労していたからこそ、男性というだけで環境的に恵まれていた同時代の男性作家や、父兄や夫に庇護《ひご》されて優雅に活動できた女流文人とは一線を画し、苦界の女性たちやその周辺の人々の苦悩を間近に見ることができたのである。それを写す作品にあふれる真実味は、小説でありながら歴史的資料としての価値も提供する。

陽のあたる側を歩く多くの作家たちには成しえなかったそうした作品描写こそが、作家・樋口一葉の存在意義であり、実人生での幸の薄さが、作家としての幸福をもたらしたといえよう。

**【ちょっとブレイク――虚像のルックス】**

一葉は、学校の教科書や五千円札にある肖像を見る限り、大人しそうな美しい女性である。だが「一葉を美人に撮っている写真は、あれは職業写真屋のめちゃくちゃな修整の結果でね」と早くから勝本清一郎《かつもとせいいちろう》が語っており(21)、一葉は不美人ではないが、『文学界』の青年文士たちがイギリスの女流作家になぞらえ、「ブロンテ」と呼んでいたように「色浅黒く、髪は薄く少し赤味がかって(22)」猫背の近眼のほっそりした女性であったらしい。

桃水は一葉の印象を「普通よりも物優しい憫《あわれ》れッぽい謹慎の深い、恥かしがりの苦労性で、到底恋愛というような事を思立つ程の余裕もなく、孰《どち》らかと言えば偏屈な年に比べては四五十も心の老た婦人(23)」と語っている。また一葉ととくに親しかった馬場孤蝶《ばばこちょう》が「艶は無い、如何《いか》にもクスんだ所のある人で」「何処《どこ》と無く女離れが為《し》て居る」「男が恋うること無しに親しく交わり得られる婦人の一人(24)」と彼女を形容し、そのほかの一葉周辺の男性作家たちも同様のニュアンスで、彼女を捉えていたらしい。

なお、その漠然としたイメージこそが、周囲の創作意欲をかき立てた。たとえば泉鏡花の『薄紅梅《うすこうばい》』に登場する、湯呑《ゆのみ》でいっぱいひっかける伝法《でんぽう》肌の姉御のような一葉像を誕生させたともいえよう。

## ②田辺花圃『藪の鶯』——セレブお嬢さまの自画像

### セレブ一家の裏事情

作家・樋口一葉は、この女性なくしては誕生しなかったかもしれない。それが先にも述べた、萩の舎の先輩、田辺龍子である。現代ではあまり知られていないが、同時代には樋口一葉以上に名高い歌人・作家で、一葉に筆を執らせた直接のきっかけを作った人物である。明治元年十二月（一八六九年二月）に生まれ、名家の令嬢から名流の夫人となり、生涯のほとんどを江戸東京で過ごした。父は元老院議官であった田辺太一《たいち》である。蓮舟《れんしゅう》の号で幕末五舟の一人に数えられ、外交官として欧米や中国に何度も渡った。自身が、若いころに甲府の徽典館《きてんかん》（昌平坂《しょうへいざか》学問所の分校的性格を有した学校で、山梨大学の前身）の教授を務めた経験もあり、娘の龍子には高い教育を受けさせた。それは同時代の高等官の令嬢たちに比しても最高レベルの教育であった。

龍子自身も優秀で、和歌をよくし洋学にも通じて、進歩的な生活を営んでいた。画を学んだのは、近年再評価されている河鍋《かわなべ》暁斎《きょうさい》である。また洋装で男子学生らとも快活に交流し、絵に描いたような近代生活を送るお姫様でもあった。折しも鹿鳴館《ろくめいかん》華やかなりし時代である。明治十六年の落成から同二十年までの最盛期に、この場所に集まった龍子は、鹿鳴館の花とも称されている。

だが太一は、「磊落跌宕物《らいらくてっとう》に拘《かか》わらぬ性質《たち》で、江戸ッ子肌だけに学者に似気《にげ》なき行為《やりかた》をする」[25]タイプで、同僚で友人の榎本武揚《えのもとたけあき》に俸給の受け取りを頼まれて快諾したが、受け取るとそのまま柳橋《やなぎばし》の芸者遊びで使ってしまったというエピソードもそれを物語る。

こうした太一の散財のせいで、さしもの田辺家も傾き、じっさいの内情は苦しかったらしい。太一が亡くなるのは大正に入ってからだが、後には借金しか残らなかった。ただ、住み込みの書生や執事もいたために、一見、派手な生活を営んでいるように見えていた。じっさい、一葉

『文芸倶楽部　第12編　臨時増刊　閨秀小説』　樋口なつ（左下）、田辺龍子をはじめ、同時代を代表する女流作家の作品ばかりを集めた女性作家特集号。巻頭に、執筆者たちを紹介する意図で、それぞれの肖像や墨痕麗しい書軸の写真を掲載している。一葉が写真を掲載したのに対し、龍子は書を寄せたのも対照的で面白い。田沢稲舟もこの号に『しろばら』を載せて、世に認められた。なお、右上は、鷗外の妹で歌人の小金井喜美子、左上は、翻訳家で巌本善治の妻の若松賤子

なども龍子の家の台所事情には気づかなかったようである。だが龍子は後にこう語っている。

私の家は、一葉女史（夏子）が何かにつけて縋《すが》ろうという窮迫時代に、こちらも矢張《やは》り貧乏で、毎日夜も昼も二三十人の高利貸が攻めかけて来た。そして、執達吏が毎日のようにやって来て、案内もなく家《うち》へ上り、部屋中をかきまわして、声高かに罵ったりしている頃であった。（帆刈芳之助《ほかりよしのすけ》『貧乏を征服した人々』泰文館、昭和十四年）

そしてある取り込み中、一葉が泣き言を言いに来たのを家にもあげずに帰し、入れ違いに執達吏が押しかけて来たこともあったらしく「こんな風にツンケンされて、腹も立てていたことと思う」として、一葉との仲が悪いと世間で思われる一端が「私の実家が貧乏だった事から起きた話」としている。

当代の清少納言

いっぽうこの龍子について、一葉が絶賛しているくだりがある。

風彩容姿清と洒をかね給えるうえに学は和漢洋のミつに渡りて今昔《いまむか》しのおしえの道あきらにさとり給い書は我師の君いつの高弟にてあいよりあおしと師はの給えり（「筆すさび一」

『樋口一葉全集　第三巻（下）』筑摩書房、昭和五十三年）

そして和歌、文章、小説、紀行の秀逸さにも余すところなくふれたうえで、奢《おご》らずユーモアも解する性格にも言及し「当時の清少納言《せいしょうなごん》と心のうちにはおもいぬ」とまでほめそやしている。ここでは、一葉は萩の舎のほかの女性たちの人物評も書き連ね、あたかも『紫式部日記《むらさきしきぶ》』で、式部が同僚の女房たちの人物を批評したのと同じ体をとっている。ただ、式部とは異なり、このなかでは誰のことも好意的に評し、親友の伊東夏子に至っては「書はすがたに似てやわらかに哥《うた》はとどこおる所なくして故人の跡をふまず実景をよみ給うになん及ぶ人なかりき」とまで、高く評している。

ともあれ名門に生まれた龍子は、萩の舎に続いて跡見花蹊《あとみかけい》の花蹊塾《かけいじゅく》、現在の女子学院の前身である桜井《さくらい》女学校、明治女学校などの名門に学んだ後、お茶ノ水の高等女学校専修科に入学する。そして専修科に在学中の明治二十一年（一八八八）、田辺花圃という筆名で『藪の鶯』という小説を発表した。先にもふれたが、この作品は大変な話題を呼んで三十三円二十銭という多額の稿料を龍子にもたらした。この一件が一葉を瞠目《どうもく》させ、一葉を小説家へと導くきっかけとなった。『藪の鶯』は、女性が稿料を得た、初の近代小説となった。ではなぜ龍子は、当時の女性として先例のない小説の発表にいたったのであろうか。

【ちょっとブレイク――ライバルへの相矛盾する感情】

一葉は、田辺龍子の才能や人となりをほめそやすこともあれば、悪《あ》しざまにけなすこともあった。たとえば「おもて清くしてうらにけがれをかくす龍子などのにくいやしきに」(26)というのは、師匠の中島歌子が、歌塾・萩の舎を龍子に継がせようとしていることを知ったときの日記である。だが龍子の、一葉への評価も手厳しいときと柔らかいときがあり、互いにその感情には複雑なものが絡み合っていたのであろう。

それでも「後世にも残るべきもの御著しあり、当代の紫式部とも清少納言とももてはやされ給わん事に御坐候。……わたくしは一番君におもきをおき居候に御坐候。［中略］一生懸命に御成遊して、御心を高潔に、おもいをこらし給いて、よの中の女というものの名誉をも御起し被下度《くだされたく》し」(27)という龍子の書簡によれば、両者が互いに清少納言や紫式部を意識し、自分たちの二人の実力や関係性を両者になぞらえていたのであろう。学友時代からの競争意識と共に、後には文壇で活躍する女性としての同志意識も芽生えていたのだろう。

### 「戯れ」の収入で一周忌法要

結論からいえば、龍子が執筆に指を染めたのはやはり「お金のため」であった。明治十九年(一八八六)、三井《みつい》物産ロンドン支店長を務めていた龍子の兄の次郎一《じろいち》が、病を得て帰国の途次に地中海で客死した。だがその頃の田辺家では、太一の破天荒な浪費がたたり、その一周忌法要の費用さえ捻出できないほどであった。そうした折、龍子は、父のもとに出入りしていた坪内逍遥が発表した『一読三歎　当世書生気質』を知る。たまたま風邪で病床にあった龍子に、家人が持ち来たったものだった。龍子は一読し、これならみずからも書けると思い、じっさいに筆を執ると一気に書き上げた。それが『藪の鶯』である。そのため、『藪の鶯』は内容的にも『書生気質』の女性版という趣が濃い。

龍子は自序に、これを「戯れ」に書いたと記している。だが田辺家に出入りしており、この作品に目を通した逍遥は、少し手を加えて出版することを促す。太一の友人である元高等官の中根淑《なかねきよし》が、大手出版社金港堂の総支配人であったことも幸運であった。話は着々と進み、序はジャーナリストで作家の福地源一郎《ふくちげんいちろう》と坪内逍遥が、跋《ばつ》は中島歌子が記すという豪華な布陣がバックアップして出版することになった。

何より、龍子自身や周辺の女学生、父の太一のもとに出入りする書生らをモデルに今を時めく欧化主義に生きる若い男女とその交流を描いた等身大の小説である。裕福な知識階級の若者たちの最先端の生活が活写されたストーリーと、名家の令嬢自身が作者であるという背景も話題性充分で、たちまち大評判となった。

この作品は、「年齢二十に足らぬ娘子なるが、夙《つと》に才女の聞えありて」「近世に類なき最も珍しき著作」を著したという大々的広告のもと、出版と同時に新聞記者や編集者に絶賛され、翌年には再版されるというほどの人気ぶりとなった。結果、翌年彼女がお茶ノ水の高等女学校を卒業する折には皇后の行啓があり、『藪の鶯』の作者ということで目通りを許され、龍子に感激の涙を流させている。じっさい、少し後になるが明治三十四年には彼女の作品『もとのしづく』も、跡見の同窓であった閑院宮《かんいんのみや》妃を経て皇后にも供覧に入れている。当時としては相当の栄誉であった。なお、田辺家はこの『藪の鶯』の稿料で、無事に龍子の兄の法要をすませることができた。

## お嬢さまの等身大小説

『藪の鶯』は、龍子がみずからを含む、身近な人々をモデルにして書いた小説である。そのため、ストーリーはごくシンプルで、登場人物も限られている。以下に、あらすじを簡単に述べる。

篠原子爵令嬢の浜子《はまこ》は、篠原家の養子で婚約者でもある洋行帰りの勤《つとむ》をよそに、美男の官員の山中を慕う。浜子は父の影響で日頃より洋装をし何かにつけて西洋風を好むが、勤はそうした浜子の派手なふるまいが気に染まない。子爵が病死すると、勤は家督と爵位のみ相続し、財産はすべて浜子に持たせて山中と婚姻させる。だが山中は芸者上りで下宿先の未亡人であるお貞と関係しており、二人で謀って浜子の財産を横領して駆け落ちする。捨てられた浜子は、今までの地に足のつかないふるまいを後悔してクリスチャンになる。

勤の友人であり大学で教鞭《きょうべん》を執る宮崎は、奏任官の娘で、しとやかな才色兼備の服部浪子と結婚する。いっぽう勤は宮崎家の店子で、両親を喪い貧しく内職しながら生計を立てて弟に教育を受けさせている松島秀に惹かれ、紅葉館で華燭《かしょく》の式をあげる。その後、秀の弟は大学で工学を修めて、名を挙げ、宮崎の妹と婚姻する。宮崎や勤の友人であり、大学で化学を教えている斎藤には、宮崎の妹や浪子と女学校で机を並べていた妹がおり、彼女は優秀な成績で師範学校を出て、やはり同窓の相沢品子とともに独身で教育者となる、という結末である。

秀が和歌を学んだ師が下田歌子《しもだうたこ》であり、篠原子爵の主治医の一人がベルッ医師であるなど、同時代の高名な実在人物が登場するところも話題を呼んだ。またいかにも同時代的な流行の風俗を活写し、若い男性たち（斎藤と宮崎）には、

斎「官員といえば山中はどうしたろう。此節は役所のはぶりがいいとかで。等も進んだそうだ。仕方のない男だが。あんなのが人気にあうのサ。まア僕等の学術上で分析すれば。ゴマカシュム百分の七十に。オペッカリュム百分の三十という人物だ。アハハハハ。

宮「あれでかれこれ御同前の三分の二位月給をとるのだから。官員は名誉にも何にもならない。

と冗談まじりに本音を語らせ、女学生（服部と相沢と宮崎）には、

服「ですけれども。大変に御体には御毒ですネー。女生徒は男生徒より大気でないせえか。あんまりなまけませんてネ。ですからそんなに勉強を勧めてさせないでも。自分自身に相応に勉強して行《いき》ますとサ。でも此頃は大変に女に学問をさせるのが一問題でござりますと。あんまり相沢さんのように。過度に勉強遊ばすと精神がよわって。よわい子が出来るそうです。

相「アラいやナこったワ。だれが御嫁なんかに行《いく》もんか。

宮「あんなことをおっしゃるヨ。先生になっても御嫁に行方《いく》がいいって。

相「ナニ先生になれば男なんかにひざを屈して。仕うまつッてはいないわネー。

服「ですからこの頃は学者たちが。女には学問をさせないで。皆な無学文盲にしてしまった方がよかろうという説がありますとサ。少し女は学問があると先生になり。殿様は持ぬといいますから。人民が繁殖しませんから。愛国心がないのですとサ。


と、赤裸々なガールズトークを展開させる。なかには、上記の女学生の雑談にあるような現代からは想像もしえないような知識も披露されるが、当時としては最先端学問を修めた若人たちの考えが忌憚《きたん》なく披露されている点も魅力的である。軽妙な会話には新味があり、独特のユーモアがエスプリも感じさせるのである。

## 同時代の評価

この作品には、龍子や同じ階級の人々の生活が細部にわたって投影され、リアリティーを感じさせる。一葉と同じく自身の生活が投影されるが、ただ、その趣はまるで異なっていて、やや皮相的で上滑りの感がある。

世人が絶賛したこの『藪の鶯』を、早い段階で最も丁寧に、分析的に論じたのが評論家の石橋《いしばし》忍月《にんげつ》であろう。忍月は、世間でもてはやされているこの作品に対してあえて「悪《にく》まれ役」にまわり「真正の批評」を試みる。そして、

・主人公の不在
・境遇変転（peripeteia）がないこと
・人物が書き分けられていないこと
・会話の一人称や語尾が統一されていないこと

などの点を不服としている。

だがそれらも、「著者の優美流暢《りゅうちょう》なる才筆に敬服し併せて著者に対して多数の希望を有すれば」(28)こその酷評とし、会話や場面の優れた描写については高く評価して、彼女の今後に期待を寄せる。

確かに『藪の鶯』は冒頭から、洋装の若い男女が舞踏する鹿鳴館の新年宴会の場という華や

かさである。多くの一般読者が上流階級の、しかも最新の教養を身につけている若人たちの生態に、興味を抱いたであろうことは想像に難くない。それらの読者たちは、作中の世態風俗の描写に満足したであろう。

ただ忍月も指摘するとおり、ストーリーラインは定まっておらず、数名の若い男女の、それぞれの日常の一場面を切り取り、つなげていく手法である。龍子が、井原西鶴《いはらさいかく》をはじめとする江戸戯作にも通じていたゆえか、『浮世風呂《うきよぶろ》』『浮世床《うきよどこ》』のようなポップでリズミカルな感覚で世相を反映しているところも感じ取れる。

そして、多くはない登場人物のほぼ全員が身内や知人友人であり、小さな世界として独立しているなかで、勧善懲悪の色合いが濃い。じっさい次々に場面が入れ替わり、それぞれの登場人物の関係が進んでいくなかにおいては、必然的にそれぞれの人格や心理などの掘り下げは浅くなる。そしてそれぞれが婚姻や就職などの道に進むうちに、結婚詐欺事件という小さな山場を迎えるも、ストーリーはあっけなく結末を迎える。そこには一葉作品のような登場人物の深い情感や、流れるようなストーリー構成は認められない。

そのため、文学作品としては現代まで読み継がれるものではなかったのだろう。しかし江戸と明治、和と洋、官と民、青年と女学生、といった対照は明快で、当時におけるそれぞれの認識や捉えられ方には鋭い観察が活かされている。そうした意味で、『藪の鶯』は過渡期の日本の縮図を見いだすことのできる、確かな価値を有した作品であったといえよう。

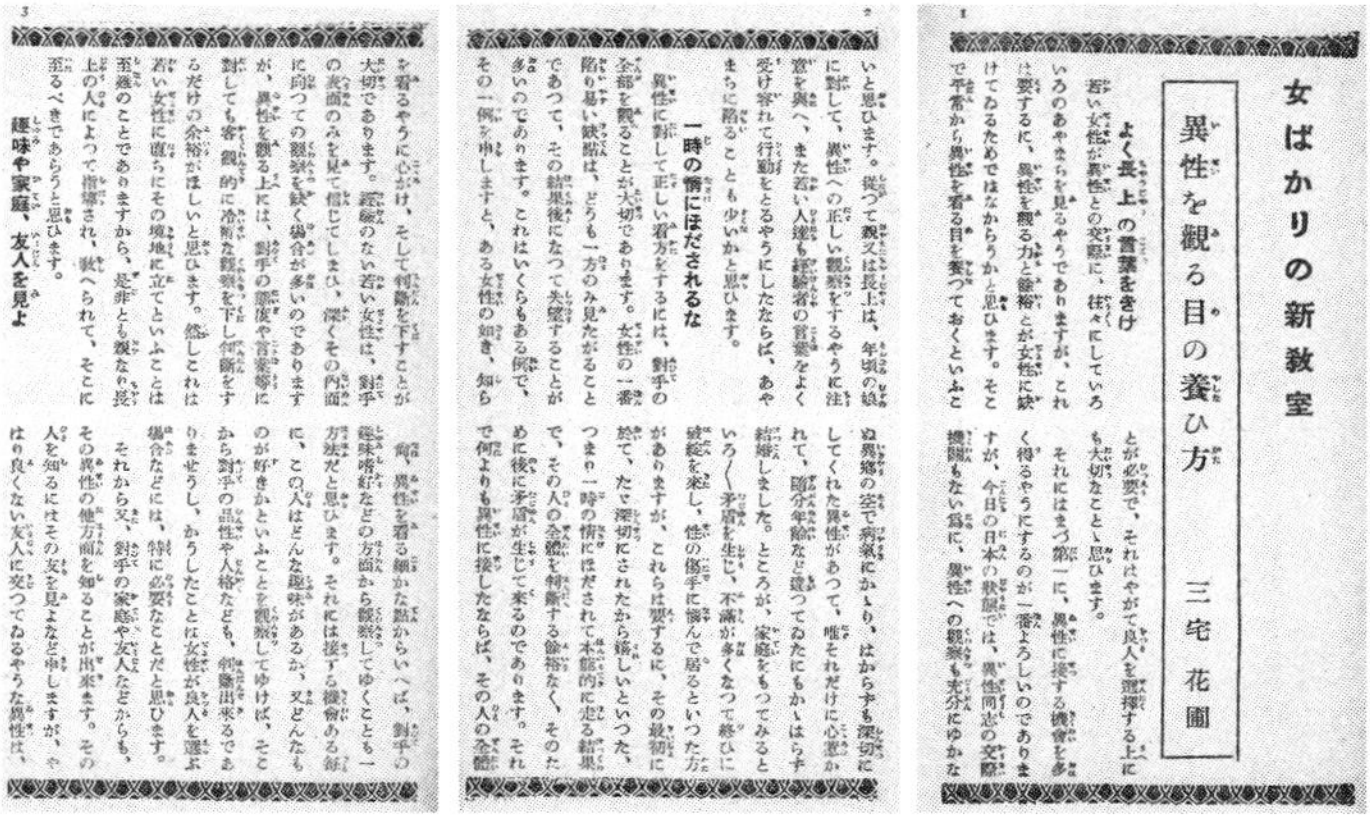

女ばかりの新教室

異性を觀る目の養ひ方　三宅花圃

**よく長上の言葉をきけ**

若い女性が異性との交際に、往々にしていろいろのあやまちを見るやうでありますが、これは要するに、異性を觀る力と餘裕とが女性に缺けてゐるためではなからうかと思ひます。そこで平常から異性を看る目を養つておくといふことが必要で、それはやがて良人を選擇する上にも大切なことゝ思ひます。

それにはまづ第一に、異性に接する機會を多く得るやうにするのが一番よろしいのでありますが、今日の日本の狀態では、異性同志の交際機關もない爲に、異性への觀察も充分にゆかないと思ひます。從つて親又は長上は、年頃の娘に對して、異性への正しい觀察をするやうに注意を與へ、また若い人達も經驗者の言葉をよく受け容れて行動をとるやうにしたならば、あやまちに陷ることも少いかと思ひます。

**一時の情にほだされるな**

異性に對して正しい看方をするには、對手の全部を觀ることが大切であります。女性の一番陷り易い缺點は、どうも一方のみ見たがることであつて、その結果後になつて失望することが多いのであります。これはいくらもある例で、その一例を申しますと、ある女性の如き、知らぬ異郷の空で病氣にかゝり、はからずも深切にしてくれた異性があつて、唯それだけに心惹かれて、隨分年齡など違つてゐたにもかゝはらず結婚しました。ところが、家庭をもつてみるといろいろ矛盾を生じ、不滿が多くなつて終ひに破綻を來し、性の傷手に惱んで居るといつた方がありますが、これらは要するに、その最初に於て、たゞ深切にされたから嬉しいといつた、つまり一時の情にほだされて本能的に走る結果で、その人の全體を判斷する餘裕なく、そのために後に矛盾が生じて來るのであります。それで何よりも異性に接したならば、その人の全體を看るやうに心がけ、そして判斷を下すことが大切であります。經驗のない若い女性は、對手の表面のみを見て信じてしまひ、深くその內面に向つての觀察を缺く場合が多いのでありますが、異性を觀る上には、對手の態度や言葉等に對しても客觀的に冷靜な觀察を下し判斷をするだけの余裕がほしいと思ひます。然しこれは若い女性に直ちにその境地に立てといふことは至難のことでありますから、是非とも經驗ある目上の人によつて指導され、敎へられて、そこに至るべきであらうと思ひます。

**趣味や家庭、友人を見よ**

第一、異性を看る細かな點からいへば、對手の趣味嗜好などの方面から觀察してゆくことも一方法だと思ひます。それには接する機會ある每に、この人はどんな趣味があるか、又どんなものが好きかといふことを觀察してゆけば、そこから對手の品性や人格なども、判斷出來るでありませうし、かうしたことは女性が良人を選ぶ場合などには、特に必要なことだと思ひます。

それから又、對手の家庭や友人などからも、その異性の他方面を知ることが出來ます。その人を知るにはその友を見よなど申しますが、やはり良くない友人に交つてゐるやうな異性は、

**『女ばかりの新教室』**　大正９年創刊で、四大婦人雑誌に数えられた『婦人倶楽部』は、「女のよろこび 妻のしあわせ」がキャッチコピーの、良妻賢母を目指す雑誌であった。三宅花圃はこの雑誌の附録で巻頭エッセイ「異性を観る目の養ひ方」を飾っている。当時としては先進的な考えで、読者の女性たちに精神的な独立を促すものだった。後年は小説家よりもエッセイストとして活躍した花圃の活動の一端がうかがえる（『婦人倶楽部』附録、大日本雄弁会講談社、昭和２年）

### 「小説家」として〈十六名媛〉に

現在、田辺龍子の名は、三宅花圃の名を以てわずかに一葉との関連で知られる程度である。じっさい、一葉が桃水主宰の『武蔵野』という媒体を失ったとき、『都の花』や『文学界』といった文芸誌を斡旋したのは、龍子である。とりわけ稿料の高かった、金港堂の雑誌『都の花』は、一葉の生活を大いに救った。この紹介は父親が金港堂の総支配人と友人であり、自身も『藪の鶯』を同社からヒットさせた龍子にしかできないことであった。

龍子は、小説は十一編ほど残したものの『藪の鶯』以上に知られた作

品はなく、それよりは歌人や、婦人問題に興味を持ったエッセイストとして活躍した。その活動には、哲学者、評論家として高名であった三宅雪嶺の夫人としての横顔が効いている。

有名女流作家の友人か、明治を代表するオピニオンリーダーの妻か。どちらにしろ、そうした背景を削《そ》ぎ落とした一個人として龍子が認識されることは現代ではほとんどない。だが、当時は彼女自身の名はよく知れ渡っていた。じっさい『読売新聞』が実施した「十六名媛」というアンケートの「小説家」枠のトップに選ばれており、女性作家としては最も知名度が高い一人と認識されていたことになる。

このアンケートは、『読売新聞』が「非凡なる才」ある府下の女性をそれぞれ十六の部門で選ぶために企画したものである。同紙はこれを世間に知らしめる狙いで、一般から投票を募り、アンケートを実施した。期間は明治二十五年（一八九二）の三月一日から二週間。短期間であったが、三千あまりの回答が寄せられ、その注目の高さを物語った。

「和文家」、「教育家」、「洋学家」に始まり、面白いことに最後は「美貌家」で締めくくられ、いずれの部門も上位三人が発表された。龍子はこの「小説家」部門で三百四十二点を獲得し、堂々の一位に輝いた。『藪の鶯』の影響であろうが、この作品が発表から四年を経て、なお人々に鮮烈な印象を残していたということであろう。

龍子が三宅雪嶺と結婚したのはこの年の五月のことである。そのためまだ「田辺太一令嬢」という「肩書」であった。これは「小説家」部門に限らず、校主、院長、教授などじっさいの職名や身分を有する女性以外、名の挙がった女性のほとんどは、○○夫人、令嬢、令妹など、名士の身内であることが記されている。一葉は、まだ『闇桜』がかろうじて世に出たころで、その活躍時期には早すぎた。だがたとえもう少し後でも、「肩書」を持たなかった一葉が選に入るには、やはり不利な時代であったかもしれない。

ただ、一葉が、孤軍奮闘の困窮生活を強みとしたように、龍子も名門の令嬢から名家の夫人になった背景を個性としている。実家が不如意であったとはいえ、一葉の切迫とは根本的にレベルが異なっている。もともと裕福な上流階級であったがゆえに高い教育を受けられ、周囲のバックアップも完璧《かんぺき》であった。だからこそ恐れを知らない若い勢いで、好評の小説を生み出すことができたのである。

結婚後の龍子は、五人の子の母となり夫を支えて、当時の女子教育が推奨した典型的な良妻賢母となった。随筆や短編小説も手がけたが、それほど革新的な作品もなく、『藪の鶯』を超える傑作はついに生み出されなかった。樋口一葉とは対照的に、彼女は、穏やかな優等生として、昭和十八年（一九四三）、七十六歳の長寿を全うした。

一葉と花圃の時代に活躍した女流文人は、ほかにも皆無ではなかった。だがたとえば「十六名媛」の「小説家」枠で次点となった中島湘煙《なかじましょうえん》は政治家の中島信行《のぶゆき》の夫人で女権拡張運動家として知られ、三番目に名を連ねた小金井喜美子《こがねいきみこ》は森鷗外の妹で、むしろ翻訳家として名高い。

歌人、エッセイストでもあった花圃も含め、皆が名門に連なる貴女であるが、小説をその活動の中心においた意味では、やはり一葉は稀有《けう》な存在であった。

一葉とほぼ同時代には、牛鍋屋チェーンの経営者の木村荘平《きむらしょうへい》の娘で、樋口一葉の挿絵も手がけた木村荘八《しょうはち》の姉にあたる曙《あけぼの》や、師と仰いだ山田美妙の妻となるもほどなく離婚し、自殺未遂後に世を去った田沢稲舟《たざわいなぶね》がいる。だが若くして『読売新聞』に作品を連載した曙も、〈第二の樋口一葉〉と期待された稲舟も、一葉以上に短命できわめて佳作であり、その評価は定着しえなかった。その後の女流作家の登場は、多岐にわたる文筆活動を展開し、漱石も称賛した大塚楠緒子《おおつかくすおこ》を経て、純然たる女性作家として独自の路線を切り開いた田村俊子《たむらとしこ》や吉屋信子《よしやのぶこ》などの誕生をまつことになろう。

# 第三章　洋の東西から得た種本——模倣からオリジナルへ

「老若婦女、桃割《ももわれ》の娘も、鼈甲縁《べっこうぶち》の目金《めがね》かけた隠居も、読売新聞の朝の配達を、先を争って耽《たん》読《どく》、愛誦《あいしょう》した」(1)。そう評された前代未聞の人気によって、新聞連載小説の歴史にその名を刻んだのは尾崎紅葉《おざきこうよう》の『金色夜叉《こんじきやしゃ》』である。じつはこの名作の源流には、知られざる、ひとつの西洋小説の存在があった。

いっぽう、紅葉の愛弟子《まなでし》で、この師を終生渇仰した泉 鏡花《いずみきょうか》の代表作は、『高野聖《こうやひじり》』という。確たる原作とされるものではないが、この作品にはどこか中国古典の香りが漂い、東洋風のモチーフが感じられる。

それぞれに影響を与えた外国文学の原拠はどのようなものであり、またそれらを下敷きにして新たな作品を築き上げることは同時代においてどのように認識されていたのか。強い信頼で結ばれたこの師弟が、それぞれいかなる経緯で西洋と東洋の文学モチーフを自家薬籠中の物としていったのか。彼らの代表作に焦点をあてて、その手法と経緯をつまびらかにしたい。

## ①尾崎紅葉『金色夜叉』――換骨奪胎を超えた創意

### 親分肌の江戸っ子

江戸の粋人というのは、そんなものかもしれない。尾崎紅葉はとにかくグルメで知られていた。利き酒ならぬ天麩羅《てんぷら》の利き食材をいたずらで仕掛けられて隠されていた本当の食材を見破ったり、友人たちと買った牛肉があまりに不味《まず》く、翌日になってそれが犬の肉だったと判明したが、恐ろしくて誰も紅葉にだけは話せなかったり、大好物のクサヤを旅先の引手茶屋《ひきてぢゃや》の二階に持ちこんで友人を閉口させたり。若い時代の仲間内のことでもあろうが、食にまつわる愉快なエピソードには事欠かない。

ほかにも多趣味、多才で知られる紅葉の好奇心は、江戸のなかでも活気に満ちた、芝《しば》の中門《なかもん》前町《ぜんちょう》という生地に培われた。

尾崎紅葉は本名を徳太郎《とくたろう》といい、慶応三年（一八六七）に生まれた。夏目漱石と同じである。一般に、漱石よりも前に生まれた印象を持たれがちであるが、それは紅葉のデビューが早く、二人の活動時期が重なっていないためである。紅葉が『読売新聞』に『金色夜叉』を連載していたころ、熊本でまだ教職にあった漱石はこれを取り寄せて愛読していた。

紅葉の生まれは増上寺《ぞうじょうじ》のそばの芝大門《しばだいもん》で、生粋の江戸っ子であった。当時、芝には紅葉山《もみじやま》という小高い場所があり、後にそこには名士の集う紅葉館《こうようかん》という高級割烹《かっぽう》ができた。現在の東京タワーの傍らに位置し、先述の田辺花圃の著した『藪の鶯』にも実名で登場する。この土地に生まれ育ち、後に図らずも紅葉館の馴染み客になった彼は、地元の紅葉山にも因《ちな》んで「紅葉」という筆名を選んだ。

紅葉の父は牙彫師《げぼりし》であった。尾崎谷斎《こくさい》といえば、近年ではとりわけイギリスをはじめとする諸外国で名高く、その精巧な根付《ねつけ》細工などが高く評価されている。紅葉は、この職人気質を受け継いだ芸術家肌で、とりわけ洗練された文章にそれがよく反映された。また親分肌であったことから多くの人々が周囲に集まり、日本近代初の文学結社〈硯友社《けんゆうしゃ》〉も結成する。その文才と人情味豊かな人柄を慕い、多くの若い才能が紅葉に弟子入りし、その一番弟子が泉鏡花である。鏡花が、師の尾崎紅葉を、亡きあとまでもいかに敬愛していたかはよく知られている。鏡花と同年代の友人で、評論家の横山健堂《よこやまけんどう》も、

吾輩《わがはい》が紅葉山人の人格、統率の器にして能《よ》く一方の首領たるに足りし事を知り、正岡子規《まさおかしき》と併せて、明治の文壇に於ける二大親方たりし事実を知りて、卒然として彼に敬重の念を加えしめしは、鏡花に感謝せずんばあらず。実に、鏡花が山人を語るときは、暗に涙を呑む。吾輩も亦た眼中涙無くして聞く能《あた》わざる也《なり》。（『趣味と人物』中央書院、大正二年）

と回想する。こうした言説はほかにも多く見られ、鏡花を評価する人々が、鏡花を通して彼の最愛の師を重んずるというかたちで、鏡花は紅葉の有用な宣伝部長としても機能している。こうして硯友社は、紅葉の人脈と交流を以て文壇を席巻《せっけん》し、紅葉が没し、自然主義文学が擡頭《たいとう》する明治三十年代なかばまで、日本の近代文壇の主流をなしていくのである。

## 原敬をしのぐ政治的手腕

紅葉は明治十八年（一八八五）、数え十八歳のときに東京帝国大学予備門に在籍していた。その学友らが硯友社の初期メンバーで、紅葉が総帥となる。今でいう文芸サークルのようなものだが、秀才揃《ぞろ》いで筆も立つ若人たちの同人活動は、当時としては画期的なものだった。彼らがまず始めたのが、機関誌『我楽多文庫《がらくたぶんこ》』の発行である。はじめは内輪の筆写回覧雑誌であったが、最終的には『文庫』と改題して公刊発売した。ただこれは長くは続かず、明治二十二年に廃刊となる。

紅葉はこの年、デビュー作『二人比丘尼色懺悔《ににんびくにいろざんげ》』を書き下ろしで発表する。戦国時代を舞台にし、若い二人の美しい尼僧が語り合うというストーリーと、会話文が口語体、地の文が文語体という雅俗折衷体で書かれた高雅な文章が注目を浴びる。以降、紅葉は作家として着実に地歩を固め、大学を中退して文筆活動に身を入れると、そのまま『読売新聞』に入社し、同社専属の作家となる。言文一致体を確立した『二人女房』（明治二十四年）や、三菱《みつびし》の創業者・岩崎《いわさき》弥太郎《やたろう》をモデルにした『三人妻《さんにんづま》』（明治二十五年）などは『読売新聞』に連載した、初期代表作である。

紅葉の作品はいずれも評判を取り、たちまち人気作家となった。当時は連載小説の人気が新聞の売り上げを左右するといわれた時代である。売れっ子作家の社内での立場は強く、必然的に連載小説欄は、紅葉か硯友社の仲間や弟子に優先的にまわされていく。現在でも舞台上演などで人気を博している泉鏡花の名作『滝の白糸《しらいと》』も、元来は『義血侠血《ぎけつきょうけつ》』というタイトルで紅葉が監修し、ところどころ修正もして『読売新聞』に掲載したものだった。

**紅葉の描いた『紅子戯語』の挿絵**
『紅子戯語』は「孔子家語」のもじりで、紅葉が中心となり、硯友社という近代初の文学サークルを立ち上げたときの様子をコミカルに描いた作品。絵心もあった紅葉はみずからも含めて初期メンバーの似姿を巧みに描き、この挿絵とした。右腕のマル印のなかに「紅」の字が見える中央の人物が紅葉、右後ろの長身の人物が川上眉山、その前の「漣」マークが紅葉の親友で、のちに童話作家となった巌谷小波である（『我楽多文庫』第13号、明治18年）

リーダー気質で面倒見も良い紅葉の交際は広かった。大手出版社のひとつであった春陽堂の主人とも親しく、同社は硯友社のお抱え出版とまでいわれた。またもうひとつの大手出版であった博文館には、自分の弟子を館主の婿養子として世話をし、みずから媒酌の労をとっている。この弟子こそ、前章でもふれた大橋乙羽で、後に『文芸倶楽部』の名編集者となり、樋口一葉の作品も手がけて彼女を世に出す功労者となった。必然的に博文館もまた、硯友社と密接な関係性を築いたのであり、これらの新聞社や出版社には紅葉の意向が強く反映されることになる。

現代と異なり、書く媒体も多くなかった時代である。硯友社に近しい立ち位置でなければ、新人はデビューもままならない。後に田山花袋はこうした硯友社の支配的とも取れる勢力図を受け入れがたかったと回想し、ほかにも同様の見方はあった。だが情に篤《あつ》く、仲間を大切にする紅葉は、文壇における横のつながりも広かった。そのため、紅葉の文壇政治の手腕は、（後に初の平民宰相となった）原敬《はらたかし》をしのぐ、とまでささやかれたのである。

**【ちょっとブレイク――美男揃いの硯友社メンバー】**

硯友社は、総帥の尾崎紅葉をはじめ、美男揃いで有名だった。偶然であろうが、タイプの異なる美男たちが揃っていたことが、注目度をいっそう高めた。じっさい、彼らの学校の行き帰りの往来には、近所の若い女性たちがズラリと並んで花道ができ、彼女らが目引き袖引き、熱い視線を送っていたという。なかでも川上眉山《かわかみびざん》はスラリとしたスタイルと中性的な美貌で抜きんでており、森鷗外の『雁《がん》』に実名で登場し、登場人物の端整なルックスの引き合いに出された。

のちに彼らが素人芝居を上演した折には、自分たちで脚本を書き、演出もし、舞台にも役者としてのぼった。演技はともあれ、舞台映えする容姿は、さらにファンを増やしたらしい。そしてこの若く、アクティブな美貌の秀才グループが、小説に指を染めて文壇に名が出はじめると、彼らの一挙手一投足までが新聞ネタとなっていく。アイドル的な側面を有した彼らの活動は、今でいうメディアミックスのような様相を呈していくことになった。

## 西洋文学という源流

紅葉の初期人気作に、『伽羅枕《きゃらまくら》』（明治二十四年〔一八九一〕）がある。紅葉は井原西鶴に傾倒しており、それを顕著に窺わせる作品である。だがその傾向を知らない読者でも、一読して『好色一代女《こうしょくいちだいおんな》』との類似が見て取れよう。ただ、紅葉は大変に英語が堪能であった。そのため、次第に、西鶴をはじめとする江戸戯作の影響を離れ、西洋文学に傾倒しはじめる。「今の小説家、外国語を善くする者は甚だ多からず、中に就て紅葉山人の英語、漣《さざなみ》山人〔巌谷小波《いわやさざなみ》〕の独逸《ドイツ》語等は、先ず可なりの部なるべく[2]」という評をまつまでもなく、紅葉のきわだった英語力はよく知れ渡っていた。

じっさい、原書で英語の小説を嗜《たしな》んでいた紅葉は、そこから大きな影響を受ける。のちに、鏡花と並び、紅葉の愛弟子となった小栗風葉《おぐりふうよう》は、師の言葉を「外国語の読める者は、何も幼稚な頭から生み出した愚にも付かぬ事を並べて見るよりか、せっせと翻訳をして見るが可《い》い、翻訳をすると、原書の思想も味えるし、且つ文章の稽古にもなって、一挙両得だ」[3]と伝えている。

紅葉は優れた英語力でみずから多くの原書を読破し、数多い門下生たちにも、西洋の小説にふれることを推奨していた。そして自身も、重訳を含めて英書からの翻訳をいくつも手がけ、翻案も発表していく。〈翻案〉とは、原作の大筋をまね、細部をつくり直したものをいう。

紅葉は、どちらかといえば速筆ではなかった。ひとつには「はじめに」で述べたように、推《すい》敲《こう》に推敲を重ねて、彫心鏤骨《ちょうしんるこつ》の文章を練り上げるためである。だがもうひとつの理由は、じ

子を抱いて我老いにけり今日の月　（紅葉君）

**尾崎紅葉肖像**　長女の藤枝と次女の弥生とともに。紅葉には５人の愛児がいた。長男は、弓道に凝っていたころに生まれ弓之介と名付けられたが早世。続いて女の子３人が春に生まれた。紅葉は、梅、桃、桜が咲いたと語り、「我庵や三人よつて百千鳥」と詠んだ。三女の三千代は明治33年、末っ子の次男の夏彦は34年生まれである。写真下の句は『紅葉句集』には「子を抱いて我老いにけり月今宵」とある（大橋乙羽編『名流談海』博文館、明治32年）

っくり構想を練るためであった。作品には「文と想」が重視されていた時代である。そのため、日々の執筆に呻吟《しんぎん》していた紅葉は時おり硯友社仲間の家を訪ね、環境を変えて書こうと試みる。だがやはりうまくいかず、来宅しても数行しか書かないことから、江戸時代の儒学者・頼山陽《らいさんよう》をもじってつけられた仇名《あだな》は「来三行」である。

紅葉は、新聞小説の一回分を書き上げるのに六時間を要しており、スピードアップが課題であった。そのため翻訳や、〈下敷き〉とする洋書小説を換骨奪胎して書く翻案という選択肢は、きわめて魅力的だったのであろう。紅葉は次第に、あまり知られていない、しかしストーリーが魅力的な外国の小説を原書で読み、そこに構想の原拠を求めるようになった。

### 墓に手向けてという遺言

紅葉の代表作は『金色夜叉』（明治三十年〔一八九七〕）である。この作品は『読売新聞』に連載され、一世を風靡《ふうび》した。連載小説の人気が新聞の一枚看板とされた時代である。どの新聞も実力派作家を抱え、競争にしのぎを削っていた。そうしたなか、病によって中絶するまで、足かけ六年もの長期にわたって連載の続いた『金色夜叉』の人気が、いかに格段のものであったか、想像に難くない。老若男女がこぞって愛読し、花街では朝刊の配達を待ち、連載を読んでから皆が寝《やす》んだという。

あるとき、若い愛読者の女性が肺病を患い、連載中に亡くなった。その女性は自分の墓に、

『読売新聞』を毎朝手向けてほしいと遺言した。弟子の鏡花からこの話を伝え聞いた紅葉は、そうした熱心なファンを「作者の守り神」と語ったという。この女性がこの世に最後に遺した未練が『金色夜叉』の続きが読めないことだったといえば、いかにも大仰に感じる。だが彼女は、決して特別な例ではない。じっさい『金色夜叉』が、そのダイナミックな魅力で、読者の魂をわしづかみにして放さないほどの強い衝撃を与えられる作品であったからこそ、多くの読者がこの作品を支持し続けたのであろうし、愛読者たちの思いはこの女性と同じであったのだろう。

じつは、この紅葉の畢生《ひっせい》の大作には、影響を与えた英書があった。原作、というとあるいは語弊が生じよう。だがストーリーの酷似から、両者の関連性は否定しがたく、紅葉は疑いもなくその原書からヒントを得たものと考えられる。それは英語で書かれた無名の恋愛小説で、タイトルは *Weaker Than a Woman* 邦題は『女より弱き者』という。

## ヒントとなった原典

この英語小説の作者は、通俗的な恋愛ものを得意とする、バーサ・M・クレーと呼ばれた女流作家である。厳密にいえばこれは主にアメリカで用いられた筆名で、本名はシャーロット・M・ブレムという、イギリス人女性であった。十九世紀に活躍した彼女の作品は、本国イギリスのみならず、周辺のヨーロッパ諸国やアメリカで爆発的な売り上げを誇った。その絶大な人気の秘密を煎じ詰めれば、〈ヴィクトリア朝の大英帝国への憧れ〉である。

ブレム自身は平民の出身であったが、彼女の夫はロンドンの宝石商であった。そのため顧客であった貴族の夫人や令嬢と言葉を交わし、間近に観察する機会を得て、実物大の貴婦人たちを熟知していた。彼女はそうした姿を作品に写しとり、種々のストーリーを創りあげていったのである。

貴族世界を描くストーリーは他の作家にはまねができず、彼女の作品に特色と独創性を与えた。とりわけアメリカでは、大富豪たちが、娘を欧州の貴族に嫁がせることが一種のステータスとなっていたころである。名門だが経済的に困窮するヨーロッパの世襲貴族の跡取りに、莫大《ばくだい》な嫁資を持たせた娘を嫁がせ、有爵の夫人とする。アメリカには貴族社会が存在しないため、上流階級のそうしたブームは、一般の若

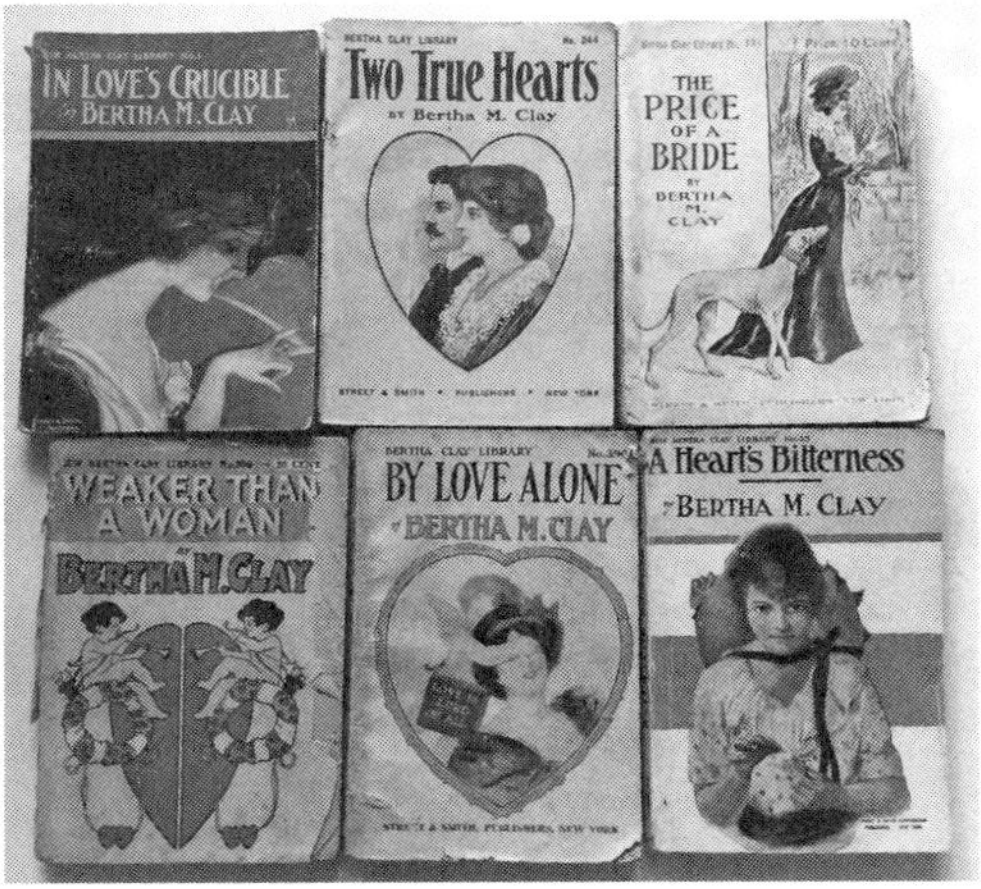


**バーサ・M・クレーの作品**　左下が『金色夜叉』の原作。紅葉はこの作家の作品を愛読していたようで、『不言不語』という作品もクレー作品の翻案である。また、黒岩涙香や菊池幽芳など、同時代のほかの作家たちも、クレーの作品を下敷きや参考にしている。華やかなカバーからも想像がつくが、彼女の作品のほとんどは恋愛小説で、もともとは若い女性読者向けであったが、それゆえにストーリーはシンプルで、文章の英語も読みやすい

い女性たちの間でも羨望の的となった。そのため、貴族が多く登場する彼女の小説は、憧れを以て受けとめられた。それゆえ現代でこそ無名であるが、同時代には伝説的な人気を誇り、アメリカでも大ヒットし、ときを同じくして日本にももたらされたのである。

余談ながら、他のヨーロッパ諸国と異なり、日本では彼女の作品を翻訳せず原語（英語）のまま受容していたという事実は、一九九〇年代後半まで、アメリカの研究者にも知られていなかった。だが筆者からこれを知った、斯界《しかい》のパイオニアであるエドワード・T・ルブラン氏がたいそう驚き、学会で発表して以降、現代では、こうした明治の日本の状況も知られるようになった。

さて、彼女の作品はもともと一般の読者向けであるため、簡単で読みやすい語彙やストーリーラインが売り物であった。そのため、紅葉のように英語を学んだ日本人には原書でも読みやすく、面白かったらしい。そもそも、高邁《こうまい》な思想を有する文芸書ではない。気軽な娯楽として供される類の小説である。廉価で売られていたのも、読み捨てられることを意識していたからであった。

ストーリーの面白さこそが命であり、それで大衆読者を魅了する。国こそ違えど、日本の新聞読者層を狙う戦法も同じである。当時アメリカでは、彼女のみならず多くの作家がこうした娯楽小説を提供していた。それらはチープエディションズ（廉価版）と総称され、文字どおり安価で出回って、日本にも安い原書のままもたらされた。英書を渉猟していた紅葉が、たまたまこの作家の作品に邂逅《かいこう》し、ごく気軽なストーリーのなかにヒントを見いだしたとしても不思議ではない。

## 傷だらけの机

ところで、当時の新聞小説は、一人が朗読して他の家族は周りで聞くというスタイルで受容されていた。そのため文章のリズムや音としての響きにも注意を払うのが、新聞作家の常であった。そうしたなか紅葉は、とりわけ文章を練り上げることには完璧を期す作家であった。文章報国、すなわち文章を以て国に報いると標榜していたほどで、まさに命を削るように文章を織り上げていた。

そのため、紅葉に批判的な評論家たちもその美文にだけは難のつけどころがなかったという。ただ、そのための腐心は並大抵ではなく、今日のように修正液もない時代、手書きの原稿の余白には、びっしりと加筆修正が書き込まれ、それを三度、四度と繰り返し直していくために余白が足りなくなり、小さく切った紙をその上に糊付《のりづ》けして書き直すという作業を繰り返していた。結果的に、紅葉の原稿はかなり分厚いものになり、紙を切り張りするために紅葉の机は、小刀の傷だらけになったという。

紅葉の存命中のあるとき、紅葉作品の展示会が開かれ、壁に直筆原稿も展示された。会場に足を運んだ紅葉は、その前に足を止めると、突然その原稿に書き込みを始める。そして驚く周囲に、気に染まない箇所を直そうとした、と語ったという。文章に対する紅葉の完璧主義は、いかなる場合にも遺憾なく発揮されていた。

こうして、文章に妥協を許さない紅葉は、単に文章の洗練に努めるだけではなく、言文一致や雅文など、それぞれの作品趣向にふさわしい文体を選ぶことにも腐心した。『金色夜叉』に選んだのは、デビュー作の『二人比丘尼色懺悔』と同じ、雅俗折衷体である。確かにこの文体は作品の雰囲気にもよくマッチし、とりわけ当時の若い男女の会話に精彩を与えた。

## 文と想の融合

ただ先述のように、当時の作品は大別して二つの点から評価された。それは「文」と「想」である。たとえば『新潮《しんちょう》』の作家研究座談会において、中村武羅夫《なかむらむらお》、徳田秋声《とくだしゅうせい》、千葉亀雄《ちばかめお》といった紅葉に近しい人々がこのように語っている。(4)

中村。紅葉が非難されたのは内面的じゃないということなんですか、そういう批評は。
徳田。つまり想がないという。あの時分何かというと想が想がと言うんだ。
千葉。あの人が《(ママ)》想が浮ばないということを自分でもすぐ言うですね。

さらに千葉は、「紅葉の手紙なんぞを見ても、どうも自分はこの頃は想が浮ばないで弱っているというようなことがよく書いて居る。あれ程の人で、大作家という風になっていても、已《や》むを得ず外国物をむやみに翻案してみたり、何だか斯う心細い所がある」と振り返る。そして「想」を得られないときのスランプ対策が「翻案とも何ともつかないものを出して間に合せ」ることであったとも述べている。

こうした言説を裏付けるのは、ほかならぬ紅葉自身の「私《わし》は人生がすべッたの転んだの、と考えてかくことはない。其れで小説は一体かけるもんじゃないんだ［中略］私《わたし》も不断は世の中のことを考えて見ることもなきにしもあらずだ、が趣向を立てるにあたッて、其《そん》なことは考えたことはない」。あるいは「不図ヒントを得て、之れをかいて見たいと思うことを大略《あらまし》かき留めて置いて、新聞から催促がくると、其の古い書きとめてある趣向を取ッてかく（5）」といった言葉であろう。

紅葉は「想」を、ストーリーラインの「趣向」という、材料的な問題として捉えていた。そのため、わかりやすくシンプルでありながら、軽妙で劇的なストーリーテリングが持ち味の、洋物の廉価版小説は恰好のヒントとなったのであろう。

## 天秤にかけられた愛情と財産

『金色夜叉』は、舞台化、映画化、テレビドラマ化され、詩や歌謡曲にもなり、武者小路実篤《むしゃのこうじさねあつ》が現代語訳を手がけたほどの人気作である。ストーリーは現代でも人口に膾炙《かいしゃ》するが、じつは紅葉の死で未完になった。そして、鏡花と親交のあった田中貢太郎《たなかこうたろう》が、「桃葉《とうよう》（散史）」というペンネームで『新金色夜叉』を発表したのをはじめ、幾人もの作家がこの人気に便乗し、類話あるいは続編を上梓した。この混乱は最終的に、愛弟子の小栗風葉が師の腹案メモをもとに書いた『金色夜叉終篇』を正統な「後継者」とすることでようやく落ち着きを見せる。

さて『金色夜叉』のあらすじは、裕福な家の宮《みや》という美貌の一人娘が、幼馴染で入り婿となる約束の婚約者である貫一《かんいち》を見捨て、彼女を見染めた大富豪の富山《とみやま》に嫁す。そして熱海《あたみ》の海岸で、その宮の心変わりを知った貫一はショックを受け、そのまま行方知れずになる、というのが作品の前半である。折しも近代化、西洋化が進んでいた時代で、鹿鳴館に象徴されるように、名家の夫人たちが表に出て行く機会が増えていた。そのため貴顕紳士が、社交に優れた、あるいは見目の麗しい女性を花柳界から娶《めと》った実例も少なからずあった。すなわち、玉の輿は日常的なテーマとして読者に受け入れられやすかったのである。

先に挙げた ***Weaker Than a Woman*** という作品は、ちょうどそんな玉の輿のストーリーであった。紅葉は、このタイムリーなテーマをつかむと、舞台をそのまま日本に据え直した。作品の後半では、宮に見捨てられた婚約者の貫一がショックのあまり、優しい人格が一変して、冷酷で感情のない金の亡者に変貌し、仕事一辺倒になる。そのあたりも、原作に酷似しているが、『金色夜叉』で最も有名なのは、熱海の海岸の場面で、宮の心変わりを知った貫一が宮を問い詰め、魂から叫んだセリフであろう。

吁《ああ》、宮《みい》さんこうして二人が一処に居るのも今夜ぎりだ。お前が僕の介抱をしてくれるのも今夜ぎり、僕がお前に物を言うのも今夜ぎりだよ。一月の十七日、宮さん、善く覚えてお置き。来年の今月今夜は、貫一は何処《どこ》でこの月を見るのだか！　再来年の今月今夜……十年後《のち》の今月今夜……一生を通して僕は今月今夜を忘れん、忘れるものか、死んでも僕は忘れんよ！　可《い》いか、宮さん、一月の十七日だ。来年の今月今夜になったならば、僕の涙で必ず月は曇らして見せるから、月が……月が……月が……曇ったらば、宮さん、貫一は何処かでお前を恨んで、今夜のように泣いていると思ってくれ

だが常識や理屈を振り捨てて貫一が訴えかけるも、宮の決意は変わらない。そして最終的な別れにいたる悲しい場面である。明るい満月の夜の波打ち際で絵のように美しいこの場面は、いっぽうの原作では華やかなライラックの木蔭《こかげ》になっている。そしてこの恋人もまたヒロインの変心を知り、絶望のあまり強い言葉を重ねる。そして最後に、

僕の言うことをおぼえておいてくれ。きみがいま投げ出した愛を、いつかきみは切望するだろう。実体のないもののために、実のあるものを捨てたきみ自身の愚行を、いつかきみは呪《のろ》うだろう。（バーサ・M・クレー／堀啓子訳『女より弱き者』南雲堂フェニックス、平成十

四年）

と語り、貫一と同じく、ヒロインにみずからの愛情と存在を記憶するように求めて立ち去るのである。

## 女より弱い者

ちなみに、恋人に心変わりをなじられた原作のヒロインは、宮よりもはるかに雄弁で、謝罪のみならず反論や弁解も口にする。その際、彼女がみずからを「女より弱い者」と呼んだことがこの作品のタイトルになっている。元来、「弱い（劣った）性別（weaker sex）」とされてきた「女性」よりもさらに「weakerな存在」としたのは、彼女がみずからの心変わりを「正しくない行為」と認識していたためである。

ただ、同じストーリーラインをたどるのはじつはここまでで、後半の『金色夜叉』の展開はかなり異なっていく。原作にはドメスティックバイオレンスや主要登場人物の事故死、ヒロインと元の恋人の再接近などいくつもの山場がある。だが『金色夜叉』において、紅葉は宮を「超明治式婦人」と称し、明治のありきたりの女性と一線を画して独自の意思を持たせた。そして物質的には充《み》たされた彼女の安定した生活自体はゆるがすことなく、ただ深く悔悟していく彼女の内面を抉《えぐ》り取る。

当時の実情に鑑みれば、宮と同じように、愛情を向けてくれる婚約者を捨て、経済的に有利な結婚を選んだ女性は珍しくなかった。そしてそうした多くの実例では、女性たちが後にその決断を後悔することはほとんどなく、あっても表面化されなかった。しかし『金色夜叉』後半で、宮は、愛情を軽んじたこの結婚をただただ後悔していく。

また原作では、ヒロインの相手役は別の女性の支えもあって立ち直る。しかし『金色夜叉』の貫一は金への憾《うら》みと執着から、冷酷無情な高利貸になり金の亡者となり果てて、みずからの誇りや人生の意義も見失っていく。高利貸に、「こうりがし」（＝こおりがし・氷菓子）という発音の類似と、厳しい取り立ての冷たいイメージから、「アイス」という異名を与えて流行語にしたのもこの作品である。宮と貫一の人生は、後年ふたたび交錯するが、その展開も原作とは似て非なるものであった。

## ヒントから羽ばたくもの

紅葉は本来、『金色夜叉』を熱海の海岸の場面で終わらせる予定であった。長さは、現在の未完の全編から見ても、最初の五分の一ほどである。だが大変な人気を博したために、連載を続けることになった。そのせいか、確かに熱海のシーンまでは、原作をなぞっているふしがある。たとえば、宮を見初める大富豪の富山が初登場するのは、正月のカルタ会である。作品冒頭の有名な場面で、若い男女の宴たけなわのカルタ会に富山が遅れて乗り込んでくる。そこで

富山の指環《ゆびわ》に全員の注目が集まる。そして、

「金剛石《ダイアモンド》！」

「うむ、金剛石だ」

「金剛石⁇」

「成程金剛石！」

「まあ、金剛石よ」

「あれが金剛石？」

「見給え、金剛石」

「あら、まあ金剛石⁇」

「可感《すばらし》い金剛石」

「可恐《おそろし》い光るのね、金剛石」

「三百円の金剛石」

という騒ぎになる。まだダイヤモンドが珍しかった時代、富山の財力が一目で見て取れたのである。ちなみに、読者が一息に読み終えることのできない新聞小説という媒体を考慮して、紅葉は人物名も工夫している。その最たる例は、この富山であろう。特筆すべき特徴などないが、

彼を唯一目立たせるのは、大富豪の息子という点である。それをふまえれば「富山唯継《ただつぐ》」、すなわち「富の山を唯、継ぐ人」という名前は記憶に強く残る。このようなケースを名詮自性《みょうせんじしょう》というが、名に体を表させる巧みなネーミング技である。

このダイヤの話は原作にも該当するシーンがある。ダイヤのピンと指環を身につけた富裕な准男爵がパーティーに登場する。そして「彼はすばらしいダイヤのピンとダイヤの指輪を身につけており、その衣服は仕立て屋の芸術的逸品で、年収は4万ポンドであった」とされ、ほかならぬヒロイン自身に「なんてすばらしいダイヤモンドなのかしら！」と叫ばせている。『金色夜叉』のほうが、場面自体は誇張されているとはいえ、上品な宮にそのようなはしたないセリフを言わせなかったのは、紅葉の用意周到な計算であろう。

## オリジナルの発意

ただ『金色夜叉』の真髄は、原作を離れ、宮が改悛《かいしゅん》していく後半にある。物質的に満たされはしたが、貫一を想ってひたすら後悔する宮の辛さ悲しさに、元来同情心の篤い日本人読者の心が寄せられ、いっそう多くのファンを魅了する。その展開こそが紅葉のオリジナルであり、この作品の文芸価値を高めたのである。

数年後、宮は必死になって貫一の居所を探し当てた。だが冷酷非情になった貫一は、宮の謝罪さえ受け入れない。だが誠意ある人々に会い、不思議な運命的な夢を見たことで、頑《かたく》なな心もほどけかける。そんな貫一が最後に開封した宮からの手紙には、後悔のあまり体をこわして許しを乞う、彼女の哀れな現状が記されており、この手紙の文面を以て『金色夜叉』は終わる。

紅葉は、ありきたりなストーリーテリングとして読み捨てられるタイプの英語の小説を、日本の近代文学の金字塔へと昇華させた。美しい文体と共に、これはひとえに紅葉の技量であり、その成功は、同時代の日本社会を丁寧に作品に描写し、読者の嗜好《しこう》を反映させた結果である。じっさい、原作のヒロインは外見こそ宮と同じく絶世の美女であったが、ドライで拝金主義的傾向が強かった。その気質は少なくとも後半では、宮とはまるで正反対である。日本人読者のテイストに合わせて、原作を巧みに換骨奪胎し、登場人物も鋳型だけとって流し込むものを変えていった手法こそが、『金色夜叉』が喝采を浴びた所以であろう。

### 名作は時空を超えて

紅葉は、こうしてあらすじの一部を西洋の作品から借り、最終的にはそこに独創性を活かすことに巧みな技を披露した。当時は、こうした例は決して珍しいものではなく、翻案であると明かされることも少なかった。じっさい、同じころ、完全なる創作として短編小説『花枕《はなまくら》』（明治三十年〔一八九七〕）を発表したとき、翻訳や翻案かと疑われたという正岡子規は、こう述べている。

余曽《かつ》て「花枕」なる一小篇を著す。此時甲は余に向いて誰の著を訳せしかと問い、乙は余に向いて英書の翻案なるべしと言えり。余の著、趣向文章共に拙劣にして見るに足らずと雖《いえど》も趣向は余の趣向にして文章は余の文章なり。而《しか》して人は其翻訳なるを疑う。其翻訳というは強《あながち》に之を誹《そし》るに非《あら》ずして幾分か之を揚げたる者なるべし。寧《むし》ろ余に於て名誉とすべきならん。（正岡子規「間人間話」『明治文学全集　第53巻　正岡子規集』筑摩書房、昭和五十年）

すなわち、その疑い自体が称賛であり、疑われるのは「名誉」であったと分析している。当時の認識が、いかに現代と異なっていたかを示す好例であろう。

ちなみに『金色夜叉』の空前の人気ゆえに、日本語に堪能であった朝鮮半島出身の新聞記者趙重桓《チョイルチェ》が訪日中にこのストーリーを得て、朝鮮語に直し『長恨夢《チャンハンモン》』というタイトルで発表し、ベストセラー作品としたのは一九一三年のことになる。興味ぶかいのは、儒教道徳を重んずる当地では、これをヒロインの不届きさゆえに起きた悲劇と解釈し、ヒロインを反面教師とするテキストと見なされていることである。

また『金色夜叉』そのものの英語訳も、アーサー・ロイドが『英訳金色夜叉』(6)として日本で出版している。西洋のありきたりな小説が、東洋に渡り、優れた作家の手を経てベストセラーに生まれ変わり、さらに海を越え、あるいは異なる言語に、あるいはパロディーに、あるいは舞台へと、さまざまに形を変えて流転していくことで、ひとつの作品の広がりの可能性を示唆したとして、この紅葉の代表作は再評価されるべき存在であろう。

『金色夜叉』に連なって書かれた作品　『金色夜叉』が格段の人気を誇ったため、この作品に関するさまざまな作品が出版された。続編や脚本、現代語訳、登場人物のスピンオフ、美しい挿絵を多用した〈絵巻〉などで、中段の左から２つ目は、アーサー・ロイドによる英訳の『金色夜叉』（有楽社、明治38年）である。タイトルは *The Gold Demon* であるが、表紙には conjikiyasha とあるのが興味深い

紅葉は三十六歳で、胃癌《いがん》を患い早世した。だが二十代前半で、すでに文壇の大家となっており、幸田露伴や坪内逍遥、森鷗外とも並び称され、紅露逍鷗《こうろしょうおう》という一時代を築いた。その後は言文一致や雅俗折衷などの文体の改良にも工夫を重ね、翻訳や翻案などを試みることで積極的に西洋のモチーフを取り入れた新しい表現技法を獲得している。そしてみずからの活動を、硯友社メンバーや弟子に示し、後進を育てることで、近代文壇を活性化させていったのである。

早すぎる死によって紅葉は、その後の目まぐるしく流行が変わり、いくつもの流れが生まれる明治後半の文壇の変遷は見届けられなかった。それでも江戸から明治にうつり変わり、西洋文学が流れ込んで、皆が新しい文学の方向を模索していたなか、紅葉は出版媒体と密接な関係を築くことで作家の確固たる地位を築いた。そして近代小説の基礎を創りあげて、文学を盛り上げた明治文学の立役者であった。

## ②泉鏡花『高野聖』——染め出されていく源流

### 〈本歌取〉の技巧

本歌取《ほんかどり》という、和歌の技法がある。先人の詠んだ有名な古歌などから用語や趣向を意識的にとり、みずからの歌に反映させる表現技法である。『万葉集《まんようしゅう》』の「苦しくも降り来る雨か神《みわ》の崎　狭野《さの》の渡りに家もあらなくに」（巻三）を本歌とし、藤原定家《ふじわらのさだいえ》が「駒とめて袖打はらふかげもなしさののわたりの雪の夕暮」（『新古今和歌集《しんこきんわかしゅう》』）と詠んだ例などが有名であろう。

この技法に関しては、平安時代から「盗古歌」（こかをとる）という批判もあった。だが、後に歌論的に整備され、言葉の組み合わせなどを重視することで、作歌の巧みな一技巧として受け継がれることになった。きわめて大括《くく》りにいえば、日本では古来、文芸の〈構想〉を借りることにそれほどの抵抗はなかったのだろう。それは同時に、自分の構想が持ち出されていくことに関しても鷹揚《おうよう》であったことを意味する。

翻って明治時代に、はじめて西洋文学に接した文人たちは、その見慣れぬ文体やダイナミックな構想に瞠目《どうもく》した。そしてそうした文学をこぞって日本の文壇に取り入れようとする。だがいざ訳そうとしてみると、限界を感じたのはやはり東西文化の相違である。読者のことを慮《おもんぱか》れば、キリスト教の教会を仏教のお寺に変えていく程度のことはせねば理解してもらえなかったし、それが親切でもあった。だがそうしていくつかの要素を変えていくならば、もはや〈翻訳〉ではなくなってしまう。

いっぽうで、人物の動きやできごとなどのストーリーファクターは面白いものの、風習や作法などが日本の社会や意識にそぐわない場合、西洋の原作を換骨奪胎する。そうした翻案は翻訳と根本的に異なり、ほとんどの場合、原作の存在を明示しない。

先述の『金色夜叉』の項でも少しふれたが、とりわけ原作が無名作品の場合には、翻案者の〈創作〉と見なされる傾向にある。そこが〈本歌取〉との相違で、盗作や剽窃《ひょうせつ》との線引きをどこでするかという問題も難しかった。現代的な観点からいえばこうした執筆工程自体が、是非を問われるものなのかもしれない。

## 受け継いだ職人気質と潔癖症

たとえデパートの包装紙の印刷文字であろうが、空中に指で書いた見えぬ字であろうが、文字という文字を疎《おろそ》かにはしなかった。字には魂が宿ると信じていたからである。そのため、字の書いてある紙は簡単に捨てず、字の部分のみを切り取って他の用向きで使い、空に書いた文字は、消す手真似をした。

食あたりが恐ろしくて、熱燗《あつかん》はあめ色になるまであぶるため、熱すぎて他人はその銚子《ちょうし》を素手で持てない。菓子なども必ず火箸でつまんであぶるが、あぶれないものは手で触った部分を丹念に剝がし、決して口に入れなかった。コレラが流行《はや》った時期ともなれば、原稿用紙の一枚一枚に火鉢の灰をまぶして消毒する。信心深く、たとえ飲食店からの帰りの夜半でも、神社の鳥居の前ではいきなり膝をつくので、付き添う弟子が羽織を踏みそうになったことは数知れず。投函《とうかん》したはずの手紙が心配になり、落ちていないかポストの周囲を何十回もグルグル回ってみる。

ここまで神経質なエピソードの持ち主は、古今東西の文人にも稀であろう。明治から昭和に

**堤寒三「文人と酒」** 堤は『読売新聞』の漫画記者。鏡花は決して冷酒は口にせず、熱燗もそうとうな高温にした。他人には熱すぎて触ることができなかったこの熱々の熱燗は文壇仲間では「泉燗」と呼ばれていた。若いときに胃腸をこわしたせいで、鏡花は何でも熱さなくては口にせず、お菓子やアンパンさえもアルコールランプで丹念に炙り、最後に指で触ったところを捨てるほど、食物にも神経をとがらせていた（『読売新聞』昭和3年1月25日）

かけて長短三百編以上の作品を発表した泉鏡花である。十七歳で故郷金沢から上京、憧れの尾崎紅葉の住む東京まで来たものの、紅葉はすでに文壇の大家である。気楽に近づくことのできなかった鏡花は、そのまま東京や鎌倉《かまくら》で無為に時を費やす。意を決して紅葉の門を叩いたのは一年も後のことであった。

紅葉は、この見知らぬ少年に定まった住所もないと聞くと、その日から彼を玄関番として住み込ませた。若くして名を成した紅葉にとって、鏡花ははじめての弟子であった。鏡花の父は、象嵌《ぞうがん》細工や彫金などの錺《かざり》職人であったが、紅葉自身の父も職人であったうえ、ともに生母を早くに喪ったという境遇も重なり、師弟には、自《おの》ずと近しい感覚もわき起こったであろう。紅葉は年も近い鏡花を弟のように愛し、恩情あふれる師匠は繊細で感じやすい少年に大きな感銘を与えた。以来、親分肌で懐の広い師匠と、純真で感受性の豊かな弟子は固い絆《きずな》で結ばれることになり、鏡花は終生、師の紅葉を尊敬し続けた。

鏡花の作品には「紅葉（もみじ）」という語は登場しない。「もみじ」を描出する場合、鏡花は「錦葉」や「繡葉」という文字を当て字として使い、「もみじ」とルビを振った。これは、自分ごときが書き散らす文字のなかに、師匠のペンネームがあってはならないという鏡花なりの師匠への敬意である。

六歳しか違わなかった師弟だが、師の紅葉は三十代なかばで世を去り、弟子の鏡花は六十代なかばまで生きながらえる。紅葉の没後も鏡花は生涯、師の写真を神棚にまつり、朝夕の挨拶《あいさつ》を欠かさなかったという。そんな鏡花の創作には、生来のデリケートな気質のうえに、師匠から受け継いだ凝り性が反映されていった。

### 代表作への毀誉褒貶

泉鏡花は明治六年（一八七三）、金沢に生まれた。本名は鏡《きょう》太郎《たろう》。父は彫金師で、母は能楽師の家系に連なる。ペンネームの鏡花は、はじめて紅葉を訪れた折、名刺代わりに持参した「鏡花水月」という短い作品から、紅葉が与えたものである。明治・大正・昭和を生きた息の長い作家であり、艶美で神秘にみちあふれた、浪漫《ロマン》的、超現実的な、独特な作風で知られる。

　鏡花には幻想的な名作が多いが、代表作をひとつ挙げるなら『高野聖』（明治三十三年）であろう。鏡花と同じく紅葉の高弟で、門下四天王[7]の一人に数えられていた徳田秋声もそう認めるほか、「著者の最好代表作[8]」との一般認識も早くから確立されていた。ただ現代では人気の高いこの作品も、意外なことに発表当時はひたす

**鏡花父子像**　石川県金沢市の泉鏡花記念館前にある鏡花と鏡花の父の像。鏡花の生家跡に建てられた記念館の前に建っている。近くに流れる浅野川沿いには鏡花の初期代表作のひとつ『義血侠血』のヒロイン・滝の白糸の像もある

ら絶賛されていたわけではない。

極めて怪、極めて奇、寓意譚《ぐういたん》なるが如く、ならざるが如く、小説なるが如く、またならざるが如く、幽玄悽惨《せいさん》、茫漠《ぼうばく》として作者意のある所を知るに苦む。［中略］かくのごとき不成功の作（島村抱月《しまむらほうげつ》「鏡花氏の『高野聖』」『中央公論』明治三十三年三月）

と端的に評されたのも、「一部の読者に喜ばれるだけの要素(9)」という特殊性に傾き、普遍性を欠いた傾向に戸惑う向きが多かったからであろう。

それは「曽《かつ》て傑作と称せられ、芝居等にも仕組まれて、好評を博した(10)」とされたように、舞台化作品の延長上で評価されたことと無縁ではあるまい。「当時の文壇を酔わしめた傑作」でありながらも「筋は拙《つま》らぬ(11)」と評されたとおり、ストーリー自体よりもその特異な世界観がまず注目され、作品評価を受けるにあたって諸刃となってしまった観がある。現代まで繰り返し舞台化、映画化され喝采を浴びてきたのも、視覚的なアピールを持つ作品ゆえの特性であろう。

【ちょっとブレイク――ウサギへの愛】

鏡花は、両親の職人気質と芸術性を受け継いだが、最愛の母を十歳で喪う。以降、亡母に対する憧憬《しょうけい》は彼の心に深く宿った。彼がマフラーをはじめ、兎《うさぎ》のモチーフの品物を蒐集していたのも、発端は母が生前贈った水晶の兎に因んでのことである。なぜウサギなのか、といえば、酉《とり》年の生まれの鏡花の裏干支《えと》であったからである。裏干支とは、十二支の生まれ年の対極にあたる（ちょうど六つ離れる）干支を指す。そしてそれにまつわるものを身近に置けば幸運をもたらすといわれていた。鏡花の作品にしばしば登場する年上の美しい女性は、この母のイメージも投影されており、鏡花夫人は鏡花の母と同じ「すず」という名前であった。

## 『高野聖』に見る善知識

『高野聖』は『新小説』誌に発表された中編小説である。幻想的な幽玄の世界を描いて新境地を切り開き、鏡花はこの作品で浪漫作家と認められた。以降〈鏡花世界〉といわれる独自の世界観が知られるようになる。

『高野聖』の大筋は、宗朝《しゅうちょう》という僧の旅と道連れになった語り手の「私」が、同宿になった宗朝に眠れぬ夜長をまぎらす奇譚を乞い、求めに応じて宗朝が、若いころの不思議な深山の体験を語る、というものである。

作品形式は、絵画に額縁が嵌《は》められるイメージから〈額縁小説〉と呼ばれるもので、ストーリーのほとんどすべてが、〈絵画〉に見立てられる僧の昔語りで成り立っている。そして冒頭と掉尾《ちょうび》のわずか数文の、現在の時制に戻る箇所が、〈額縁〉になぞらえられる。

高野聖とは元来、高野山《こうやさん》に隠遁《いんとん》する念仏僧であった。だが中世になると勧進のため高野山から諸国に出向いた下級僧を指すようになる。いわゆる募金係、集金係の側面を有していたために、お金も絡んだ行商やあまり感心できない行いをする僧侶も増えていく。そのいっぽう、交通の便が悪く、遠方との交流がそれほど盛んではなかった時代と地域において、唱導の一環として説話を持ち運ぶ機能も果たし、口承文芸の発展にも寄与する。この作品の旅僧が「宗門名誉の説教師で、六明寺《りくみんじ》の宗朝という大和尚」であったことに鑑みるならば、語り終えた彼が「敢《あえ》て別に註《ちゅう》して教を与えはしなかった」とはいえ、この体験談自体が、聴き手を仏道に導く機縁となる善知識《ぜんちしき》であったと捉えることもできよう。

さてこの宗朝上人の不思議な話とは、上人自身が若かりし時、飛騨《ひだ》(現在の岐阜県)の山中で体験したできごとである。ある旅の途中、上人はふとしたきっかけで道なき道をかき分け飛騨の山奥に入り込む。それは恐ろしい山中で、蛇を踏み越え、蛭《ひる》を払い、上人は這《ほ》う這《ほ》うの体《てい》で山奥の奇怪な一軒家にたどり着き、その家の不思議な美女に一夜の宿を乞う。親切にふるまう彼女は、近くの谷川の霊水で水浴びすることを上人に勧める。だが案内されていく野外で、コウモリやカエルや猿が彼女のもとへと飛んできて異様にまつわりつき、夜半に床に就いてからも、動物や鳥、虫などがこの家を取り囲む奇妙な気配が漂う。

翌朝、別れを告げて出立するも、上人の歩みは未練のために鈍くなり、ついに彼女の家に立ち戻ろうとする。そのとき、上人は彼女の家に出入りして用を足していた爺《じい》やにバッタリ出会う。この男は、無事ならうちに立ち去るようにと上人に忠告し、今まで彼女の家に紛れ込んで来たほかの男たちの驚くべき末路を聞かせる。

地体《じたい》並のものならば、嬢様の手が触って那《あ》の水を振舞われて、今まで人間で居よう筈はない。

牛か馬か、蟇《ひきがえる》か、猿か、蝙蝠《こうもり》か、何にせい飛んだか跳ねたかせねばならぬ。谷川から上って来さしった時、手足も顔も人じゃから、おらあ魂《たまげ》消た位、お前様それでも感心に志が堅固じゃから助かったようなものよ。（『高野聖』左久良書房、明治四十一年、近代文学館、昭和四十三年復刻）

じつは彼女は魔性の女で、彼女に迷う男たちを人外のものに変える霊力を有していた。その色香に迷わず、無垢《むく》な魂を失わなかった宗朝は、彼女の特段の慈悲により、無事に生還しえたという結末である。

上人との別れ際、彼女は「何処ぞで白桃《しろもも》の花が流れるのを御覧になったら、私の体が谷川に沈んで、ちぎれちぎれになったことと思え」と名残を惜しむ。異郷に迷いこんだ男が美女に出会い、不思議な体験を経て帰還するという話の骨組みは、桃源郷を髣髴《ほうふつ》させる。また、神聖な年上の美女を描くのは鏡花の十八番だが、〈小造の色白の美女〉は、全国各地に伝説として残る〈山姫〉の典型的な外見に一致する。ならば鏡花はこの作品の着想を、いったいどこから得たのであろうか。

## 迷走する『高野聖』の原点

鏡花とほぼ同時代に生きた作家の田中貢太郎は、怪談を得意とし、清《しん》代に編まれた中国怪異文学の最高傑作『聊斎志異《りょうさいしい》』の翻訳者としても知られる。彼は自身の『怪譚小説の話』のなかで、

私は物を書く時、面白い構想が浮ばないとか、筋が纏《まと》まらないとかいうような場あいには、六朝《りくちょう》小説を出して読む。それは晋唐《しんとう》小説六十種で、当時の短篇《たんぺん》を六十種集めた叢書《そうしょ》であるが、それには歴史的な逸話があり、怪譚があり、奇譚があって、皆それぞれ面白い。泉鏡花子の『高野聖』は、その中の幻異志《げんいし》にある『板橋三娘子《はんきょうさんろうし》』から出発したものである。板橋に三娘女《さんろうじょ》という宿屋をしている老婆があって、それが旅人に怪しい蕎麦《そば》の餅を啖《く》わして、旅人を驢《ろば》にして金をもうけていたところで、趙季和《しょうきわ》という男がそれを知って反対《あべこべ》にその餅を老婆に啖わして老婆を驢にしたという話で、高野聖では幻術で旅人を馬にしたり猿にしたりする美しい女になっており、大体の構想に痕跡の拭うことのできないものはあるが、その他は間然する処のない独立した創作であり、また有数な傑作でもあって、

上田秋成が『西湖佳話《せいこかわ》』の中の『雷峰怪蹟《らいほうかいせき》』をそっくり翻案して蛇性の婬《いん》にしたのとは甚だしい相違である。（『怪奇・伝奇時代小説選集3　新怪談集』春陽堂書店、平成十一年）

と述べている。『板橋三娘子』は、古くから中国に伝わるインパクトのある一種のおとぎ話である。内容は、宿の女将《おかみ》が、宿泊客に蕎麦餅《そばもち》を食べさせては、驢馬《ろば》に変えるという奇抜で怪奇的なものである。じっさい彼女が、妖術に使う蕎麦餅の蕎麦粉《そばこ》を、小さな木彫りの牛と人形に水を吹きかけて生あるもののように動かし、一から畑を耕させて収穫させるくだりには、鬼気迫るものがある。

そして両者の関係性については、鏡花研究の第一人者であった吉田精一《よしだせいいち》が「慕い寄る男性を馬や猿やむささびやに化する女怪は、支那小説『三娘子』からヒントを得(12)」たとして以来、『板橋三娘子』が『高野聖』に多大な影響を与えたというのは定説となっていた。

鏡花の友人であった先述の横山健堂も、一読してこの顕著な類似に思い至ったらしい。横山は、『高野聖』とときを同じくして『ダリアの前にて』という、植物由来のエッセイや人物論などをまとめた書を出版しており、鏡花とも近しい関係にあった。だが、この類似について鏡花に直球で尋ねた彼に返ってきたのは意外な反応だった。

彼の「高野聖」を読むに、唐人説薈《とうじんせつわい》の三娘子に酷似するもの無くんばあらず。吾輩は、此を以て彼の翻案なりと為し、之を以て彼に質《ただ》すに、其の全くの偶合なるを知れり。彼は未だ三娘子を読まざりし也。彼は、飛騨の国境の山中の物語を脚色するに、高野聖を以てしたりし也。(『趣味と人物』前掲)

そして、これを裏付けるかのように鏡花自身が別の機会に、

『高野聖』ですか、あれは別にモデルはありませんよ、私の想像でやったものでさあ、材料は極下らないものです、私の友人で商人をして居る男が、大学生と同行で富山から飛騨の山奥へ這入《はい》った話を聞いたのです(「創作苦心談」『明治文学全集 第99巻』筑摩書房、昭和五十五年)

と述べている。そして、この友人が「ひどい」山奥の宿の裏の谷川で「美しい田舎娘」と出会ったという話に「想像を加えた」ものとし、宗朝上人についても他の職業のものではつまらないという理由で、「坊さんが幾分か配合がよいだろうと思った」とまとめている。ちなみに、鏡花は同郷の教育者・吉田賢龍《よしだけんりゅう》と親しく、自筆年譜で、

明治三十六年三月、牛込神楽町《うしごめかぐらちょう》に引越す。五月、すずと同棲《どうせい》。その此《これ》を得たるは、竹馬《ちくば》

の郷友、吉田賢龍氏の厚誼《こうぎ》なり。

と記している。この吉田の体験を聞き及んだ鏡花は、別の作品『麻を刈る』（大正十五年〔一九二六〕）にも、広島師範の校長「穂科信良《ほしなしんりょう》閣下」から聞いた話として、

一夏は一人旅で、山神《さんしん》を驚かし、蛇を踏んで、今も人の恐るる、名代の天生峠《あもうとうげ》を越して、ああ降ったる雪かな、と山蛭《やまひる》を袖で払って、美人の孤家《ひとつや》に宿った事がある。首尾よく岐阜へ超したのであった。（『新編　泉鏡花集　第八巻』岩波書店、平成十六年）

と、投影させている。もとより友人の話なども、着想の一端であろう。

## 原作を求める作品

だがここで、考えていくべきは、横山健堂の考える翻案の原作と、鏡花のいう「モデル」との温度差である。もとより『高野聖』を鏡花に想起させたのは、鏡花自身には成しえなかったであろう、友人の大胆な青春の冒険譚だろう。そうなると特定の作品に依拠したものではなく、オリジナルの創作であるというのも間違いではなかろう。だがいっぽうで、舞台化されたときには以下のような劇評も寄せられる。

是は支那《しな》の小説で確《たしか》五雑組《ござっそ》にあったように思う、夫《それ》を吾国に翻訳して怪談物に載せたのもある、其中に曲亭《きょくてい》［滝沢《たきざわ》］馬琴《ばきん》作の草双紙殺生石後日《せっしょうせきごにち》の怪談五編の末に、頼家《よりいえ》の妾《しょう》むらさきという妖婦の隠家へ一幡丸《ひとはたまる》主従が舎《やど》り男女二人《なんにょににん》の家来が妖術の為め湯浴《ゆあみ》して人体《にんたい》を馬に化《さ》るる件《くだん》あり、尚《なお》文中に文武忠孝備りたる武士《もののふ》と出家沙門《しゃもん》には此妖術行われずと記して茲《ここ》へ足立《あだち》弥九郎景盛《かげもり》が行脚の僧と為《なっ》て来り是も此隠家に舎る所を見せ原作を活して遣《つか》って居る（東帰坊「本郷座劇評（下）」『朝日新聞』明治三十七年十月四日）

『五雑組』は、中国の明代に謝肇淛《しゃちょうせい》が発表した小品随筆集である。自然現象や人事などの広範な項目について著者の見聞や意見をまとめたもので、外国にも目が向けられ、日本人の僧侶や倭寇《わこう》についても珍しい記載がある。だが「幻術」という項目にも、蓮《はす》や瓜《うり》があっという間に生《な》るという手品の話がわずかに書かれている程度で、『高野聖』との直接的な関連性は見当たらない。

いっぽう、曲亭馬琴をはじめとする江戸の戯作は、鏡花の母が愛読していた。そのため鏡花も早くからそれらを読み聞かせられている。そして十歳で母を喪った後は、母の形見の双紙類は鏡花の愛蔵書となった。滝沢馬琴の『殺生石後日怪談《せっしょうせきごにちのかいだん》』は、能や謡曲でも知られる『殺《せっ》生石《しょうせき》』の、文字どおり後日談を描いたものである。『殺生石』は、鳥羽《とば》天皇に仕えた玉藻《たまも》の前という美女がじつは金毛九尾の狐《きつね》の化身で、殺された後に、近づく人に害をなす殺生石と呼ばれる石になるが、後深草《ごふかくさ》天皇の折に玄翁《げんのう》和尚の法力で石の霊が成仏させられる、という話である。

この伝説の残る石は那須《なす》に現存するが、馬琴はこの石に関わりを持つ、この土地の美女を、源頼家《みなもとのよりいえ》の愛妾・紫の方としてこの後日談を書き起こした。そして最後には、紫の方が妖婦として頼家と天下に害をなし、彼女を母の仇《かたき》と狙う頼家の嫡子・一幡丸と叔父の上総太郎広嗣に討たれるという筋書きである。着目すべきは紫の方が妖術を使う場面である。彼女は討たれる直前、ある宿の女将として「小麦団子」を食べさせ、温泉に湯浴《ゆあ》みさせることによって、一幡丸に従う男女を馬に変えてしまう。その場面はこう描かれる。

紫は這地《この》に匿《かく》れ栖《すみ》ける始より自然と魔形の幻術《げんじゅつ》を感得して怪異《あやし》き行い衆《おお》かりし。そが中に生ながら人を馬に成す幻術あり其法術は小麦の中に毒薬を相加て行客に食べさせ又風呂の湯にも毒薬を煎じ置て欺きて其湯に浴《い》るれば僅《わずか》に半晌《はんときばかり》許の程に其人生ながら馬に成ざるはなし這馬們《このうまども》を矢四郎は東西《あちこち》の市へ牽将往《ひきもてゆき》て価直《あたい》よろしく鬻《うり》しかば利を射ること大かたならず只文武忠孝具備《そなわり》たる武士と出家沙門には這魔法《このまほう》行われず（第十回）

そしてこの場面は、手法こそ異なるものの『高野聖』の美女が、人を馬に変え、厩《うまや》につないだ後、売りさばかせて利益を得るという件《くだり》と酷似している。その一方で蕎麦と小麦の相違はあるものの『板橋三娘子』とも似通ってくる。馬琴も中国の古典、とくに怪異小説に素材を求めていたことは当時からよく知られていた。

## 織り混ぜられたルーツ

鏡花には『高野聖』の執筆にあたり、意識的に特定の一作品を取り上げて改変したという意識はなかったのであろう。ならばそこに、無意識のうちに江戸戯作の、ひいては中国の文学イメージが流れ込んでいたとしても否定できない。じっさい、『高野聖』をはじめとする鏡花作品の幻想性は、往々にしてさまざまな東洋的モチーフが溶け合って形成されている感がある。同時代に「子供だまし」とも評された『高野聖』は、まさにその現実離れした古雅な雰囲気によって、後代の怪奇小説に大きな影響を与えていった。そして明治三十年代後半から日本文壇の中核をなすことになる自然主義のなかでも、鏡花作品は優美で浪漫的な立ち位置を失わなかった。その独自性が、後に耽美派《たんびは》といわれる谷崎潤一郎《たにざきじゅんいちろう》や永井荷風《ながいかふう》、白樺派《しらかばは》の里見弴《さとみとん》などに影響を与えていくのである。

その後も鏡花は、浪漫主義の作品のみならず、人生の裏面を描写する観念小説や紀行文にも筆を染めるが、彼の作品にはいつもどこか非現実的な典雅な香りが漂っている。昭和十四年（一九三九）、肺腫瘍で没した折には、「派」を超えた作家たちがその死を悼み、改めてその独自の作風の影響の広さを物語った。

明治期の作家にとって、別の作品をもとに新たにみずからの作品を立ち上げる、翻案という手段は決して珍しいものではなかった。ただ現代の感覚と異なるのは、翻案という手法が容認され、奨励さえされていたことである。それほど翻案は、当時の作家にとっても読者にとってもごく日常的で、身構えることなく受け入れられるものだった。

むろん、翻案と称すべき範囲の明確な規定や、オマージュなどとの線引きも難しく、影響関係の大小もあろう。だが優れた構想やモチーフは、時間や国境といったボーダーを越えて受け継がれていくものである。そしてそれをうまくその国の文化風土に合わせ、ニュアンスを直していくことで名作が生まれる。ここでは紅葉と鏡花という卓抜した師弟の作品に注目し、そのみごとな透かし絵のような技法を整理してきた。だがほかにも現代にも伝わる名作のなかに、翻案、あるいはそれに準ずるものはあり、ただ気づかれていないというケースが少なからずある。後章で取り上げる作家たちもまた、こうした創作手法と無縁ではなく、繊細な課題として向き合っていったのである。

# 第四章　ジャーナリズムにおけるスタンス
## ——小説のための新聞か、新聞のための小説か

「新聞屋が商売ならば、大学屋も商売」——そう語って夏目漱石《なつめそうせき》は大学の席を捨て、みずからの存在意義をかけて新聞界に身を投じた。いっぽう、「新聞は社会の木鐸《ぼくたく》」という信念のもと、黒岩涙香《くろいわるいこう》は新聞人たることに矜持を持ち、新聞発展のために寄与した。そして夏目漱石はみずからの創作の意義を新聞小説として問い、涙香は新聞を定着させるための手段として、みずから新聞小説欄に翻訳を提供した。

かくてそれぞれが新聞小説を通じて、不特定多数の読者に真摯に向き合うなかで、近代化という明治時代の問題を正確に切り取り、この過渡期に生きる日本人に新しい思考や知識をどう提供すべきか、試行錯誤を繰り返していく。個のための新聞か、新聞のための個か。それぞれの経緯は一八〇度異なるが、最終的に二人が向かったのは同じ方向である。そのなかで二人はともに画期的な作品を生み出す者としての立場を確立し、同時に新聞の発展にも貢献し、後に日本が新聞大国となる礎を築く。

ただこの二人の成功者にも、経済上の苦労や、既成概念に縛られた迷い、周囲との人間関係などさまざまな実人生の、ふつうの悩みが尽きなかった。そうしたあたりまえの人間的な生活のなか、彼らが何をどう決断し、独自の執筆活動を展開したのか。それぞれが新聞に足を踏み入れることになった経緯から見ていきたい。

## ①夏目漱石『虞美人草』――新聞小説としての成功と文学としての〝不成功〟

### 迷いと苦悩の前半生

『朝日新聞』が平成十二年（二〇〇〇）に実施した「この1000年『日本の文学者』読者人気投票　ミレニアム特集」によると、現代日本人がまず想起する文豪は夏目漱石らしい。ついで、紫式部。アンケートを実施した『朝日新聞』にとってはさぞや嬉《うれ》しい結果であろう。というのも漱石は『朝日新聞』の社員だったからである。漱石の、作家としての実働期間は意外に短く、亡くなるまでの十年ほどである。漱石はそのほとんどを『朝日新聞』で過ごしている。そのため現代文の教科書でおなじみの『こころ』をはじめ、作品の多くは『朝日新聞』の連載小説である。

現代でも抜群の知名度を誇る偉大な文豪の漱石だが、じつは彼の人生は迷いと苦悩の連続で、きわめて人間くさいものだった。その人間らしさが、彼に、栄光に満ちた安定した職を捨てて新聞の専属作家になるという、当時の多くの人々に解せない大胆な決断させた。そして文豪としての人生を花開かせるのである。

## 〝都落ち〟からスタートした『坊っちゃん』人生

漱石は慶応《けいおう》三年（一八六七）、江戸牛込、現在の新宿《しんじゅく》区喜久井町《きくいちょう》で生まれた。父は名主で牛込から高田馬場《たかだのばば》一帯を治め、権力もある裕福な家庭だった。本名は金之助《きんのすけ》。六十日に一度めぐる庚申《こうしん》の日に生まれたが、古来、この日に生まれた子は大泥棒になるというジンクスがあった。回避するには「金」か「かねへん」の漢字を名前に入れるのがよいとされていたため、「金之助」には「金の助け」で泥棒にならずにすむようにという願いも込められた。余談だが後年、自身の子どもの名前を考えるにあたり、漱石は「子供の名前丈《だけ》でも金持然としたければ夏目富《トム》がよかろう。但《ただ》し親が金之助でも此通り貧乏だからあたらない事は受合だ」(1)と外遊先のイギリスから夫人に書き送っている。

東京帝国大学の英文科を卒業した漱石は、教師として世に踏み出した。大学の卒業前から東京専門学校で講師を務め、その後は大学院に籍をおきつつ東京高等師範（現筑波《つくば》大学）の英語嘱託も務める。人生が大きく動いたのは明治二十八年（一八九五）、二十八歳のときで、愛媛の松山中学校に英語教師として赴任することになった。友人の正岡子規の故郷という親近感もあり、月給八十円は校長よりも多額の破格の待遇であった。

だがそれにしても優秀な大学卒業生の赴任先には遠すぎる。都落ちの感は否めなかった。彼がこの赴任地を受け入れた理由を、漱石の兄は、病院で出会った美しい女性に失恋したための失望からと解釈し、後に結婚した鏡子《きょうこ》夫人にもそう話していたらしい。だが門下生の小宮豊隆《こみやとよたか》は、漱石自身がその話を否定し、窮屈な高等師範の教員生活や、『ジャパン・ウィークリー・メール』（明治三年創刊の英字新聞。大正六年〔一九一七〕に現在の『ジャパン・タイムズ』に吸収合併）への就職の失敗などから、「『何もかも捨てる気』で松山に行った」のだと語ったとしている。(2)

ともあれこのときの体験をもとに発表されたのが、言わずと知れた『坊っちゃん』である。漱石はこの翌年、熊本の第五高等学校に月給百円で赴任すると、講師、教授、英語科主任、教頭心得と順当にキャリアアップしていく。

だが漱石も、熊本時代に結婚した妻も東京の山の手育ちである。教師という職業に愛着を感じていなかったこともあり、漱石は、岳父で貴族院書記官を務めていた中根重一《なかねしげかず》に東京での就職の斡旋を依頼する。そして中根から、さしあたっては外務省の翻訳官の口ならば、という返事を受け取った漱石は、親友の正岡子規に、

実は教師は近頃厭《いや》になり居候《おり》えどもさらば翻訳官はというと果してやって除《のけ》るという程の自信と勇気無之［中略］単に希望を臚列《ろれつ》するならば教師をやめて単に文学的の生活を送り

たきなり。換言すれば文学三昧にて消光したきなり。（正岡子規宛書簡、明治三十年四月二十三日『漱石全集　第二十二巻』岩波書店、平成八年）

と心の内を書き送っている。

**ロンドン滞在中の旧居**　イギリスに留学中の漱石が住んでいたアパート。２階の、漱石が住んでいた部屋の横には丸いブルー・プラークがはめ込んであり、日本の小説家で1901年から1902年までここに住んでいたことが示されている。2016年に閉館した漱石記念館は、2019年、漱石が住んでいた近くの別の建物へと移して、再びオープンした

**望郷の念、ロンドンから東京へ**

転機となったのは三十三歳のときで、文部省から英語研究のためにイギリス留学を命じられる。このときプロイセン号で渡欧したのは、漱石と同じく留学生の芳賀矢一《はがやいち》、藤代禎輔《ふじしろていすけ》の三人で、互いに現地でも文通や交流を続けた。留学費は年に千八百円である。現代の価値に直すと、一万倍か、体感としてはもう少し大きい金額であろう。相当の高額である。それでも現地では不足がちで、正式な学校の学費も賄えなかった。漱石は、安下宿に

**カーライル記念館**　19世紀のイギリスの評論家、歴史家トーマス・カーライルの住んでいた家。現在では記念館となっている。漱石もこの記念館をイギリス滞在中に訪れ、帰国後明治38年に『カーライル博物館』という紀行文を書いている。また『吾輩は猫である』では、吾輩の飼い主である苦沙弥先生がカーライルと同じ「胃弱」であることを自慢して友人に冷やかされたり、カーライルのエピソードを皆で話題にする場面も登場する

住んで浮かせた費用で買い込んだ書籍を、ひたすら読む日々を送った。慣れない環境で苦労した漱石はもともと患っていた神経衰弱を悪化させる。何とか規定通り満二年を過ごすが、今度は帰国後の生活について悩むことになる。

　漱石は帰国後の落ち着き先を探すにあたり、狩野亨吉《かのうこうきち》を頼った。学生時代からの友人で漱石自身と共に『吾輩は猫である』の珍野苦《ちんのく》沙弥《しゃみ》先生のモデルの一人である。漱石の葬儀では友人代表として弔辞を読んだほど近しく、第一高等学校の校長、京都帝国大学文科大学の初代学長などを歴任した。若いころには漱石の招きで第五高等学校でも教鞭を執り、後年は漱石を京都帝国大学に呼び寄せようと奔走する。京都の話は実現しなかったが、互いに奉職先もともにと望むほど親しかった。

　漱石は、熊本の五高から教員として復帰することを懇望されていたが、狩野らに「僕はもう熊本へ帰るのは御免蒙《こうむ》りたい。帰ったら第一で使ってくれないかね。［中略］狩野君も校長を

しているとした処で如何ですかな。御安くまけて置きますよ(3)」と冗談まじりの本音を書き送っている。「第二」というのは、このとき狩野が校長を務めていた第一高等学校のことである。

熊本時代の教え子でもあり、後に友人ともなった物理学者の寺田寅彦《てらだとらひこ》にも「僕も帰って熊本へは行きたくない。なるべく東京におりたい。しかし東京に口があるかないか分らず、その上熊本へは義理があるから頗《すこぶ》る閉口さ(4)」とこぼしたのは、偽らざる本心であろう。任官義務もあり、世話になった五高から望まれた以上、無下に断ることは許されない。

当時、洋行と呼ばれた外遊は、青年たちの垂涎《すいぜん》の的であった。よほどのエリートでなければ国からの官費は下りず、さりとてよほどの資産家でなければ、洋行費を個人では賄えない。だがその洋行も異国での絶え間ない苦労の連続で、挙句に帰国後のポスト探しに奔走せねばならないとは、厳しい現実だっただろう。イメージされるのは偉大な文豪ではなく、就職活動に腐心する、疲れた生身の（当時としては）中年男性である。もとよりエリートには違いない。それでも収入や生活拠点の苦労に直面する漱石像には、親近感もわいてくる。

### 「ワカラナイ」講義をする教師

幸い、いざ帰国すると狩野ら友人たちの奔走で、漱石には東京で第一高等学校と東京帝国大学での講師の席が用意されていた。だが帰国時に有り金をはたいて書籍を購入し、一文無しで帰国した漱石を、母国でも経済上の苦労が待ち構えていた。漱石の外遊中、妻子は休職月給二十五円で、妻の実家の離れに住んでいた。だが生活はかなり苦しく、夫人は義弟に借金をし、漱石も彼の復職を待っていた熊本を苦労して断り、その退職金を以てようやく新居や家財道具を調《ととの》えた。文学に向き合う余裕などとてもなかった。

漱石は帝大と一高の講師に明治三十六年（一九〇三）四月に就任した。年俸は第一高等学校が七百円、帝国大学が八百円である。念願の東京に戻り、安定した生活がスタートしたように見えた。だが当時の大学は九月が新学期で六月が年度末であった。すなわち年度終盤での就任で、引き継ぎや講義の準備は息つく暇もなく「目下大多忙」(5)の日々が続いたらしい。

別種の苦労もあった。漱石の前任者の、小泉八雲ことラフカディオ・ハーンは偶然、第五高等学校でも漱石の前任を務めていた。日本に慣れているハーンは人望があり、体調をくずして辞意を表明した折には、彼を慕う学生たちが慰留運動を起こしたほどである。漱石もさすがに、この英文学の泰斗の後任は荷が重いと不満であったらしい。しかも文学的・詩的な講義を展開していたハーンに対し、漱石はなじみにくい理論的・方法論的な講義方針を選んだ。温厚で文名も高く、英語を母国語とする（厳密にいえば違うが）ネイティブ教師の後を受け継いだのが、まだ無名の厳格な邦人講師となれば、学生たちの反応は想像に難くない。少なくとも、漱石が好意的だと感じるようなものではなかった。

そのうえ漱石は高いレベルを学生に要求し、「大学の講義わからぬ由にて大分不評判」(6)となった挙句、「大学ノ講義モ大得意ダガワカラナイソウダ、アンナ講義ヲツヅケルノハ生徒ニ気ノ毒ダ、トイッテ生徒ニ得ノ行ク様ナコトハ教エルノガイヤダ」(7)という不満をみずから募らせていく。

**【ちょっとブレイク――重宝な泥棒】**

漱石の家では、何度か泥棒に入られている。煤煙《ばいえん》事件（門下生の森田草平《もりたそうへい》と平塚明子《ひらつかはるこ》〔雷鳥《らいちょう》〕の心中未遂事件）の直前に森田草平が訪ねてきたときには、彼の履物まで盗まれたこともあった。またあるときは、夜中に衣類を根こそぎ盗まれた。一週間後に犯人がつかまり、現場検証のようなものだろうか、その犯人が警官に引き連れられて来たのを、若い刑事と勘違いして漱石夫妻は丁寧に頭を下げたらしい。裕福ではなかったため、盗まれたのもあまり良い着物ではなかった。だが、古着屋に売られていた衣類が戻されてみると、洗い張りや裾直しなどの縫い直しもすべて施され、以前より状態が良くなっており、漱石夫妻はこんな泥棒ならまた入ってほしいと感じたという。

### 教え子の自殺

いっぽう、第一高等学校では講義も気楽であったらしい。当時一年生で、のちに『銀《ぎん》の匙《さじ》』を発表する中勘助《なかかんすけ》も、頭を掻いた指を嗅いでは猛烈に臭いものを嗅いだ犬のような表情を見せる、という夏目先生の講義中の「奇癖」を伝えている。そんなとき漱石も我に返り苦笑したというエピソードからも、教室の長閑《のどか》さが感じ取れる。だが漱石が友人宛に「第一高は遥《はる》かにのんきに候。熊本より責任なく愉快」(8)という手紙を認《したた》めた、まさにその翌日、第一高等学校では前代未聞の大事件が起こった。漱石の教え子でもあった藤村操《ふじむらみさお》という十六歳の学生が、日光《にっこう》の華厳《けごん》の滝から投身自殺を遂げたのである。

高い教育を受けた前途有望な青年が、何に苦悩してみずから命を絶ったのか。彼が滝のそばの木肌を削って彫り込んだ、遺書代わりの「巌頭之感《がんとうのかん》」が見つかり、世間はエリート青年の厭《えん》世観《せいかん》からきたす内的煩悶に、その動機を見いだした。死後ひと月あまり亡骸《なきがら》が上がらなかったことも世の関心を集めた。青年の自殺という衝撃はジャーナリズムを巻き込み、多くの論客がその是非について持論を展開した。のみならず、多くの若者が彼の死に共鳴し、いわゆる後追い自殺を図る。とくに操が命を絶った華厳の滝では巡査派出所を置いて警戒にあたったが、未遂を合わせ、その後数年で二百名を超える投身者があったという。

いずれにせよ、この事件は漱石の繊細な神経に深刻に響いた。操と同級で、後に法政《ほうせい》大学の第六代学長（及び第七代総長）を務め、野上弥生子《のがみやえこ》の夫としても知られる英文学者の野上豊一《とよいち》郎《ろう》はこの折のことを次のように回想する。

> 彼の死は我々を震駭《しんがい》せしめた。新聞で報道された朝、教室に入って来た夏目漱石先生は非常に厳粛な顔をして、彼の自殺は新聞で発表されたような理由によるものであるかと一

人の学生に聞いた。彼はそうであると思うと答えた。漱石先生の眉宇《びう》には一抹の憂愁の雲が掠《かす》めた。一週間ほど以前に、先生は藤村に二度つづけて英語をあてた。二度とも彼は読まなかった。すると、予習して来ないような奴はおれの授業に出ることはならぬと云って叱った。それから一二回欠席して、遂に死んだのである。死生の間をさまよっていた藤村君にとって英語の予習なんか問題でなかったに相違ない。併《しか》し彼の心事を知らなかった漱石先生は、新聞を見て全然別の意味で心配していたようであった。（「向陵の思い出」『朝日新聞』昭和十年六月二十一日）

昭和の末になってから、藤村操が死の直前に、ある少女に高山樗牛《たかやまちょぎゅう》の『滝口入道《たきぐちにゅうどう》』を手渡し、そこに彼女への思いを書き込んでいたことが判明した。そして彼の自殺の動機として、失恋の可能性も認められるようになった。だが少なくとも漱石には相当のショックであり、叱責への後悔が残ったに違いない。翌三十七年（一九〇四）二月八日、漱石は寺田寅彦に、「藤村操女子」という署名で詠んだ『水底《みなそこ》の感』という詩を書き送っている。操の恋人の女性（あるいは操を女性に見立て）が恋人の後を追い、水底での愛の成就をイメージさせる内容だが、漱石なりの鎮魂歌であったのかもしれない。

## 白湯的小説『吾輩は猫である』

漱石は、「文芸上の述作を生命」としていたため、常に「何か書かないと生きている気がしない[9]」と感じていた。そのためはじめは教職の合間を縫って書いていた。若いころの漱石は、親友の正岡子規と俳句に興じており、漱石という号も、当初は子規が用いたものだった。そして子規の他界後も、子規の弟子の高浜虚子《たかはまきょし》が主宰を受け継いだ俳誌『ホトトギス』との関係は続いていた。

そのころ、虚子が漱石に、『ホトトギス』恒例の文章研究会で何か発表するようにと勧めてきた。同誌が俳誌の枠を拡げ、小説も載せはじめたためである。そして漱石が研究会で披露した最初のエチュードを見た虚子は、漱石の許諾を得て加筆修正を施し、明治三十八年(一九〇五)一月号の『ホトトギス』に掲載する。すると一回の読み切りのつもりであったものが大評判となり、連載が始まった。これが『吾輩は猫である』である。連載は翌年八月まで十一回続いたが、十回目には同誌に『坊つちやん』の連載も並行してスタートし、同誌の売り上げは、五千五百部(明治三十年の創刊時の発行部数は三百部だった)という驚異的な数字となった。

『吾輩は猫である』は言わずと知れた、猫による一人称の語りという独特な構造である。猫の視点から人間世界を斜めに見る滑稽さと、灰汁《あく》のない淡々とした文体がほどよく釣り合い、爆発的な人気を博す。辛口批評家の正宗白鳥《まさむねはくちょう》は「さながら無学者の筆に成りし如く、時に冷々淡々白湯《さゆ》を呑むが如きことあるも、決して理屈や、ぎょうぎょうしい引例はない[10]」と評し、

『読売新聞』で活躍した上司小剣《かみつかさしょうけん》は、「飾らず、造らず、ありのままを書いた、白湯を飲むような文」[11]と分析する。二人の批評家がこの作品をともに「白湯」に例えて称賛しているのは興味ぶかい。内容は「高等落語」あるいは「文明的膝栗毛《ひざくりげ》」のようで、面白いが読者の頭に何も残らない。ただ、文章は肩の凝らない「白湯」のようなものというのが共通した見方であった。

それでも「俳想」という短刀と「洋想」という大刀の両刀をうまく使いこなしたことによる漱石の独自性は出ていたのであろう。余談ながら漱石は、宴会の席上で、まだ連載中の『猫』の結末を学生に問われ「次回あたりで殺して了《しま》う」[12]とあっさり答えたという。

## 〝先輩〟の存在

やや唐突に感じられるのは、『吾輩は猫である』の最終回に、カーテル・ムルという名のドイツの猫が登場することである。その場面はこう描かれる。

猫と生れて人の世に住む事もはや二年越しになる。自分では是程の見識家はまたとあるまいと思うて居たが、先達てカーテル、ムルと云う見ず知らずの同族が突然大気焔《だいきえん》を揚げたので、一寸吃驚《びっくり》した。よくよく聞いて見たら、実は百年前に死んだのだが、不図した好奇心から、わざと幽霊になって、吾輩を驚かせる為に遠い冥土から出張したのだそうだ。

（十一）

ムルとは、ドイツのロマン派の作家E・T・A・ホフマンの長編小説『牡猫ムルの人生観』（一八二〇）に登場する猫の名前である。カーテルはドイツ語で牡猫の意で、見識家を自負するムルという猫が、人間の日常生活を批評しつつ綴った〝自叙伝〟である。だがムルは執筆途中に、飼い主の蔵書から適当に引っ張り出した書物の頁《ページ》を破り、乱雑に下敷きや吸い取り紙として使ってしまう。結果的にそれらの頁はムルの原稿と入り混じったまま印刷されてしまい、猫の自伝に他の書物の一部が脈絡なく入り混じった珍妙な書になってしまった、という体裁である。猫の視点や風刺的色合いが濃い点も、漱石の『吾輩は猫である』を髣髴させる。

じつはその少し前、藤代禎輔（素人《そじん》）が「猫文士気焔録」[13]という文章を発表し、「カーテル、ムル口述、素人筆記」という断りのもと、「夏目の猫」について、「但少し気に喰《く》わぬのは、まだ世界文学の知識が足らぬ為めかも知れぬが、文筆を以て世に立つのは同族中己れが元祖だと云わぬばかりの顔附をして、百年も前に吾輩と云う大天才が独逸文壇の相場を狂わした事を、おくびにも出さない。若《も》し知て居るのなら、先輩に対して甚だ礼を欠いて居る訳だ」と述べていた。

先述のように素人は、漱石と帝国大学の同窓で、同じ船で渡欧し、帰国後はドイツ文学者となっていた。ドイツ文学についてはとうぜん漱石より詳しい。このとき漱石自身は、この作品を未読であったらしい。ただ漱石は大学院時代に、初来日したドイツ人のケーベル先生の講義も受けており、その敬愛するケーベル先生はホフマン好きであった。そうした符合もあり、着想が類似することから、じっさいには漱石はこの作品を事前に知っていたのだろうと指摘する向きは未《いま》だに少なくない。

ただ少なくとも漱石は「吾輩」に、この「先輩」のことを知らなかったと素直に認めさせた。そしてムルの存在も視野に入れたことで、図らずもこの作品は外国文学に連なる広がりを内包していくことになった。

余談ながら、作中の多々良《たたら》法学士のモデルとされたのは、漱石の熊本時代の住み込み書生であった。モデルの噂に辟易《へきえき》した彼は幾度となく、漱石に書簡で抗議し削除を要求した。弱った漱石は「取り消し」の新聞広告を出そうと提案するも本人に却下され、最終的に多々良君の「戸籍」を移すことで納得してもらったという。ヒット作品ならではの、有名税であろう。

## 弱い男も弱いなりに

さてこの『吾輩は猫である』は好評で、漱石もスラスラと書けたらしい。じっさい、同じ時期に発表した、「アーサー王伝説」をもとにした『薤露行《かいろこう》』(14)などの一ページは、『猫』の五ページと同じくらいの労力がかかる、とも語っている。(15)だが人気作の『吾輩は猫である』にも、「詩趣ある代りに、稚気あるを免れず」（大町桂月《おおまちけいげつ》「雑言録」『太陽』明治三十八年〔一九〇五〕十二月『文藝時評大系　明治篇　第八巻』ゆまに書房、平成十七年）などの手厳しい評も寄せられてはいた。

この桂月評を知った漱石が虚子宛の書簡⒃で「アハハハハ。桂月程稚気のある安物をかく者は天下にないじゃありませんか。困った男だ」と書き送っていたのは興味ぶかい。親しい友人宛ての手紙ということで、漱石も心底を吐露したのであろう。

そして他者からの批判で悩んでいた愛弟子の森田草平には、やはり大町桂月の評を引き合いに出し「大町なんかは僕の悪口を二度も繰返して居る。［中略］桂月なんて馬鹿だと頭から思ってる」とし、世評を「些《ちっ》とも構わん。蔭で云う事なんかはどうでもよろしい」として、みずからも他者の言に惑わされない「太平」の域に達した、としている。虚心坦懐《きょしんたんかい》とまではいくまいが、このあたりで漱石は一皮むけ、人の批判に無頓着に、少なくとも気に病まぬよう心がけることに成功したように思える。

さらに「僕も弱い男だが弱いなりに死ぬ迄やる」「他人は決して己以上はるかに卓絶したものではない。また決して己以下にはるかに劣ったものではない⒄」と達観したことが、その後の漱石を、大胆な進路変更へと導いたのであろう。

## 死ぬよりいやな講義の準備

こうして二足の草鞋《わらじ》を履くうちに、漱石の望みは次第に執筆に傾きはじめた。

僕は今大学の講義を作って居る。いやでたまらない。学校を辞職したくなった。学校の講

義より猫でもかいて居る方がいい（大塚保治《おおつかやすじ》宛絵はがき、明治三十八年四月七日『漱石全集第二十二巻』前掲）

というのはその頃の偽らざる心境であろう。この年の大みそかには鈴木三重吉《すずきみえきち》宛の書簡で「猫が出なくなると僕は片腕もがれた様な気がする」とも述べている。すなわちこの執筆体験を経て、漱石は書くことの純粋な楽しみを実感したと同時に、他者からの批評に囚われない覚悟を決めたように見える。そして、なじみにくく多忙な教職を辞して、本格的に文筆業で生きていくことを想起しはじめた。

じっさいこのころ、漱石は余業で執筆することの限界を感じていたふしがある。比較的順調に筆が進み、書くことを楽しめていたはずの『吾輩は猫である』でさえ、忙しくなると「こうなると苦しくなりますよ。だれか代作を頼みたい位だ」(18)とし、「僕も其実あまりかく気が御座らん。［中略］僕は小説家程いやな家業はあるまいと思う。僕なども道楽だから下らぬ事をかいて見たくなるんだね。職業となったら教師位なものだろう」(19)などと気持ちも揺れ動いている。

だが小説家のプレッシャーは承知しながらも、教師も多忙で「道楽」や好きな文学の研究に費やす時間もない。逡巡し悩みつつも、翌年『吾輩は猫である』を脱稿すると、ついに「来月は講義をかかなければならん。講義を作るのは死ぬよりいやだ。それを考えると大学は辞職仕《つかまつ》りたい」(20)と考えるにいたる。

その間にも『ホトトギス』誌上に『坊っちゃん』（明治三十九年〔一九〇六〕四月）、『野分《のわき》』（明治四十年一月）を相次いで発表する傍ら、明治三十九年九月の『新小説』誌には「小生が芸術観及人生観の一局部を代表したる小説」[21]である『草枕《くさまくら》』を発表し、大方の好評を得ていった。

## 「変人」としての選択

漱石にとって、筆一本で立つことがにわかにリアリティーを帯びたのは『東京朝日新聞』からの誘いを受けたときである。折しも、洋行二年の倍にあたる、四年間の任官義務が終わるところであった。それまでも『日本《にっぽん》』、『国民新聞』及び『報知《ほうち》新聞』から声がかかり、なかでも『読売新聞』には、折々に特別寄稿することをすでに約してもいた。

だが、それらの紙では必ずしも小説欄を主体的に漱石に渡すわけではなく、待遇面でも不安が残った。そうしたなか破格の条件を示したのが『東京朝日新聞』である。このとき漱石はきわめて慎重で、「下品を顧みず金の事」を尋ね、「手当の保証」や「恩給」についても確認したほか、「雇用の保証」、執筆物の内容や分量、版権のことなども細かい条項にして問いただし、執筆に関しては「小生の随意」に、という要望も伝えた。

『朝日』の要求は、年に長編小説を一本程度、他の媒体には寄稿しないなど、ごく緩やかなものだった。当時、『大阪朝日新聞』の編集局長であった鳥居素川《とりいそせん》が、『新小説』に掲載された漱石の『草枕』を高く評価したため、三顧の礼で迎えられたといって過言ではない。

漱石も当初から気持ちは動いていたらしい。仲介者となった『朝日新聞』の社員で、熊本時代の教え子であった坂元雪鳥《さかもとせっちょう》に対し、さまざまな条件の確認をしながらも、「大学を出て江湖の士となるは今迄誰もやらぬ事に候。夫故《それゆえ》一寸やって見度《みたく》候。是も変人たる所以かと存候(22)」と述べている。

さて、そうして漱石の入社が決定すると、『朝日新聞』はこれを大々的にアピールするため、漱石の「入社の辞」（明治四十年五月三日）を紙上に掲げる。そのなかで漱石は、この決断が多くの人々を驚かせたことを受けて、

**漱石とこども**　2人の子供のうち、右の長男の純一はのちにバイオリニスト、左の次男の伸六はエッセイストになった。なお漱石にはほかに、（夭逝した五女も入れて）女の子が5人あった。長女の筆子は漱石の弟子の松岡譲に嫁ぐが、結婚前にやはり漱石の弟子の久米正雄に想いを寄せられ、久米はその失恋を反動に多くの作品を遺すことになる。『朝日新聞』に入社する折に、漱石は鏡子夫人やこの大勢の子どもたちのことを考え、自分に何かあったときのことを特に入念に確認していた（『新潮』大正4年1月号に「夏目漱石氏の家庭」として掲載。撮影・新潮社写真部、写真・日本近代文学館）

新聞屋が商売ならば、大学屋も商売である。〔中略〕突然朝日新聞から入社せぬかと云う相談を受けた。担任の仕事はと聞くと只文芸に関する作物《さくぶつ》を適宜の量に適宜の時に供給すればよいとの事である。文芸上の述作を生命とする余にとって是程難有《ありがた》い事はない、是程心持ちのよい待遇はない、是程名誉な職業はない。

と抱負を語る。自身も認めるように当時は、大学で教鞭を執っていた漱石の立場は、新聞社に入社することでは代えがたいと思われていた。だが漱石にとって世評はどうあれ、会心の決断だったのであろう。ここで「急に背中が軽くなって、肺臓に未曽有の多量な空気が這出《はい》って来た」とも述べている。友人たちにも「学校をやめたら気が楽になり候(23)」、「心中大に愉快に候(24)」などと公言して憚《はばか》らなかった。

気の毒なのは『読売新聞』で、「一大飛躍」のための「紙面改良」の一環として、漱石を「特別寄書家」として迎える旨をすでに大々的な社告として打っていた。それだけに、漱石が『朝日新聞』に入社した折には、その事実をあっさりと報道するにとどめた。ともあれこの大胆な決断を以て、漱石は文筆家として立つことになったのである。

## 博覧会という時事ネタ

結論からいえば、漱石の『朝日新聞』連載第一作は、かなりの成功をおさめた。明治四十年

（一九〇七）六月二十三日から同年十月二十九日まで、『東京朝日新聞』および『大阪朝日新聞』に同時連載された長編小説『虞美人草《ぐびじんそう》』である。同時代を舞台に、若い数人の男女の人間関係と、彼らをとりまく背景および時代の変化を描いた作品で、ヒロインである新時代的な美女・甲野藤尾《こうのふじお》は、その艶《あで》やかさにより、多くのファンを魅了した。

当時は東京と大阪では同じ『朝日新聞』でも異なる小説を掲載することが多かった。それだけに東京と大阪で同時連載というのは『朝日新聞』側の期待の大きさを示している。漱石もこれに応え、作品の舞台として京都と東京を交互に設定するなどの工夫で、上方《かみがた》の読者にも心を配った。鳥居や社長の村山龍平《むらやまりょうへい》への挨拶も兼ね、三月末に関西を訪れていたことが、取材代わりにもなったのであろう。結果、当時の上方で人気を博していた、菊池幽芳《きくちゆうほう》や渡辺霞亭《わたなべかてい》による、定番のセンチメンタルな作品にはない新味が歓迎され、『大阪』でも『東京』と同じく話題をさらった。

さらに読者を魅了したもうひとつの理由は、東京勧業博覧会という時事ネタを取り込んだことである。明治四十年の三月二十日から七月三十一日まで上野で開催され、約六百八十万人が来場する。日本の近代化を内外に誇示するため、多くの先進技術が披露されたが、とりわけ夜間のイルミネーションが話題を呼び、これを目当てにした夜間入場者や、春には上野の花見客も取り込み、連日大変な人出となった。ちょうど『虞美人草』の連載と時期が重なるため、作中でも「文明の民は驚ろいて喜ぶ為めに博覧会を開く。過去の人は驚ろいて怖がる為めにイルミネーションを見る」とし、夜のイルミネーションを「丸で竜宮の様だ」と、その新味に注目する。

そしてヒロインをはじめ、主なる登場人物を博覧会に「来場」させ、喫茶で「角砂糖を茶碗《ちゃわん》の中へ抛《ほう》り込む。蟹《かに》の眼の様な泡が幽《かす》かな音を立てて浮き上がる」紅茶とともに、「チョコレートを塗った卵糖《カステラ》」を頬張《ほおば》るといった、西洋風なティータイムを楽しむ模様も描き出す。こうした描写は新聞小説ならではの魅力を持ち、博覧会に来場できない読者にも大いにアピールした。

藤尾という美しく驕慢《きょうまん》で近代的都会的で洋風なヒロインの先進性を際立たせるため、対照的に伝統的な日本風のしとやかな小夜《さよ》という京女《きょうおんな》を配したことも有効な工夫であった。浮き彫りになる両者の対比には、近代化欧風化に突き進み、旧来の伝統を失いつつあった日本への警鐘も読み取れる。余談ながら、漱石の腹違いの長姉おさわは奔放な美女で、丙午生《ひのえうま》まれであるところも藤尾を髣髴させる。

そして魅力的なヒロインとモダンで都会的な風俗描写は、一般読者に歓迎され、指環や浴衣など、いわゆるコラボ商品まで売り出される。三越《みつこし》呉服店は、とくに上方客向けに、虞美人草の意匠を染め抜いた浴衣を通常よりかなり高額で売り出し、すぐに完売する。また、黒田撫泉《くろだぶせん》の趣向で玉宝堂《ぎょくほうどう》という老舗の宝石店が販売した「虞美人草金指環」も飛ぶように売れた。あるいは漱石デビューの物珍しさによるご祝儀相場で、際物《きわもの》的に大衆受けしたのかもしれないが、この作品が一般読者に歓迎されたことは確かである。

確かに文壇からは、たとえば藤尾を「紅《くれない》を弥生に包む昼酣《たけなわ》なるに、春を抽《ぬき》んずる紫の濃き一点を、天地《あめつち》の眠れるなかに、鮮やかに滴《した》たらしたるが如き女」、小夜を「色白く、傾く月の影に生れて小夜と云う」とする形容が、わかりにくく匠気を感じさせると不評であった。そして、『朝日新聞』入社の折のいきさつもあってか、『読売新聞』の「今年《こんねん》の文壇が生んだ駄作の最も大なるものの一である」(25)という厳しい評をはじめ、「評判が余り好《よ》くない」(26)とされ、正宗白鳥からは「退屈の連続」「ちんぷんかんぷん」(27)とまで酷評され、好意的な評はあまりない。

だがたとえ文壇評が低かろうとも、新聞という媒体に鑑みれば、理由や背景を問わず、読者に歓迎されたことが、『虞美人草』成功の証であったといえるのである。

## 「だらだら小説」の「殺したい」ヒロイン

さて、漱石はこの第一作に心血を注いで準備をしていた。連載開始の十日ほど前には、侯爵・西園寺公望《さいおんじきんもち》が文学に関する座談会・(後の)雨声会《うせいかい》を催し、当代流行の文士の一人として招かれた。だが執筆に苦吟していた漱石は、「時鳥《ほととぎす》厠《かわや》なかばに出かねたり」という句を送って、この栄誉ある会を欠席する。鏡子夫人は、「第一番に面倒くさかったに違いありますまい」としているが、やはり執筆に集中していたかったのだろう。さて漱石は連載にあたり、

散歩して草花を二鉢買った。植木屋に何と云う花かと聞いて見たら虞美人草だと云う。折《おり》

柄《から》小説の題に窮して、予告の時期に後れるのを気の毒に思って居ったので、好加減《いいかげん》ながら、つい花の名を拝借して巻頭に冠らす事にした。（『朝日新聞』明治四十年五月二十八日）

という予告を打った。漱石はこの二日前の日曜日に小宮豊隆と一日歩き回っていた。ただみずから「好加減」と述べたように、じつは作中に虞美人草そのものはほとんど登場しない。終章近くの屛風絵《びょうぶえ》にわずかに描写される程度で、紫色を好むヒロインは名前通り「藤」のイメージであろうし、ほかの人物や事象との関連もなく、作品との関わりが希薄とおぼしきタイトルである。だが虞美人草、というかにもエキゾチックな花の名前は、人々を惹き付けた。植木屋の返事が、同じ花を表す「ポピー」あるいは「ひなげし」であれば、タイトルも異なり、人気作にもならなかったかもしれない。

ただ意外なことに、漱石自身は執筆中から「虞美人草はだらだら小説(28)」、「ダラダラになりて申訳なく候(29)」とこの作品が失敗作であると認識しており、ドイツ語への翻訳を求められても「小生の尤《もつと》も興味なきもの」「出来栄《できばえ》よろしからざるもの」「一度さらした恥(30)」と固辞している。人気のあったヒロインについても、漱石自身には「あれは嫌な女だ」「あいつを仕舞に殺すのが一篇の主意である(31)」と、さして思い入れもなかったらしい。

こうして漱石は『朝日新聞』で、顔の見えない大勢の読者向けに書くことになった。今までの俳誌や文学雑誌ならば同じ趣味人が読み、『吾輩は猫である』も当初は原稿料が一枚一円（これでも多いほうだった）でスタートした代わりに、楽屋落ちを書いても許された。だが新聞の読者は、年代も地域も教養レベルも生活背景もさまざまである。そうした読者を向こうに、日々書かねばならない。ときには、この大胆な転職によって、収入目当てで名誉を捨てた変人とまで陰口をきかれた。『虞美人草』でデビューした当時の漱石のプレッシャーは相当なものであっただろう。

それでも漱石の人生を解放し、一人の文豪として誕生させたのが新聞であった。新聞は、漱石にとってみずからの芸術を体現する手段であった。そうして以降、漱石は『朝日新聞』に根を下ろし、亡くなるまでの十年ほどに、『三四郎《さんしろう》』『それから』『門《もん》』をはじめとする前・後期三部作や、『こころ』『夢十夜《ゆめじゅうや》』など教科書にも載る名作の数々を発表し、大正五年（一九一六）、『明暗《めいあん》』の連載中に持病の胃潰瘍によって世を去った。

漱石は、このころ文壇を席巻していた自然主義文学の、告白を軸にする作風とは対照的に、思想や倫理を盛り込んだ客観的な作品を手がけた。日本の近代化が進むなかで、内面に孤独を抱える知識人は、漱石が好んで扱ったテーマである。教員としての肩書や鎧《よろい》を脱ぎ捨てた漱石が、一個人として筆を執った作品には、気負いや衒いがなく、普遍的で現代にも読み継がれている。そしてその人柄や作品を慕う寺田寅彦や鈴木三重吉、小宮豊隆、芥川龍之介のような作家をはじめ多彩な分野で活躍する弟子たちを育てた。

新聞は、あてどなくさまよっていた小説家・漱石が最後に行きついた安息の地であったのかもしれない。

**【ちょっとブレイク――明治の一大イベント東京勧業博覧会】**

漱石の『虞美人草』に描かれる東京勧業博覧会は、明治四十年（一九〇七）に開催され、上野公園を中心に五万一千坪を超える敷地に、三つの会場に分かれ、ロマンルネッサンスやゴシックなど様式の異なるパビリオンが建ち並んだ。美術館、観覧車、珈琲《コーヒー》店、体育館に遊泳場、郵便局、外国館、三菱出品館、動物園、水族館、音楽堂や、前後に円形の屋根を作って家屋に見立て日章旗やモールで飾った花電車、観覧車もあり、老若男女誰もが楽しめた。なかでもウォーターシュートといわれる水中に入るジェットコースターのような乗り物は大人気で、漱石自身も「博覧会へ行って water シュートへ乗ろうと思うがまだ乗らない」[32]と、興味を示していたことがわかる。

最終日の夜には閉会式があり、打ち上げ花火や仮装行列、活動写真の上映など[33]で、東都は空前の賑《にぎ》わいを見せた。とりわけ人気の仮装行列は、十一時半頃までかかり、趣向の面白いものを表彰したところ、一位には四十七士の扮装が選ばれた[34]。

## ②黒岩涙香『巌窟王』――新聞売り上げのための成功手段

### 新聞界のマルチタレント

土佐《とさ》（現高知県）出身の有名人、といえばまず思い浮かぶのは坂本龍馬《さかもとりょうま》だろうか。板垣退助《いたがきたいすけ》かもしれないし、幸徳秋水《こうとくしゅうすい》や比較的近いところでは浜口雄幸《はまぐちおさち》かもしれない。紀貫之《きのつらゆき》の時代には都から遠く離れた赴任先であった『土佐日記』の地は、幕末以降、多くの政治家や論客を輩出したことで知られている。海に囲まれているこの土地からは、広い世界へと通ずる人々が多く飛び立ち、ジョン万次郎《まんじろう》こと中浜《なかはま》万次郎など異色の人物も文字どおり、外海へと渡っていった。

そうした歴史に名を残す多くの同郷人のなかで、最初に黒岩涙香を思い出す方は多くはないかもしれない。そもそもはじめて聞く名だといわれても無理はない。ひとつには彼が、活躍を報じられる側ではなく、報じる側の人間だったからである。涙香の本職は新聞記者であった。ただ、ふつうの新聞記者ではない。涙香は新聞事業の発展に一身を捧《ささ》げ、まだ日本に充分に定着していなかった日刊紙の普及のため、さまざまな工夫や発明を重ね、寄与した人物である。そしてみずからの存在意義を新聞で見いだそうとした漱石とは逆に、涙香はみずからが新聞に存在意義を与えようとした人物であった。

詳しくは後述するが、〈三面記事〉や〈赤新聞〉なども、涙香の新聞事業に関わって生まれた表現である。五目並べのルールを整備して競技化し、連珠の域に高めて初代永世名人になったのも彼であり、競技カルタの試合形式のルールも考案した。こうした現代に通ずる種々の娯楽や趣味についても、涙香は紙面に欄をもうけ、みずから体験しては積極的に情報を発信した。すべては新聞をより多くの読者に購読してもらうためである。

いっぽう優れた英語力で多くの外国ミステリーの翻訳も手がけた。ミステリーファンには、〈探偵小説の父〉という異名でおなじみかもしれない。後にはミステリーに限らず、涙香が手がけた小説はほとんどが新聞の連載欄を飾り、新聞の発行部数を大きく伸ばした。

当時の日本人にとって、西洋の文学はまだわかりにくかった。人物の外見はもちろん、習慣や風土も異なるからである。涙香はそうした難解な点を、できるだけわかりやすくし、日本の読者に親切な訳を心がけた。タイトルを端的でわかりやすい邦題に変え、人物の名前も和名に変換した。異なる習慣や風習については、本文に簡単な補足を入れることもある。そのため、一言一句正確な逐語訳とはいえない。だが当時の読者たちが身構えることなく西洋の作品に接し、楽しめるような訳に徹した。多くの西洋の作品が、涙香の優れた翻訳によって同時代の人気を博し、今日の日本での定着にもつながったのである。

そう考えると涙香の功績は決して過去の遺物ではない。現代社会においてその意義を再考すべきものであろう。涙香は常に、新聞を通じて、社会を進化させ改良させることを目していた。

ここではそんな多才な涙香の背景と、彼の代表的な作品について考えてみたい。

## 土佐の〈いごっそう〉

黒岩涙香は、文久二年（一八六二）、現在の高知県の安芸《あき》市に生まれた。本名は周六《しゅうろく》。天地や世界、宇宙全体を意味する「六合《りくごう》」に、「周《あまね》し」（広くゆきわたる、の意）から名付けられた。父は土佐の郷士で村塾を経営していたが、子どものいなかった叔父・直方《なおかた》の養子となった。この叔父が、維新後に大阪で上等裁判所の裁判官となったことが、後の涙香の人格形成や人生観に大きな影響を与える。そのことを涙香は後にこう語っている。

私の叔父が裁判官であって、私は子供の時から、色々裁判に関することを見もし、聞きもして、能く『誤判例』などを読んで、悪人で有った者が死後には善人で有ったり、或は善人だと思って居た者が、大悪人で有ったりする事実を知り、其方に大に趣味を懐《いだ》くことに為りました、左様いうことを世人の誤ら無いように為るのは、実際に必要だと思って居りました。（涙香会編「余が新聞に志した動機」『黒岩涙香』日本図書センター、平成四年）

これが涙香の執筆活動、ひいては情報発信力の原点である。そして後には何ごとによらず「世人の誤ら無いように」導くことが、涙香の終生の目標となった。

涙香は、その本名に恥じず早くから才覚を現し、青雲の志を抱いていた。そして当初は周囲の若者たちと同じく、政治を志す。折しも同郷の板垣退助の提唱する自由民権運動が華やかなりし時代である。先述のとおり、多くの政治家を輩出したこの土地に於いて、有為の青年にはごく自然に政治家へのルートが用意されていた。涙香にもいくつかの政党からの誘いがあった。じっさい自由民権運動推進のために上阪する同郷の若者も多かった。明治十一年（一八七八）に涙香も大阪に上り、大阪英語学校の寮生となる。その後、東京に嫁いでいた姉を頼って上京し成立学舎《せいりつがくしゃ》や慶應義塾《けいおうぎじゅく》に学び、政談演説なども行っていく。しかし次第に、層の厚い政治の世界で、若年の自分が芽を出すことの困難さを感じはじめた。そして新たに新聞記者へと志望を定め直す。

ものごとを研究し追求することが性に合っていた涙香にとって新聞記者は適職だった。土佐人の気性を表すのに〈いごっそう〉という言葉がある。「気骨があり、信念を曲げない」「一徹な頑固者」という意味で、涙香にはこの〈いごっそう〉気質が備わっていた。当時の日本では新聞がまだ重視されておらず、日刊紙も定着していなかった。そんな新聞事業の開拓期にあって、新聞という媒体を社会に根付かせるため、涙香は〈いごっそう〉気質を存分に発揮する。そして報道のためにときには権力に逆らい、文字どおり体を張り、生涯をかけて新聞事業の発展と新聞の役割の向上に邁進していくことになる。

## 英語小説三千冊で培った英語力

涙香が最初に筆を執ったのは二十歳のころ、『同盟改進新聞』という媒体であった。涙香自身が友人と立ち上げたものの、資金が続かずほどなく廃刊となる。その後は『輿論《よろん》日報』（のちに『日本たいむす』に改名）に移るもこれも長くは存続しなかった。当時は、新聞事業の揺籃期で、現在まで残る『読売新聞』『朝日新聞』『毎日新聞』などの大手新聞もこの時期に創刊を迎えた。そのいっぽう、生まれては消える泡沫紙《ほうまつし》も多数あった。

涙香は、明治十五年（一八八二）に『絵入自由新聞』が創刊されると入社し、まもなく主筆となって筆を揮《ふる》う。だが薄給であったため、現代では考えられないことだが、『今日《こんにち》新聞』という別の紙にも稿を寄せていた。そして『今日新聞』が明治二十一年に『みやこ新聞』と改題し、さらに翌年二月に『都新聞』と改名すると、その十一月に主筆として同社に正式に入社する。ちなみに『都新聞』が、太平洋戦争中に新聞事業令により一県一紙を強いられ、昭和十七年（一九四二）に『国民新聞』と強制統合されて生まれたのが現在の『東京新聞』である。

当時、新聞は誰もがあたりまえに読むものではなかった。ニュースを知らずとも市井の人々の日常生活に支障はきたさない。そのため情報が必需の現代とは異なり、わざわざお金を払って新聞（情報）を買うという意識は、当時の人々にはなかった。少なくとも一部の知識人やエリート階級、商売上の情報を直接必要とする貿易商人などを除けば、日刊紙はほとんど重視されなかった。

そうしたなか涙香は、まずは日刊紙を一般社会に定着させようと奮闘する。そんな涙香の強みになったのが、英語力である。大阪時代からも熱心に英語を学んでいた涙香は、若いころから卓抜した英語力の持ち主だった。

明治十九年十月、日本で大きな国際事件が起きた。イギリス船籍の貨物船ノルマントン号が紀州《きしゅう》沖で難破したのである。このとき、船長以下二十六名のイギリス人とドイツ人の船員は皆、救命ボートで脱出したが、日本人乗客二十五名は全員船に置き去りにされ水死した。いわゆるノルマントン号事件である。乗客に対する船長の処置は明らかに不当で人種的偏見に基づいていた。だが当時イギリス人に対する裁判権は、領事裁判制度のもとイギリス領事にあり、二度にわたった裁判でも船長に対する判決は軽かった。国内世論はこの差別的判決に激昂《げきこう》し、後にこれが治外法権撤廃を求める機運を高めることになった。

国際裁判ということもあり、『大阪朝日新聞』はイギリス帰りの社員・織田純一郎《おだじゅんいちろう》を傍聴に送り込んだ。織田は、西洋小説の最初の本格的翻訳とされた『欧州奇事花柳春話《おうしゅうきじかりゅうしゅんわ》』（リットン作、明治十一年刊）の訳者としても知られる。他の各紙もこぞってこの事件と裁判を報じた。涙香はみずから船長にも取材して裁判も傍聴したが、その通訳の拙《つたな》さを痛感したらしい。彼は同じ年のダイナマイト事件の公判でも、裁判官らの貧しい英語力に気づいていた。この事件は、政府批判をしていた思想家の馬場辰猪《ばばたつい》（一葉とも交流のあった『文学界』同人の馬場孤蝶の兄）が、横浜の外国商会に立ち寄ったときダイナマイト販売の有無を尋ねたとされ、密偵に爆発物取締罰則違反に問われたものである。

こうしたエピソードからも涙香の英語力のレベルは推して知るべしであるが、彼の英語力をここまで育てたのは学校での勉強だけではない。洋物ミステリーの大ファンだった彼が、趣味で渉猟していた英語小説に負うところが大きかった。

余が一読せる西洋小説は、優に一千部を越ゆ、この書淫に於て、恐らく余の右に出るものなからん（緒方流水《おがたりゅうすい》「黒岩涙香」『黒岩涙香』前掲）

この洋書愛読歴については、涙香は別の機会に「終歳書の為に貧し今まで読尽す所三千部の上に至る(35)」とも語っている。何千冊かはともかく、相当数の作品にふれたのであろう。驚くべきことに、涙香はそうした原書を逆さまにしても自在に読んだ、という。

〈探偵小説の父〉へのきっかけ

こうして、英語に訳されていた他の国の作品も含め、多くのミステリーを英書で愛読していた涙香は、それらの魅力を日本に紹介したいと考えはじめた。「翻訳して妙ならんと思わるる者は百に一を見ず(36)」とはいうものの、まさに百にひとつの厳選作品に出会ったときはその思いも一入《ひとしお》だったのであろう。

折よく、涙香は新聞人である。当時の新聞記者は政治欄や社説から、雑報と呼ばれる市井の記事、連載小説まであらゆる欄を担当していた。ましてや涙香は主戦力である。周囲の期待は大きかった。ただはじめのころ、連載小説欄はそれほど独立したものではなく、必ずしもフィクションが載るわけでもなかった。殺人事件の報道などが、かなり脚色された連載記事として載ることもある。そのため当初は連載小説ではなく、日々続いていく読み物というきわめて曖昧な定義で文字どおり〈続き物〉と呼ばれていた。それでも、明日へ明日へと読者の期待をつなぐため、成功すれば〈続き物〉目当ての日刊紙の購読者を増やすことができる。謎解きという、興味を先に引きのばしていく構造を持つミステリーは、恰好の対象と考えられた。

ただここで涙香を悩ませたのは、自分は新聞記者であるという自覚による制約である。ずいぶん堅苦しい考え方である。だが後に「私は元来自分で続物《つづきもの》を書くなどと云う考は無かった」(37)と語っており、当時の涙香にとっては、ジャーナリストと続き物作者とは、くっきりと線引きがなされていたらしい。

理由のひとつは、涙香は絵がうまくないことにあった。多才な彼にとって絵は唯一の泣きどころであった。だが当時はストーリーをビジュアルで補う挿絵(カット)も重要で、その下絵は、続き物の書き手自身が提出せねばならなかった。

そのため涙香は、友人で『今日新聞』の社員でもあった、彩霞園《さいかえん》柳香《りゅうこう》を抱き込んだ方法を思いつく。柳香は、もともと実力派の戯作者であった。涙香は彼に、あるイギリスのミステリーのあらすじを伝え、わかりやすい日本文に書き直すように依頼する。柳香は英語が読めず、この原作も未読のままであったが、当時はこうした二人三脚的な〝分業制翻訳〟は珍しくなかった。柳香は快諾し、『双子奇縁《ふたごきえん》　二葉草《ふたばぐさ》』という邦題で、自分たちの在籍する『今日新聞』に明治十九年（一八八六）末から連載を始める。だが、これは不評のあまり途中で打ち切られることになった。それについて新聞社側は、

原作は善玉悪玉の活躍する双生児の犯罪を扱ったものだが、作中人物の生い立ちから順を追って書き進めたため、構成が平板になり、その上戯作風の古風な文体が読者に受けず、途中で打ち切られてしまった。（土方正巳《ひじかたまさみ》『都新聞史』日本図書センター、平成三年）

との見解を示している。涙香にもその敗因は明らかで、

当時の戯作者は爾《こ》ういう物語を書く時には、何時《いつ》も編年体であって其人物の生立から筆を立てて、事実を順序正しく書くものですから、最初から悪人、善人、盗賊と知れて了《しま》って、読者を次へ次へと引く力が無い。即ち面白い縺《もつ》れ合った事を真先《まっさき》に書き出して置いて、乱れた環の糸口を探るように、其の原因に遡って書くと云うことが出来なかったのでした。

（『黒岩涙香』前掲）

と分析している。そしてついに、下絵が描けないハンデや、みずからが翻訳家でも戯作者でもないという殻を打ち破って、みずからが翻訳し、新聞に載せる決意を固めたのである。

### ぞくぞくと涙香訳に夜がふける

そうしてスタートした涙香の翻訳ものは、厳選された魅力的な原作のストーリーと、原文にとらわれることなく邦人読者に寄りそった明快な文体が受けて、次々にヒットする。明治二十一年（一八八八）に『今日新聞』で連載を開始した裁判小説『法庭《ママ》の美人』が大当たりしたのを手始めに、涙香は『都新聞』（『今日新聞』の後身）を中心に複数の紙誌に間を措《お》かずに書き続け、読者の圧倒的な支持を得る。〈涙香訳〉や〈涙香もの〉と総称される一連の作品は、人気のあまり連載中から新派の舞台や講談の演目に声がかかるほどである。涙香のファンは涙香宗徒と呼ばれ、「ぞくぞくと涙香訳に夜がふける」という川柳まで流行した。

涙香は何よりも、読者の好む読み物を提供しようと努めた。そのため、原書はざっと一読すると座右には置かず、自分のなかでストーリーを再構成して綴るという独特の翻訳スタイルを貫いた。「之を訳と云うは極めて不当なれど訳に非ずと云わば又剽窃の譏《そし》り模倣の嫌いを免れず依《よっ》て強《しい》て訳と云うなり」(38)というように、最後までその大胆な手法を何と呼んでよいのかみずからも考えあぐねていた節がある。

ただ、涙香は当初から、ただ面白いものを載せればよいと考えていたのではない。漱石の弟子でもあった英文学者の野上豊一郎は後年、この涙香の訳について「決して翻訳でも抄訳でもなく、また翻案と云うべき性質のものでもなく、何処までも所謂涙香一流の単独《ユニイク》なもの」とし、内容に手を加えることを木枝をたわめたり葉を減らしたりして剪定《せんてい》する「枝を撓《た》め葉を透かす」流とまとめたうえで、その目的は「民衆教化」にあり「社会改善の目的のために外国文学の紹介に努めた」[39]と、その精髄をきわめて端的に述べている。

涙香の連載は、『都新聞』の売り上げを大幅に伸ばした。人気のあまり、休載すると過激なファンから脅迫電話が新聞社にかかるほどだった。だが数年後、編集方針が上層部と合わず涙香は退社する。そして明治二十五年、みずから『万朝報《よろずちょうほう》』という新聞を立ち上げ、以降はジャーナリストとして活躍の幅を存分に拡げることになる。

## 新聞は社会の木鐸である

『万朝報』は「簡単・明瞭・痛快」をモットーとした。「世界は今日より万朝報無くては夜の明けぬ事と為れり」という大胆なキャッチコピーで創刊された同紙は、「天下の新聞読者よ、こぞって此の最良最廉なる弐拾銭新聞を読め」と謳い、まずその購読料の安さをアピールした。月額の購読料は二十銭で、他紙に比べて十銭ほど安い。明治二十年代に蕎麦一杯が一銭、食パン一斤が五銭程度であったことに鑑みれば、その差は歴然である。この廉価が、発刊第二号で七千部もの定期購読を獲得しえたひとつの理由である。

当時〈小新聞〉と呼ばれ、文字どおり小型の紙に刷られたこうした新聞は、硬い内容で大型紙に刷られた知識人向きの〈大新聞〉とは異なり、ごく一般の中流家庭人向けであった。〈小新聞〉購読者は、先述のとおりニュースのためというよりは、シンプルな娯楽として新聞を読んでいたため、安さや続き物の面白さは、購読の決め手として大きかった。

『万朝報』は、大新聞の半分のタブロイド版サイズに両面刷りで、それを二つ折りで頒布していた。一面や四面は、表側にあたるため、続き物や大きなニュースなど人目を惹く内容を載せ、二面には一面を補う内容を載せる。必然的に市井のできごとや小さなニュースが載るのが三面になる。今でいう社会面だが、三面記事という言葉はここで生まれた。

『万朝報』は売るためにさまざまな手段を講じた。目立つ赤い色の紙に印刷していた時期もあり、それが赤新聞という、やや侮蔑的な呼称の語源となった。だが『万朝報』は、売るために低俗な記事を載せたわけではない。確かにスキャンダルジャーナリズムの嚆矢ともなったが、「新聞紙中の新聞紙たる天職を全うす」とも明言する通り、涙香以下編集委員は、〈新聞は社会の木鐸〉であるとして、社会の進化や改良を導くという自負も持っていた。

じじつ、『万朝報』の発行元である朝報社の壁には、明治二十六年（一八九三）ころ「眼無王侯。手有斧鉞《ふえつ》（眼には王侯なく、手には斧鉞あり。王侯に象徴される権力に目を向けるのではなく、手に筆〔斧《おの》と鉞《まさかり》〕を持って権力に立ち向かう、という意）」と貼り出してあった(40)。それは「新聞紙

**『万朝報』の題額**　『万朝報』を立ち上げた黒岩涙香は、もともと『都新聞』の記者であった。そのため、この題字と背景の意匠は、『都新聞』とよく似たもので、題字も『都新聞』と同じ吉田晩稼の筆になる。ただ『万朝報』は購読者層に「万に重宝する」ことをアピールするため、『都新聞』が素性法師の「見渡せば柳桜をこきまぜて」に因んで都鳥と柳桜を背景にしているのに対し、『万朝報』の題額はめでたいお宝尽くしになっており、サンゴや亀甲、ひょうたんのほか、勝利・優勢を意味する上げられた軍配が印象的である

は事実の報知機にして又実に社会の賞罰者なり[41]」と、同紙に掲げた檄文《げきぶん》の趣意とも一致する。

　そのため、涙香は翻訳小説にも、あるいは暴露報道にも、教訓や戒めなどのメッセージを含んで読者に発信し続けていた。とりわけ暴露記事の取材をする際には、ときの権力者の反感を買い、暴漢に襲われ、往来で汚物を浴びせられることなど珍しくなかった。とくに有名なのは「弊風一斑　蓄妾《ちくしょう》の実例」（明治三十一年）という連載報道である。一夫一妻制度に反して妾を抱えていた、当時の錚々たるエリートを次々に槍玉《やりだま》にあげ、実名で報じたのである。結果、涙香は〈マムシの周六〉、〈マム周〉と陰口を叩かれたが、圧力に屈することなく報道を続けた。この連載に一般の読者は喝采を送り、名のある紳士たちは、いつわが身が標的になるか、戦々恐々としていたという。

　涙香はほかにも、囲碁やカルタ、撞球《どうきゅう》をはじめとする、趣味欄の充実も図り、読者のニーズに応えようと努めた。『万朝報』自体、題字の背景

がサンゴ、打ち出の小槌《こづち》、大判小判、ひょうたんなどお宝尽くしになっているように、「万《よろず》に重宝する」という矜持から生まれた題号でもある。

『万朝報』は、その努力が実を結び、創刊からわずか四年で東京府下第一の売り上げを誇り、数年後には二位の『東京朝日新聞』をダブルスコアで引き離すまでに成長した。漱石の『吾輩は猫である』にも実名で登場するように、当時『万朝報』は「マンチョウ」の呼び名で親しまれ、誰もが知る存在へと成長していた。

## 優れたタイトルセンス

そうしたなか、涙香が満を持して発表したのが『史外史伝　巌窟王《がんくつおう》』である。原作は、アレクサンドル・デュマ＝ペールの長編小説『モンテクリスト伯』（一八四四年）である。内容は、エドモン・ダンテスという前途有望な船乗りの青年が、恋敵や出世を妬《ねた》む同僚らの陰謀により、政治犯として城塞監獄に幽閉される。だが投獄から十四年、獄中で出会い親しんでいたファリア神父が獄死するとその機に乗じて脱獄、神父の遺財を得て、大富豪モンテクリスト伯になりすまし、旧敵に復讐を遂げていく、という話である。

涙香の翻訳のなかでも最長編に類し、連載は『万朝報』紙上、明治三十四年（一九〇一）三月十八日から翌三十五年六月十四日まで二百六十八回に及ぶ。その人気は、ライバル他紙の新聞小説に比べても群を抜いていたらしい。涙香の目論見《もくろみ》通り「おしなべて、中流の家庭」で愛

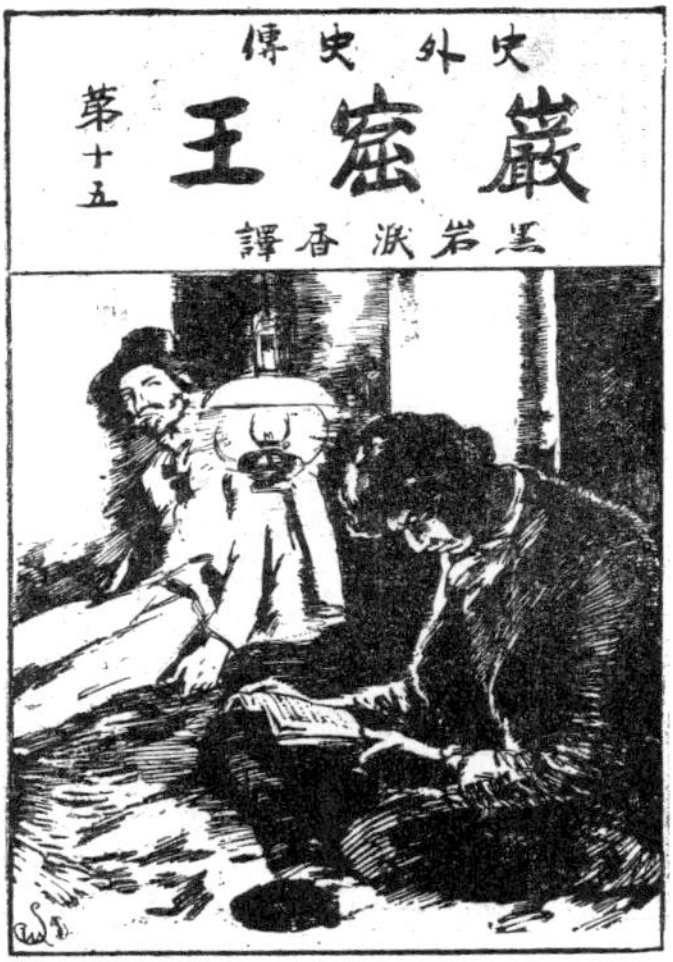


**『巌窟王』第15回の扉絵**　『巌窟王』は涙香の翻訳中、最長編である。40歳前後という最も脂の乗った時期に手がけたため、堂々としたダイナミックな訳文が、復讐というテーマをよく引きたて、大変な人気を博した。それでも涙香はこの長編の翻訳にそうとう苦労し、訳しながら登場人物と共に泣き、恨み、笑い、怒り、手ぶりや足まねの仕草までした。そうしたときには家族がお茶を運んできても気づきもしなかったという。社交嫌いの涙香は、夜はもっぱら読書し、朝の8時半から10時の間に連載1回分の執筆をするのが常だった（『万朝報』附録、大正13年）

読され、「現今、東京諸新聞紙上に掲載さるるところの小説の中、最も多数の読者に歓迎さるるは『万朝報』の『岩窟王』《(ママ)》なりとか。涙香氏が摘要捨煩の書ぶり、さらさらとして、真に灰汁《あく》の脱けたるところ、流石《さすが》に敬服するに堪えたり」[42]と、他紙でさえも絶賛した。

この翻訳では、おおむね原作に忠実にストーリーが展開する。だが人気を支えたのは巧みな訳文のみならず、『巌窟王』という、涙香の抜群のセンスで名付けられたタイトルである。じっさい、さまざまな翻訳が発表されている現代であっても多くの日本の読者には『モンテクリスト伯』よりも『巌窟王』の名で親しまれているのではないだろうか。ほかにもヴィクトル・ユゴーの『レ・ミゼラブル』を涙香が訳した邦題『噫無情《ああむじょう》』も、今日に至るまでよく知られている。だが意外にも、一世紀を経た今もなお定着している『巌窟王』という邦題は、涙香の気に入ったものではなかったらしい。涙香はこの連載にあたり、タイトルを日本風にアレンジしようとした苦労を「到底一語を以て蔽《おお》うに由無し」と表現したうえで、

或は『真男子《しんだんし》』或は『天無口《てんむこう》』或いは『神侠伝』或は『善悲僊《ぜんひせん》』或は『恩讐星《おんしゅうせい》』等、余が脳中の乏しき語林を漁り尽したりと雖も遂に適当の名を見出す能《あた》わず、止むを得ずして『巌窟王』と題するに決したり（先年は神侠伝とする積りなりき）読みて詰屈聱牙《きっくつごうが》たるは『モント、クリスト』の耳に爽《さわや》かなるに比す可くも非ずと雖も、題の名の巧拙は読者の深く問わざる所なる可し（『万朝報』明治三十四年三月十三日）

と述べている。そしてその後に単行本の「前置」でも、

或人は之れを『神侠伝』と云い、或人は『復讐奇談』と云い訳者は之を『巌窟王』と云う、孰《いず》れの名も此人の一端を写したに過ぎぬ、全体を読終れば適当の概念が自ら読者の胸に浮ぶであろう（『史外史伝　巌窟王』扶桑堂、明治三十八年）

としている。いずれにせよ、イタリア語で「キリストの山」を意味する島の名前の「モンテクリスト」は、邦人読者には受け入れられなかったであろう。そして涙香自身の気には染まずと

も「殊に題目の命名の奇抜と剴切《がいせつ》は、何人も真似られない涙香式なもの(43)」とされるとおり、原題に囚われず、深い印象を残す涙香独特のタイトルセンスには定評があった。

## 絶賛された『巌窟王』

だが当時の移り気な新聞読者たちに、『巌窟王』がこれほど長期にわたって支持された理由は、単に原作自体のみごとさやセンスの良い邦題だけではない。やはり翻訳を手がけた涙香の筆の力によるところが大きかった。この作品において、涙香はすでに確立され多くのファンにも認知されていた、特有の涙香方式で訳を手がけた。まず原文の枝葉末節は削り、シンプルなストーリーラインを浮き彫りにする。そして粗削りでもイメージしやすい登場人物のキャラクターをつくり、読者の共感を誘って物語の動きに集中させていく。ここで西洋文化に不案内な読者が戸惑わないよう、細心の注意を払っていたことは言うまでもない。たとえば涙香の『巌窟王』は、こう始まる。

　拿翁《ナポレオン》がエルバの島に流されて早や十ケ月ほどを経た千八百十五年二月二十八日である。地中海の東岸から恰度《ちょうど》そのエルバの島の附近を経て仏蘭西《フランス》の港、馬耳塞《マルセイユ》へ巴丸《ともえまる》という帆《ほ》前船《まえせん》が入って来た。

　これは、この土地で余程の信用ある森江《もりえ》商店の主人森江氏の持船である（『巌窟王』はる書房、平成十八年）〔引用者注：ただし、初出（『万朝報』明治三十四年（一九〇一）三月十九日）も、扶桑堂版の『史外史伝　巌窟王』（前掲）も、ともに最初の日付は「千八百十五年二月二十九日」となっている。〕

いっぽう二十年程後になるが、「『巌窟王』の名に於いて、永い間通俗物として我が読書界に迎えられて来た」（訳者序）ことを不満とした、谷崎潤一郎の弟である谷崎精二《せいじ》と、三上於菟吉《みかみおときち》が共訳で新たに発表した『モントクリスト伯爵　前編』[44]は、

一八一五年二月二四日、ノートル・ダム・ド・ラ・ギャルドの望海楼《ものみ》は、スミルナ、トリエスト、ナポリなどを廻航《かいこう》して来た三檣船《さんしょうせん》ファラオン号の入港を信号した。水先案内の一人はすぐさま港内から漕《こ》ぎ出して、ディフ砦《じろ》の裾を廻《まわ》り、モルジオン岬とリオン島との間でその船に乗り込んだ。

と同時に聖ジャン台場の埠頭《はとば》は見物人で一杯になってしまった。

と、原作にきわめて忠実である。

この冒頭の比較にも明らかなように、原作が丁寧な状況説明と詳細な情景描写から入るのに対し、涙香訳では早々に船を入港させ、主人公の美少年を登場させる。原作の緻密さを欠く代

わりに、ダイナミックで、読者の気を惹く魅力的な展開に素早く持ちこむのである。そして原作にある多くの地名や詳細は省くいっぽうで、ナポレオンやエルバ島、マルセイユなど、ストーリー展開に不可欠な固有名詞はすべて残し、The Pharaon号という船舶の名は「巴丸」というわかりやすい和名に変えていく。そして登場人物もまた、

主人公エドモン・ダンテスは、団友太郎《だんともたろう》
主人公と獄中で出会うファリア神父は、梁谷法師《はりや》
モレル商会の経営者モレルは、森江
ダンテスの仇敵《きゅうてき》の一人ダングラールは、段倉《だんくら》
ダンテスが復讐のため名のった仮の名シンドバッドは、船乗り新八《しんぱち》

というように、できるかぎり原名に近い発音の漢字をあてがった和名に変換していくのである。一見、西洋の土地に和名の人物が登場することに違和感はある。だが、同時代の読者に寄りそったこの手法は、涙香が当初から考案して改良を加えて来たもので、涙香ファンにはすでにおなじみの訳し方であった。

じつは涙香は「非常に復讐好き」を自負する人間であった。そのためこの作品は涙香自身、大いに意欲的に訳に取り組んだと思われる。『巌窟王』に遡ること八年前にも、涙香は、マリ

ー・コレッリという女流作家による*Vendetta!; or, The Story of One Forgotten*（1886）（『復讐、あるいは忘却された男の物語』）という作品を『白髪鬼《はくはつき》』という邦題に変え、大筋はほぼ原作通りに訳して喝采を浴びている。

**vendetta**とは、「復讐」を意味する英語だが、もともとはコルシカ島やイタリアの地方で、被殺害者の一族から殺害者一族に向けられた血で血を洗う復讐、何世代にもわたる交互仇討ち、を指す。*Vendetta!; or, The Story of One Forgotten*は死後に蘇生《そせい》して、周囲の人物の裏切りを知り、偶然にも手にした海賊の宝物を以て別人の大富豪になりすまし、裏切り者たちに復讐をしていくという壮絶な内容である。ストーリーが『モンテクリスト伯』によく似ているのは偶然ではなく、じつはコレッリが『モンテクリスト伯』を翻案したためであった。

ちなみに『巌窟王』[45]一一六章の小見出しは「コルシカ人の仇打［討］」であり、この章には「ヴェンデタ」の克明な説明がある。だがそれは原作には記されておらず、涙香はこのくだりについて、とくに丁寧に補足したのだろう。こうしたところに涙香の恣意性も感じられる。

**【ちょっとブレイク――ストーリーテリングのバトン】**

なお、この涙香の『白髪鬼』を新聞連載のリアルタイムで母から読み聞かせられ、深い感動を覚えたのが幼少期の江戸川乱歩《えどがわらんぽ》である。乱歩は長じて、この原書を英語で読み、涙香の訳も参考にしたうえで、同じ『白髪鬼』というタイトルで翻案を発表している。あらすじは同じだが、人物や設定は大いに変えたものである。涙香の死から十一年後に乱歩はこの作品を涙香へのオマージュとして書いたため、涙香の遺族の許可を得て、あえて同じタイトルにしたらしい。乱歩はこの作品について「それにしても、何というすばらしい題材であろう。百年に一度、イヤ千年に一度、やっと見つかるか見つからぬ、世にも貴重な材料と云わねばならぬ。私は、この様な材料を摑《つか》み得た原作者が、羨ましくてならぬのだ[46]」と語っている。

## 発信されるメッセージ

涙香は、原書を換骨奪胎して訳すのが常だった。ただ、不要な部分を削除したり、必要な背景を補足するだけではない。ところどころに可愛《かわい》らしい細工も見て取れる。顕著な一例を挙げると『巌窟王』の二〇三章（扶桑堂版では二〇二章）に、

新聞は一日一日の出来事を報ずるもので、何時自分に何《ど》のような関係の有る事が出ようも知れぬから、世に立つ人は一日の事務の前に必ず新聞を読まねばならぬ。殊に貴族社会の人々は文学の趣味とても深いために、ただその趣味のためにも、朝々新聞を読まずには耐え得ぬ程であるのに、其処に至っては野西次郎《のにしじろう》は俄《にわか》貴族の悲しさである、何事も他の貴族と異《かわ》らぬように飾り立てているけれど、幼い頃からの文学の素養が無いために、新聞を

読まぬのを然《さ》までの苦痛とは思わぬ。

とある。「野西次郎」とはモルセール伯爵である。むろん（英訳の）原文は、

The Count of Morcerf alone was ignorant of the news. He did not take in the paper containing the defamatory article, and had passed the morning in writing letters and in trying a horse.（*The Count of Monte Cristo*, The Temple Press, 1951）

（モルセール伯爵だけはこのニュースを与《あずか》り知らなかった。この中傷的な報道の載っている新聞を彼は読んでおらず、この朝は手紙を認めたり、乗馬したりして過ごした。）

と、サラリと述べられているのみで、ここには明らかに涙香の恣意的な加筆が見て取れる。そして、文学の素養が必要であることと新聞を読むことの重要性という二つのメッセージが、巧みに読者のプライドをくすぐりつつ露骨なほどはっきりと発信されている。ほかにも新聞社の役割や重要性、あるいは記者の誠実な取材方法なども、随所にちりばめられ、ここまで潔い我田引水ぶりは、微笑《ほほえ》ましくもなる。他の多くの作品も然《しか》りだが、涙香にとってはさりげなく、メッセージを織り込み、サブリミナル効果を狙える翻訳ものは、一石二鳥を狙える優れものだったのであろう。

ただそれらは涙香もののごく一部であり、彼の翻訳の「効能」について野上豊一郎は、
随《したが》って其の対象は一般民衆でありますから何よりも先に要領を摑んで、之を通俗化する必要を感じたのでありましょう。此の努力が明治時代の中期に於いてどれだけの効果があったかは『噫無情《レ・ミゼラブル》』『巌窟王』その他の紹介が今日如何に広く知られているかに依って実証することが出来ると思います。（野上豊一郎「外国文学紹介者としての涙香黒岩周六氏」『読売新聞』大正九年十月十日）

と端的に述べている。勧善懲悪のストーリーラインを、原作以上に際立たせることに成功した涙香は、この『巌窟王』に、嫉妬や利欲にかられて他者を貶《おとし》めることを戒めるメッセージをも内包したのであろう。文学としての原作のニュアンスが多少薄れたにしろ、読者の教化を目指した目的にかなうものであった。

新聞記者として出発した涙香は、彼自身予想もしなかった翻訳者として認められるようになった。その翻訳手法は、ここで述べたように、翻案に近い独特なものである。だが原作から少し離して訳すことで、その隙間に涙香は同時代の倫理観や道徳観を埋め込み、読者を向上させ、啓蒙《けいもう》することに力を注いだ。それが、訳者であろうが新聞記者であろうが、涙香が目指す最終地点であったことに変わりはない。

涙香が大正九年（一九二〇）に肺癌《はいがん》で没した後、その牙城であった『万朝報』は衰退し、昭和十五年（一九四〇）に他紙に吸収され廃刊となった。だが涙香が多くの探偵小説を日本にもたらしてミステリーの分野での発展に寄与したこと、のびのびと読者を惹き付ける独特な文体で翻訳の概念を打ち破ったことなど、涙香がその後の文学に与えた影響は大きい。そして先述の江戸川乱歩をはじめ、佐藤紅緑《さとうこうろく》、野村胡堂《のむらこどう》、吉川英治《よしかわえいじ》、横溝正史《よこみぞせいし》など後進の作家に、ジャンルにとらわれず、原作にどう向き合い、原作をどう扱うかという問題意識を芽生えさせた。涙香作品の存在は、新聞界を大きく発展させ、さまざまな意味で読者の意識を高めていった。

漱石の弟子は、さまざまな分野で優秀な人材として活躍し、漱石山脈と呼ばれている。いっぽう涙香は、一般の読者が親しみやすい大衆文学の作家たちに強い影響を与えた。二人の執筆活動の時期は、自然主義文学が擡頭していた時期である。だが、二人はともに文学に対する独自の考えを貫き、それぞれの問題意識を新聞小説の場で打ち立てた。そして漱石は近代社会における個を追求し、彼を慕った多くの弟子を中心に後代までその深遠なテーマを受け継がせていった。涙香は日本の読者を西洋文学とそれに付随する新しい世界に引き込む手法を考案し、その西洋的なロマンが昭和初期の作家たちを触発し自然主義の殻を破らせて大衆文芸を花開かせた。二人の影響は二次的、三次的なものにまで広がりを見せ、現代に至るまで純文学からコミックスなど多様なジャンルで連綿と続いているのである。

# 第五章　実体験の大胆な暴露と繊細な追懐——自然主義と反自然主義

田山花袋《たやまかたい》と森鷗外《もりおうがい》は、ともに明治時代後半からの日本文壇を担った屋台骨である。だが両者の文芸上の主義主張は大きく隔たり、花袋が自然主義文学のパイオニアと目されるのに対し、鷗外はそこに距離をおく、反自然主義的な作風と見なされてきた。

ただ彼らは個人的には近しく、それは初対面が文壇の場ではなく日露戦争という非常時であったからかもしれない。立場は違えどともに従軍者として戦地でも交流を重ねた二人には、非日常的空間に結ばれた固い絆もあったのだろう。そして一見、相反する文芸上の思想を有すると思われた彼らだが、じつは互いの披露する新技法から大きな影響を受けている。また、彼らが中央文壇で活躍するきっかけのひとつが、ドイツの作家ハウプトマンへの傾倒であったという共通点もある。

そしてそれぞれの代表作が、描写手法や構造は異なるものの、ともにみずからの過去の経験とその記憶にまつわって誕生している。その共通する背景を整理し、互いの影響関係を明らかにしたい。

## ①田山花袋『蒲団』——スキャンダラスな実体験

### ペンネームは匂い袋

田山花袋、といっても現代ではすぐにイメージはつかないかもしれない。ただ、代表作が自然主義文学の『蒲団《ふとん》』（明治四十年〔一九〇七〕）といえば思い出す方も多いだろう。

田山花袋の本名は、録弥《ろくや》という。ペンネームの花袋には、「はなぶくろ」、すなわち花瓶の意味を持たせたつもりだった。だが、『偐紫田舎源氏《にせむらさきいなかげんじ》』の作者として有名な、江戸時代の戯作者・柳亭種彦《りゅうていたねひこ》の考証随筆『用捨箱《ようしゃばこ》』によると、「花袋」の原義は「花形に仕立てた匂い袋」で、若い女性が携えるものとされている。

花袋は後に、友人からの指摘でその事実を知り困惑する。だが苗字の「田山」とのバランスもよいので、そのまま筆名に使うことにした。もっとも、たとえ「花瓶」の意であったとしても、明治初年生まれの若い男性作家にしてはやや匂やかなペンネームであったことに変わりはない。

じつは花袋が、小説ではじめての稿料を得たときも、編集者はこのペンネームを訝《いぶか》しんだらしい。そして「袋」という字を、「嚢」でなければ「岱」にするように忠告され、花袋の承諾

**田山花袋と友人たち**　左端が花袋。体格が大きいことで知られており、親しい友人であった右隣の島崎藤村をはじめ、他の人々とは体格に歴然とした差が認められる。だが花袋は意外にもフットワークが軽く、旅とお酒を愛し、旅先で入手した様々な珍しい酒器で、訪れる客を歓待するのが好きだった（大正13年７月。『定本田山花袋全集　第７巻』より）

を得ることなく、この『新《しん》桜《さくら》川《かわ》』（明治二十五年）という作品が、金港堂『都の花』という雑誌に掲載された折には、田山「花岱」となっている。ただもちろん、『蒲団』にもあらわれる感傷的な描写を得意とした美文家の彼にはよく似合った雅号であったといえよう。

## 大柄な「泣き虫小説」作家

ただ、そんな繊細な筆名のイメージとは裏腹に、花袋は大柄な体格の持ち主であった。その大きな体躯《たいく》は、集合写真ではいつもひときわ目立っている。加えて、三十五歳のころにはこんな話も紹介された。

文士と謂《い》えば、女性《おんな》同様にデレデレして居そうに想えるが、殊に美文家として、天晴《あっぱ》れ斯壇の名家と仰がれ居る田山花袋君は、性来非常の腕力家で、現に先頃我家《うち》に入った盗人《どろぼう》を引捕えて、懇々説諭の上、放免して遣ったという事がある（『読売新聞』明治三十九年十一月十七日）

こうした外見にふさわしい豪胆な側面を持ちながらも、花袋には素朴で純粋な一面もある。花袋と親交のあった詩人の相馬御風《そうまぎょふう》は、「贅肉《ぜいにく》のない巨大な体軀」とともに特徴的であった「永遠の童眼」(1)を花袋の印象として回顧している。

そんな花袋が文壇に乗り込むと、最初はその繊細な神経には多くのことが強く響いた。花袋は、明治四年十二月（一八七二年一月）に現在の群馬県の館林《たてばやし》に生まれた。花袋の家系は代々藩士であったが、時代の変わり目でもあり、家族の事情で幾度か東京でも過ごしている。五歳のとき、父を西南《せいなん》戦争で喪い、満十歳を前に上京して京橋《きょうばし》の書店に丁稚《でっち》奉公に出る。一年ほどであったが、重い本を背負って、東京中を歩いたその頃に、花袋の土地鑑と体力が培われたのかもしれない。その後、帰郷するも改めて修史局（官立国史編纂所《へんさんじょ》）に就職した兄を頼り、家族で上京した。このころ、歌人の松浦萩坪《まつうらしゅうへい》に歌を学び、同門であった柳田国男と知り合い、文学への志を高めていく。

明治二十四年、すでに人気作家として名声を博していた尾崎紅葉の門を叩き、紅葉の友人の江見水蔭《えみすいいん》から指導を受けることになる。実のところ花袋は、紅葉一派の硯友社メンバーたちとは、あまり肌が合わなかったらしい。だが先の章でもふれたように、当時は文芸系の媒体は少なかった。そして三大出版であった春陽堂は硯友社御用達出版とまでいわれ、同じく博文館は紅葉の弟子の大橋乙羽が婿養子となるほど硯友社と近しかった。最後の金港堂には、文芸誌『都の花』があり、先述のように花袋もここではじめての稿料を得るが、これは江見水蔭の斡旋である。

すなわち硯友社に近しい立場を得ることが、当時はデビューの近道とされていた。そのため、花袋はその後も硯友社メンバーとはつかず離れずの距離を保ち続ける。そして、幾度か博文館の雑誌に作品を載せ、稿料を得はじめる。乙羽は、花袋の紀行文は高く評価したのに反し、小説は「バタ臭い小説、泣き虫の小説、世間見ずの小説」と見なしていた。

だが花袋は生活費を工面するために、乙羽に小遣い稼ぎの原稿を世話してもらうよう幾度か泣きついた。それは若い花袋にとっては言いようなく恥ずかしく情けない体験であった。その縁もあり、花袋が結婚をした明治三十二年に、大橋乙羽からの声がけで、花袋は博文館に入社する。そして編集局で校正の仕事などをしながらみずからの創作を続けることになる。

## 日本流自然主義の先駆け

花袋は、〈文学革新の父〉と称されている。じっさい、花袋は文壇の動向にも常に目を配った。明治二十年代は、尾崎紅葉、幸田露伴、坪内逍遥、森鷗外らの大家が文壇に君臨し、彼らの頭文字をとって紅露逍鷗時代と称されていた。だが三十年代は、なかばに紅葉が没し、鷗外は、後述する小倉《こくら》時代もあって文芸から遠ざかっていた時期である。「老成文学」の時代が去ったとする花袋は、明治三十七年（一九〇四）に、評論『露骨なる描写』を発表する。そして新時代を担うべき後進たちが萎縮し、とりわけ「文章に苦心し、文体に煩悶」する「文章の奴隷」となっていることを懸念する。そのため花袋は、〈露骨で大胆な描写〉を奨励し、少しずつだが「文章の束縛を脱して多少新しい方向に進み、奔放なる思想をも描き得るようになった」文壇の進歩を歓迎した。そして数年後にこの描写法を彼自身の作品で体現し、国木田独歩や島崎藤村らと共に日本に〈自然主義文学〉の潮流をもたらすことになる。

その作品が『蒲団』である。花袋の『蒲団』は、文学史において一度は耳にするタイトルで、島崎藤村の『破戒《はかい》』（明治三十八年）、国木田独歩の『運命《うんめい》』（明治三十九年）とともに自然主義文学の先駆けとして名高い。この〈日本における自然主義〉は、本家フランスのゾラに代表される西欧の自然主義の影響を受けて興った。だがじっさいには内容的に一線を画している。

十九世紀後半のヨーロッパに興った自然主義は、ありのままの現実を直視して、理想化せず描写するというものである。そのため自然科学の影響を受け、人間を社会的環境と遺伝とによって決定される存在として見つめ直していくのが特徴である。しかし花袋らが日本風に消化したものは、哲学的な、あるいは人生観上のものではなく、ものごとをありのままに客観的に描こうという表現上の手法にとどまり、その技巧を「平面描写」と称した。そのため彼らの作品は、自己の内面的心理や動物的側面の告白を重視し、平凡な人生をあるがままに描写するという傾向に向かった。「要するに自然主義は人生の全部を書く事である(2)」という花袋の認識は、後の心境小説や私小説を導き出す源流となっていく。

だが『蒲団』が注目を浴びたのは、単に新時代的な手法が人々を刮目《かつもく》させたためだけではない。登場人物のモデルが、花袋およびその周辺人物であることがあまりにも明白であったこと、またその主人公の男性の、本来ならば秘すべき心境が「赤裸々」と評されるように露骨に表現されていたことが、一大センセーションを巻き起こしたのである。

## 『蒲団』のために検事局で取り調べ

『蒲団』は、花袋自身とその女性の弟子をモデルに、彼らをとりまく状況をつぶさに描いた作品である。一人の中年男性の目を通して、新時代の女弟子の存在と彼女との関係が活写されており、モデルとの関連性もあいまって世間の耳目を集めた。この作品は、竹中時雄《たけなかときお》という、かつては文壇で名を馳せながら、現在は出版社で地理誌編纂の仕事に従事する作家の視点から描かれる。花袋自身も明治三十七年（一九〇四）の日露戦争で従軍記者となるまでは、博文館で校正を生業としていた。妻子とともに代わり映えのしない日常を送っているこの中年作家は、いうまでもなく花袋の分身である。

ある日、この平凡な日常に倦《う》んでいた時雄のもとに、芳子《よしこ》という美しく才気あふれる女性が弟子入りを志願する。現代的な若い女弟子との師弟関係は家内での同居から始まり、恋愛の香りも漂う微妙な雰囲気で続いていく。しかしその均衡は突如、第三者の若い男によって破られる。この青年が芳子の恋人となったことで、芳子は厳格な実家の父に連れられて故郷の岡山に帰郷し、時雄は彼女の起居した部屋に入って感傷に浸る、というのが大筋である。最も有名なのは、

芳子が常に用いて居た蒲団——萌黄唐草《もえぎからくさ》の敷蒲団と、綿の厚く入った同じ模様の夜着とが重ねられてあった。時雄はそれを引出した。女のなつかしい油の匂と汗のにおいとが言いも知らず時雄の胸をときめかした。夜着の襟の天鵞絨《びろうど》の際立って汚れているのに顔を押附けて、心のゆくばかりなつかしい女の匂いを嗅いだ。

性慾《せいよく》と悲哀と絶望とが忽ち時雄の胸を襲った。時雄は其の蒲団を敷き、夜着をかけ、冷めたい汚れた天鵞絨の襟に顔を埋めて泣いた。

薄暗い一室、戸外《おもて》には風が吹き暴《ふあ》れて居た。

という作品の終幕である。嗅覚を恋情に結び付けたあからさまな描写が物議を醸し、「肉の力」を描出した作品と評された。

じっさい、この作品は『新小説』誌に発表されるや、その編集者みずからが作品の「非道徳性」を訴え出る。果ては花袋自身が検事局に呼び出されて取り調べを受けるまでにいたった。(3)

ただ、「本箱の中から岡山県の地図を捜して、阿哲《あてつ》郡新見《にいみ》町の所在を研究した。山陽《さんよう》線から高梁川《たかはしがわ》の谷を遡って奥十数里、こんな山の中にもこんなハイカラの女があるかと思うと、それでも何となくなつかしく、時雄は其の附近の地形やら山やら川やらを仔細《しさい》に見た」という時雄の空想や、「一日二日、時雄は其の手紙の備中《びっちゅう》の山中に運ばれて行くさまを想像した。四面山で囲まれた小さな田舎町、其の中央にある大きな白壁造、そこに郵便脚夫が配達する」「時雄は雪の深い十五里の山道と雪に埋れた山中の田舎町とを思い遣った」とされる情景は、時雄自身の脳中の描写にもかかわらず、いかにも紀行文の名手らしく、読者をも静かにその風景のなかへと導いていく。そして行きつ戻りつする時間と空間の描写が、四次元の世界観を巧みに現出し、読者を作品世界のなかへ誘う魅力を感じさせる。

## スキャンダルの影響

花袋はこの作品を書くにあたり、ドイツの作家ハウプトマンの戯曲『寂しき人々』を最も参考にしたらしい。『寂しき人々』は一八九一年に発表され、同時代の日本文壇で大いに注目され、日本の自然主義文学に大きな影響を与えた作品のひとつである。内容は、若い科学者が彼の研究に理解のない妻と、彼の考え方に共鳴し彼を慕うエリート女子学生とのあいだで揺れ動き、世間の理解を得られないまま、孤独な自殺を遂げるというものである。

このテーマに花袋が興味を惹かれたひとつの理由は、まさに花袋のもとに文学者志望の若い聡明《そうめい》な女弟子が入門していた現状と、主人公の科学者ヨハネスのもとに二十四歳の女子大学生アンナ・マールが訪れてきた状況が酷似していたからであろう。花袋は、みずからの女弟子への想いをこの作品に重ねていく。そして事実を織り込んで『蒲団』を創作していったのである。花袋はこのテーマを大切に扱い、その他の作品でも繰り返し取り上げていく。すなわち『生《せい》』（明治四十一年〔一九〇八〕）、『妻《つま》』（明治四十二年）がそのプロローグ、『縁《えん》』（明治四十三年）はエピローグとなるという広がりを持たせていくのである。

ただ、『蒲団』のできごとが、花袋の実生活を克明になぞったものであることは当時から衆目に明らかであった。そのため『蒲団』のヒロイン芳子と、その恋人である田中秀夫のモデルは、人々に知られるところとなる。花袋自身もこれを秘することはなく、『寂しき人々』のヒロインに因み、この女弟子を「私のアンナ・マアル」と公言していく。この経緯がいっそう世間の耳目を集めることになった。

芳子のモデルとされた女性は岡田美知代《おかだみちよ》という才女である。広島の名家出身で神戸女学院に学んだが、文学を志して退学後上京し、花袋に師事する。そして東京では津田英学塾《つだえいがくじゅく》にも学んだ。上京後しばらくは花袋の家に下宿していたが、この同居生活は花袋の家庭内外に波紋を拡げたため、その後は花袋の妻の姉の家に下宿する。美知代はあるとき帰郷し、再上京の時期に、恋人を得た。それが永代静雄《ながよしずお》という同志社《どうししゃ》に学んでいた神戸教会の青年である。その後、彼女を追って上京してきた彼に花袋も面会する。この青年は東京では早稲田の高等予科の文科でも学び、花袋はのちに、文字どおり美知代の親代わりとなって、二人を結婚させることになった。

後に永代青年は『東京毎夕新聞』のジャーナリストとなった。そして明治四十一年に『少女之友』に、須磨子という筆名で『不思議の国のアリス』をはじめて邦訳して連載したことも、その功績として知られている。いっぽう美知代は後に『主婦之友』の記者となり、アメリカにも渡った。だが帰国後は永代と別れて広島に帰郷し、細々と文筆活動を続けていった。

**『蒲団』のモデルとなった岡田美知代**　広島から上京して花袋に入門した女性。『蒲団』のヒロイン「横山芳子」のモデル。父は県議や町長を務め、備後銀行を創設した地元の名士で、兄の実麿は英文学者で第一高等学校および明治大学予科で教授を務めた。のちに「花袋の『蒲団』と私」を公表して、彼女を勝手に作品モデルとした師への憤りと当時の背景を明らかにした（明治41年8月ころ。写真・日本近代文学館）

## 書くことのジレンマ

『蒲団』に反映されたのは、花袋をとりまくじっさいのできごとである。当然、このモデル問題は、花袋自身が相当の「問題になった」と回顧するほど注目された。花袋自身も同僚からの好奇の視線に晒《さら》され、関係者から絶交状めいた手紙も受け取る。ただこうした事態を受け、花袋は『蒲団』執筆の意義を以下のように見いだしている。

つまりそれだけその時分の世間が、社会が、伝統的慣習に捉われていたのである。そういう形から見れば、そうした社会から今の自由な心持を持った社会になって来るための材料のひとつとして『蒲団』も立派にその使命を果して来たものであるとは言えた。（「『蒲団』を書いた頃」『夜坐《やざ》』『定本花袋全集　第二十四巻』臨川書店、平成七年）

だがこのスキャンダルの風当たりは、とくに美知代とその恋人の永代静雄に対して強かった。永代は『読売新聞』での仕事を望んだものの、『蒲団』のモデルであることを理由に入社を断られてもいる。また永代との結婚を美知代の両親が認めなかったため、彼らの結婚は、花袋が美知代を養女として迎えたうえで、かろうじて成立させたものである。花袋の贖罪《しょくざい》の気持ちも手伝ってのことであろうが、この件はジャーナリズムでも取りざたされ、「いくら作家でも自分のラヴを他所《よそ》へ嫁《や》るのは苦しかろ(4)」と揶揄《やゆ》されたことも報じられた。

ただ花袋はこうした結果をある程度予測してもいた。「書こうか。書けばその恋をすっかり破って棄《す》てることを覚悟しなければならない。書くまいか、そしてその恋の時機の来るのを待とうか」、そのジレンマに花袋は相当悩んだ。だがすでに友人の島崎藤村が『破戒』を、国木田独歩が『運命』を発表し、脚光を浴びている。取り残されそうな寂しさが、花袋を吹っ切れさせた。

## モデルへの謝罪

ただ、いざ発表してみると世間の反響は花袋の予想以上に大きかった。帰郷していた「山の中のアンナ・マアルから悲しむような泣きたいような腹立しいような手紙が来た。私は重々すまないような気がして、詫《わ》びを言うような手紙を書いた(5)」のである。

『蒲団』を家族に知られることを恐れた美知代の苦衷は容易に察しが付く。いっぽう花袋は美知代に対する書簡で「まことに申訳がない、御詫しますから何《ど》うか堪忍して下さい。御手紙を頂戴した時は何うしようかと思った。さらぬだに苦悶《くもん》して居る貴嬢に一層の心配苦痛をかけて其罪万死も猶かろしと思いました」「蒲団の件はまことに申訳がない、何うか堪忍して下さい。如何ような御詫をもする。おろかなる師より(6)」と平謝りする。その文面からは、花袋自身の葛藤と戸惑いと慙愧《ざんき》の念がダイレクトに伝わってくる。

なおこうした花袋の姿勢に対して、美知代もまた結婚後に「花袋の『蒲団』と私」(7)を発表し、たびたび詫び状をもらったとしたうえで、『蒲団』の「何処も彼処、全部が全部、みんなよくもまあと、呆《あき》れ返える程、違って居る」内容に、師の「悪意以上正に敵意」を感じ、その悔しさと恨みを忘れえない、と強い言葉で回想している。

『蒲団』は、その後のみずからと周辺の人々に降りかかることになる実生活上の苦悩と展開を理解しながらも、書かざるを得なかった花袋の文学上の焦燥や懊悩《おうのう》、作家の性《さが》のようなものを感じさせる。

## 豪快な外見と乙女な内面

先にも述べたが『蒲団』とテーマを同じくするのが『生』や『妻』、『縁』である。簡潔にいえば、時雄および芳子の関係と同じ関係性を持つ登場人物を配した作品群で、ストーリーは『蒲団』に連なるものである。いずれも花袋の代表作で、花袋の思い入れの深さがあらわれている。いっぽうそうした大部の作品に対し、花袋の志向の原点と見なされるのが『蒲団』の四カ月前に発表された短編小説『少女病《しょうじょびょう》』(明治四十年〔一九〇七〕)である。主人公は、大きな体格とナイーヴな内面という、花袋自身にも通ずるイメージギャップを、より誇張されて投影された杉田古城という人物である。

古城は、神田の青年社に勤務する三十七歳の中年男性で、およそ外見に似つかわしくないが、かつては少女小説作家として名を成していた。蛮カラな容貌で少女小説を書いていたことが「文壇の笑草の種」となっていたことが大きな特徴とされている彼は、現在では雑誌社の社員として「平凡に」働いている。こうした勤め人生活の描写は、『蒲団』の竹中時雄の場合と同様、大手出版社の博文館に勤めていた花袋の実体験に基づいていよう。

この古城はロマンチストで、「若い女に憧れる」悪癖があった。そのせいで若く美しい女性に関係する事象に関しては持ち前の観察眼が鈍ることがあり、そのことが彼を小説家として大成させえない一因となっている。それは、犯罪や事件を起こすという類ではない。あくまで古城が通勤の途中で見かける若い美女たちの身の上に想いを馳せ、彼女らの人生や日常について妄想に耽《ふけ》るだけのことである。もとより実害を伴うものではないはずだった。

だがある日、彼は平凡な毎日に倦んで、いつものとおり空想をしながら車上の人となる。これは現在のJR中央線となる甲武《こうぶ》鉄道であった。そこで彼は、たまたま同じ電車に乗り合わせた美しい令嬢に夢中になって見とれる。だが、

水道橋《すいどうばし》、飯田町《いいだまち》、乗客は愈《いよいよ》多い。牛込に来ると、殆ど車台の外に押出されそうになった。かれは真鍮《しんちゅう》の棒につかまって、しかも眼を令嬢の姿から離さず、恍惚《うっとり》として自《みず》からわれを忘れるという風であったが、市谷《いちがや》に来た時、また五六の乗客があったので、押つけて押かえしては居るけれど、稍《やや》ともすると、身が車外に突出されそうになる。

**甲武鉄道の電車**　『少女病』の主人公・杉田古城の通勤電車、甲武鉄道（後に中央本線の一部となる）。折しも博覧会で大混雑していたため、古城は無理に車掌のいるところに割り込み、右の扉の外に真鍮の棒をつかんで立ち、車中の美しい令嬢をガラス越しに眺めていた。だが写真でも分かるようにドアも仕切りもない素通しスペースであったため、事故に遭ってしまう。鉄道に詳しい花袋作品には鉄道の場面がよく描かれる。なお中央本線は、明治45年に日本ではじめて婦人専用電車を導入した（『日本国有鉄道百年写真史』日本国有鉄道、昭和47年より）

そしてとうとう混んだ電車から揺り落とされ、命をも落としてしまった、というあまりにあっけない幕切れの話である。文芸作品として特記に値するものでもない。シンプルすぎるストーリーである。

ただ筋らしい筋もないこの短編小説には、むしろそれゆえにこそ、平凡ながら詩趣のある、中年男性の若く美しい女性に対する憧憬や夢想、ときには妄想が、強く生々しく浮き彫りにされる。じっさい彼女らへの執着こそが古城の命を奪ったのであり、まさに『蒲団』の源流がここにある。この点は「花袋氏は主として人生に於ける肉の力を描こうとして居る(8)」と、発表直後から指摘されていた。『少女病』には、明らかに『蒲団』の萌芽的傾向が感じられる。

なお、当時の電車の構造は、車掌台と運転台が吹き抜けで一条の鎖が仕切になっているだけの、簡単なものであった。そのため、規則では禁止されていたものの、走行中でも飛び乗りや飛び降りが黙許されていたらしい。逆にいえば満員のときに端に立つことは押し出されて転落する可能性が高く危険であった。『少女病』と同年に発表された、内藤鳴雪《ないとうめいせつ》の「電車の飛び乗り」『老梅居雑著《ろうばいきょざっちょ》』（俳書堂）には、老若男女さまざまな「飛び乗り」の様態が細見できる。なかには「鬼界が島の俊寛《しゅんかん》」のように必死ですがりつく者もいれば、同じ若い美女でも長い袖をひらつかせるのはいいが、「体操の修練」を見せる女学生は今一つらしいなど、微笑ましい観察も示されている。

作品の多くに鉄道や駅が描かれていることから、花袋には、現代の鉄道ファンに通ずるこだわりがあったと思われる。そしておそらくこの鉄道好きの一面が、のちに花袋をして紀行作家の名手に育てたということも、言い添えておきたい。

### 文壇を生き抜く

ただ、大胆な告白小説や、趣味を追求した作品を遺したからといって、花袋が天衣無縫で周囲の思惑などに無頓着であったかといえば、決してそうではない。どちらかといえばむしろ逆であろう。たとえば、花袋は森鷗外に心酔していた。しかしいっぽうで、舌鋒《ぜっぽう》鋭い鷗外や、彼と共に活動する幸田露伴、斎藤緑雨《さいとうりょくう》（正直正太夫《しょうじきしょうだゆう》）らの作品批評には辟易していたらしい。

**森鷗外**　明治29年ころ、観潮楼（千駄木の鷗外の自宅）の庭にて。左から鷗外、幸田露伴、斎藤緑雨。明治29年３月からの『目不酔草』での合評「三人冗語」はこの３人で担当し、若手作家たちは自作が評されるのを戦々兢々としていたという。観潮楼といわれた鷗外の家は、現在では跡地に森鷗外記念館が建てられている（写真・日本近代文学館）

盟友・国木田独歩にも「何うも日本の文壇ぐらい小舅《こじゅうと》の多いところはありやしない。何うだって好いじゃないか。正直正太夫が何を言ったって、鷗外が何を言ったって、そんなこと何うだって好いじゃないか。日本ではだから好いものが出来ないんだよ」とこぼし、作品評が載っている「『めざまし草』の『雲中語』などはそれはひどかった」と回想する[9]。

先にもふれたように、そもそも花袋は紀行文の才を大橋乙羽に認められて、博文館に入社した。紀行文や詩の分野でも活躍しており、平成になってから編まれた臨川書店の『定本花袋全集』は、二十八巻（及び別巻一冊）にも及ぶ大作品集である。文章や小説の作法に関する一家言を持ち、随筆『東京の三十年』は同時代の貴重な文学史資料としても名高い。堂々たる大家であったが、自作への評価には常に戦々兢々《せんせんきょうきょう》としていた等身大の姿も浮かび上がる。

当時の文壇では、紅葉は早世し、漱石が登場する前であった。鷗外も翻訳などを除けば『舞《まい》姫《ひめ》』（明治二十三年〔一八九〇〕）で知られた程度である。スター不在の、間隙にあって、誰もが物足りなさを感じていた時期である。そこに花袋のなりふり構わぬダイナミズムが、膠着《こうちゃく》しつつあった文壇の起爆剤として機能し、その後の文壇の動きを方向づけた。

『平凡』に二葉亭が記したように、「近頃は自然主義とか云って、何でも作者の経験した愚にも附《つ》かぬ事を、聊《いささ》かも技巧を加えず、有《あり》の儘に、だらだらと、牛の涎《よだれ》のように書くのが流行る」という認識が先行し、花袋の『蒲団』は、自然主義が猥褻《わいせつ》文学と見なされる端緒を作った、と指摘されることもある。だが捨て身になって変革を目指した花袋の、泥臭い力強さが、その後の日本独自の自然主義を方向づけていった。そして岩野泡鳴《いわのほうめい》や徳田秋声、正宗白鳥らが後に続き、この分野で名著を出していくことになる。

後年は、紀行文を中心に本領を発揮した花袋は、昭和五年（一九三〇）に喉頭癌《こうとうがん》で世を去った。

## ②森鷗外『雁』――やさしい追憶

自然主義作家の敬慕する〈反〉自然主義作家

森鷗外の『不思議な鏡』にこんな一節がある。

「なんでも君の読もうと思う物が、その紙に映るのだよ。なかなか鮮明だよ。」本屋に関係している丈《だけ》に、田山君は印刷を褒めるような事を言っている。

己《おれ》はいよいよ窮した。「演説や朗読は、僕は下手だがね。」

「上手なお饒舌《しゃべり》が聞きたいのなら、君に御苦労は掛けないよ。」

田山君が理窟《りくつ》っぽく出たので、こっちも理窟っぽく出た。「僕だって下手な事はしたくない。」

田山君はちょいと己《おれ》の顔を見た。己はぎくりとした。そんならなぜ小説を書くのだと云われたように思ったのである。

ある種の幻想に満ちた作品であるが、同時代の人々の実名と同じ名を持つ人物が幾人も登場する。「田山君」もその一人で、「昔馴染の田山君が、あの gigantesque《ジガンテスク》 な頭をして、腕のように太い、白い羽織の紐《ひも》を締めている」と表現されている。この「田山君」は、田山花袋を髣髴《ほうふつ》させる。じっさいこの場面から、鷗外が花袋に対して「仄《ほの》かな親愛の情」を抱いていたと分析するのは小堀桂一郎《こぼりけいいちろう》である。(10)

その文学上の主義の相違から、両者の対立を指摘する向きもあるが、花袋もまた鷗外の作品には心酔していた。鷗外らの書評に神経質になっていたいっぽうで、「私は殊に鷗外さんが好きで、『柵 草紙《しがらみぞうし》』などに出る同氏の審美学上の議論などは非常に愛読した。鷗外さんを愛読した結果は私もその影響を受けた」(11)と語るとおり、花袋は、鷗外が『舞姫』を発表した段階から「面白いとか、美しいとか、滑稽だとかいう一種の趣向よりも更に深い者を描かなければならぬということを知った(12)」と、その創作や翻訳に瞠目《どうもく》していた。

じっさい花袋は、鷗外の訳した『審美新説』（フォルケルト著、明治三十三年〔一九〇〇〕）を、花袋も所蔵して、多くの書き込みをしている。また、花袋の『蒲団』執筆に多大な影響を与えたハウプトマンについては、鷗外はその前年の明治三十九年に講演を行い、講演内容をまとめた著書を上梓している。その後、ハウプトマンの『寂しき人々』の翻訳（明治四十四年）を出版したのも鷗外であった。

## 「閣下」に出会えた一作家

明治三十年代、三十代後半になった軍医としての鷗外の生活は慌ただしかった。詳しくは後述するが、九州の小倉に三年弱赴き、帰京後ほどなく勃発した日露戦争に第二軍軍医部長として出征し、凱旋《がいせん》する。その後に、本格的な文壇への返り咲きを狙った鷗外が着目したのが、このハウプトマンである。鷗外はハウプトマンを日本へ紹介するということを、自身の文学人生の大きな転機あるいは飛躍と期していた。

いっぽう、ハウプトマンに啓発された『蒲団』で飛躍することになる花袋もまた、日露戦争に深く関わっていた。博文館にいた花袋は、従軍記者に志願し、月給五十円を三ヵ月分前払いで手にして戦地に赴く。彼が担当したのが第二軍だった。奇《く》しくも鷗外も第二軍の軍医であったことが、二人にとって幸運な縁結びとなった。

花袋は、これから宇品《うじな》港を出て戦地に赴くことになる第二軍とともに、写真班として広島にいた。軍医部に鷗外がいることは知っていたものの、軍医部長ともなれば雲上人である。だが名刺を出すと、すぐ奥に通された。これが初対面で、花袋はこのときの感激を、

私は文芸の難有さを感ぜずにはいられなかった。それに、私はまだ作家としても何もしていやしない。それにも拘《かか》らず、佐官でも滅多《めった》には逢《あ》って呉《く》れないこの戦時に、軍医部長が別に不思議もないようにしてこうして逢って呉れるとは！（「陣中の鷗外漁史」『東京の三十年』『定本花袋全集　第十五巻』臨川書店、平成七年）

と振りかえる。その後は、戦地への航海中にもキャビンでハウプトマンをはじめ外国文学の話もし、遼東《りょうとう》半島の陣中では、花袋が小説を買って持ちこんだことも、病を得た花袋が軍医部で療養中に鷗外に見舞われたこともあったらしい。外地の、まして戦地でのそうした交流は、花袋と鷗外に、互いへの親しみをより強く感じさせたのかもしれない。

もっとも、戦争時に外地で鷗外に出会ったのは花袋のみではない。花袋と同じく従軍記者として『日本』から送られた正岡子規は、日清戦争時に大連《だいれん》で鷗外に挨拶している。また『中央

公論』の名編集者であった滝田樗陰《たきたちょいん》も入営中、陸軍軍医総監になっていた鷗外の（文壇関係での）知己であると主張し、人々の前で鷗外に一筆したためたところすぐに鷗外から返書が届き、周囲に一目置かれたというエピソードも伝わっている。ここに文人としてだけではない鷗外の、文壇の枠を超えた幅広い交流があり、それが鷗外の文学の影響を豊かに拡げていくことになる。

## 医学士としてのキャリア

鷗外は江戸末期の文久二年（一八六二）、石見国《いわみ》（現在の島根県）で生を享け、上京。東京帝国大学の医科大学には、規定年齢より若い十二歳で入学した。本来は、十四歳から十九歳までが入学年齢と定められていたため、年齢を水増ししたのである。それでも成績は三十名の同級生のなかで、いつも上位の四、五番だった。幼いころから神童の呼び声高かった鷗外は、多くの場合「二十歳過ぎればただの人」になるという定説に反発し、その天分と才能を磨き続けた。

十九歳まで寄宿舎生活をしており、そこでの友人関係やリアルな生活状況から、後の『キタ・セクスアリス』（明治四十二年〔一九〇九〕）が生み出される。その後、鷗外は大学にほど近い、上条《かみじょう》という家の下宿人となる。ここから上野不忍池《しのばずのいけ》に向かうとほどなく無縁坂《むえんざか》がある。このあたりの一軒の綺麗な家が妾宅《しょうたく》で、美しい女がいることから想像をかき立てられ、書いたのが名作『雁《がん》』（明治四十四年）である。そのため『雁』には、上条という下宿も実名のまま登場し、ヒロインのお玉《たま》が住むのも無縁坂の小ぎれいな家である。なお作中には、多くの〈実在〉の人物やできごと、事柄も描かれる。たとえば、下宿の上条が、鷗外の卒業間近に火事に遭った時期も『雁』に、かなり正確に描出される。そのため、この作品には同時代の鷗外周辺を窺う貴重な手がかりも見いだせる。

鷗外は開学以来最年少の二十歳で卒業し、二十八名中八番の成績であった。卒業試験の時期に上条が火事で焼けたことや、ドイツ人教師の授業のノートを漢文で取って教師の心証を害したこと、何よりも若すぎる年齢などがハンデとなったであろうが、立派な成績である。ただ『舞姫』の主人公・太田豊太郎《おおたとよたろう》のように文部省の官費で洋行することは叶わず、陸軍の軍医となり陸軍衛生部からの官費留学生として二十三歳でドイツに洋行する。

ドイツでの鷗外は陸軍医としての活動のため、訪れた邦人のみならず現地の医療関係から紹介される人々と会う機会も多かった。名作『文づかひ』(明治二十四年)に、そのエピソードがほぼそのまま描出されたイイダ嬢のモデルとの出会いもそのなかにある。この女性はザクセン軍団の野外演習に参加した際に、貴族の館で出会い、翌年の王宮の舞踏会で邂逅した美しい令嬢であった。なおこの作品と『舞姫』『うたかたの記』(明治二十三年)はドイツが舞台となっているため、独逸三部作と称され、これらの作品が鷗外の文壇での地位を固めることになった。

## 厭世観を埋めるために

鷗外は、ドイツで多くの文学作品も渉猟したが、必ずしも医学や文学の研究や勉強に没頭できたわけではない。帰国の前年、鷗外は、陸軍省の体面のためにも医学研究にのみ集中せず、一度はドイツの軍隊に入り、隊付き医官の事務をとるよう軍医総監の命を受けている。その意に染まぬ命は、じつはライバルの妬みに端を発するものであった。その複雑な人間関係や自分の置かれた状況に嫌気の差した鷗外は、軍を辞して外交官になりたいとさえ望むようになる。だがもとより不可能な話であり、代わりに文学や哲学に慰めを見いだしていく。『妄想』（明治四十四年〔一九一一〕）には、ドイツに洋行した人物のこんな思いが描かれている。

自分のしている事は、役者が舞台へ出て或る役を勤めているに過ぎないように感ぜられる。

**軍服姿の森鷗外**　明治41年、陸軍省官房室にて。鷗外はこの前年の明治40年に陸軍軍医総監となっており、本人もこの写真を気に入っていたという。なお日露戦争にも軍医部長として明治39年まで出征していた鷗外は、帰国後、散歩でよく訪れていた根津神社には、鷗外ゆかりの「日露戦争戦利砲弾を飾るための台座」が残され、現在は水飲み場として使用されている（写真・日本近代文学館）

［中略］勉強する子供から、勉強する学校生徒、勉強する官吏、勉強する留学生というのが、皆その役である。赤く黒く塗られている顔をいつか洗って、一寸舞台から降りて、静かに自分というものを考えて見たい、背後《うしろ》の何物かの面目を覗いて見たいと思い思いしながら、舞台監督の鞭《むち》を背中に受けて、役から役を勤め続けている。此役が即ち生だとは考えられない。

そしてこの人物はドイツの哲学者のショーペンハウエルやハルトマンの書に親しみ、彼らの唱える厭世観《えんせいかん》に思いを寄せていく。

これは鷗外の帰国時の心境に近かったのかもしれない。四年の渡欧期間を経て、鷗外自身も厭世観に囚われて船旅を鬱々と過ごして、帰国することになる。なお鷗外の帰国時に、彼を追って一人のドイツ女性が四日後の船で追ってきた。鷗外のドイツの恋人で、『舞姫』のモデルとなった女性である。エリーゼ・ヴィーゲルトとされるその女性は、鷗外を含む森家の人々の説得により一月後に帰国したが、その後何年も鷗外と文通を続けていたという。

### 浪漫詩の紹介者

明治二十一年（一八八八）九月八日に帰国すると、鷗外は翌日から陸軍軍医学舎（のちの陸軍軍医学校）の教官となり、次々に医学論文を発表する。そしてその翌年の年明けからは西洋文学の翻訳や紹介を怒濤《どとう》のごとく上梓する。とりわけ輝かしい功績とされたのは訳詩集『於母影《おもかげ》』（明治二十二年）である。ゲーテの「ミニョンの歌」やシェークスピアの「オフェリアの歌」のほか、バイロンやハイネも所収した全十七編を収めた西洋色の濃い画期的な詩集であった。

「まだ新しい小説や脚本は出ていぬし、抒情詩《じょじょうし》では子規の俳句や、鉄幹《てっかん》の歌の生れぬ先であったから、誰でも唐紙に摺《す》った花月新誌《かげつしんし》や白紙に摺った桂林一枝《けいりんいっし》のような雑誌を読んで、槐南《かいなん》、夢香《むこう》なんぞの香奩体《こうれんたい》の詩を最も気の利いた物だと思う位の事であった」とは、自叙伝的な側面も有する『雁』の一節である。

詩といえば〈漢詩〉を意味した時代にあって、まだ珍しかった西洋詩は日本の青年読者に清新な衝撃を与えた。訳者は鷗外と、彼を中心に立ち上げられた文学結社〈新声社《しんせいしゃ》〉の数名である。『於母影』はとりわけ、島崎藤村や北村透谷《きたむらとうこく》など、後に浪漫主義を標榜した作家たちに大きな影響を与えたのである。

『於母影』は当初、『国民之友』の附録であったが、その後にこの誌の出版社である民友社《みんゆうしゃ》から単行本として出版、ここで得られた五十円の稿料で、鷗外は明治二十二年に『しがらみ草紙』という雑誌を創刊する。その主意は、文壇が混乱していた当時、その混乱した流れをしがらみ（柵）でせきとめることで、文学のありかたを規制し、新文学の促進を図ることを目的としていた。誌名もそこに由来し、花袋が心酔した多くの評論もここに載せられていた。

## 攻撃的な文芸評論家

『しがらみ草紙』は、近代日本初の本格的な文芸評論誌として文壇の注目を集めた。そして鷗外が日清戦争に出征するまでの約五年間に、五十九冊を刊行する。名高い〈没理想論争〉もここから生まれた。この文学論争ではまず、坪内逍遥がシェークスピアの偉大さを、「没理想」、すなわち理想や主観を直接表さず事象を客観的に描いたこと、と評した。それに対し鷗外が「理想なくして文学なし」と逍遥の主張を否定し、これに対してさらに逍遥が応じるという流れで続いたものである。それぞれ逍遥が『早稲田文学』に、鷗外は『しがらみ草紙』に、各持論を展開するかたちで一年にもわたったこの論争は、逍遥が折れたかたちをとって、論争を打ち切った。

ただ最後に逍遥が鷗外に対し、鷗外が抽象的に表現する「理想」を明らかにするように求め、そうでなければ「仮令《たとい》暗中より躍りいづる、先天の理想が声音は聞くとも、その声の実在を認むることを得ず(13)」と述べたこともあり、鷗外がみずからの創作のハードルを上げてしまうという皮肉な結果に落ち着いた。

だが鷗外が積極的に文学の〈しがらみ〉にこだわったことで、目論見通り文壇で一目置かれ、文芸評論の指導的立場を以て認識されることとなった。辛口批評家の内田魯庵も「鷗外先生は日本のハルトマンなり」とし「日本第一の審美哲学者なり」「日本第一の物識《ものしり》なり」と、やや大仰ながらその見識は評価している。と、同時に、文芸論争をいくつも展開したことを受け、「若《も》し一言《いちごん》の粗忽《そこつ》をして先生の御機嫌を損ずる事あれば忽ち二三十頁のお世話を掛くる恐あればゆめ謹んで決して危きに近寄るべからず」と、その攻撃的ともいえる態度を揶揄してもいる。(14)

ちなみにその後、日清戦争から帰国した鷗外が『しがらみ草紙』の後身として明治二十九年（一八九六）に幸田露伴、斎藤緑雨らとともに立ち上げたのが『目不酔草《めざましぐさ》』である。余談ながら当時、最初の妻と離婚して独身となっていた鷗外が弟たちとともに住み、千朶山房《せんださんぼう》と名付けた家には、後に漱石が住んで『吾輩は猫である』などをここで執筆したため、〈猫の家〉と呼ばれるようになった。

**【ちょっとブレイク――ナポレオンより短い睡眠時間】**

鷗外の睡眠時間の短さは有名だったらしい。ショートスリーパーという言葉は、今日では珍しくなくなったが、鷗外はかなり短い部類であったようだ。じっさい、「ナポレオンは四時間も寝てるんだから、寝すぎだ」と友人にもらしていたらしい。

**蛙を呑む心持――エリートの挫折**

だがこうして文壇でも名を挙げ、陸軍でも順調に出世し順風満帆な生活を送っていた鷗外は、明治三十二年（一八九九）に突如、第十二師団軍医部長に任命された。青天の霹靂《へきれき》である。第

**森鷗外旧居**　明治32年に森鷗外が旧陸軍の第12師団軍医部長として赴任してから1年半、暮らした家。北九州市のJR小倉駅から徒歩圏内にあり、現在は記念館となっている。鷗外はここでの年月を静かに過ごし、地元の友人たちとの交流や随筆の執筆に時間を費やした

十二師団は現在の福岡県北九州《きたきゅうしゅう》市の小倉にある。当時、こうした東京を遠く離れての異動は、いわゆる左遷人事と考えられた。同僚との間に生まれた軋轢《あつれき》がこの異例の人事の一因とされ、異動した鷗外の代わりに出世したライバルに大きく水をあけられた。三十八歳の鷗外にとってこれは大きな打撃であった。周囲の説得により何とか辞職を思いとどまった鷗外は、三年近い月日を小倉で過ごす。ただ、ここでは執筆活動も控えめにした鷗外は、静かな時間や新たな友人を得ることにより、みずからを省みる時間を持つことになった。

ただその後の人生は、目まぐるしい。明治三十五年に帰京するも、三十七年には日露戦争のためにふたたび東京を離れ、三十九年に凱旋。そして四十年に陸軍軍医総監へと昇進した。鷗外が陸軍から退いたのは大正五年（一九一六）のことである。そしてその翌年、帝室博物館総長と図書頭《ずしょのかみ》を拝命することになる。

そうした鷗外は明治四十二年ころから、ふたたび盛んに筆を揮うようになった。この年、文

学博士の学位を授与され、翌年には慶應義塾の文学科顧問となる。だが鷗外に傾倒し、やはり医師で文筆家でもあった木下杢太郎《きのしたもくたろう》は、この時期の鷗外の活発な文学活動を、花袋らの主張する自然主義への反感からと分析する。いっぽう自然主義作品については、『キタ・セクスアリス』のなかで、鷗外自身を髣髴させる登場人物の金井《かねい》君が、「非常に面白がった」とする描写がある。表立って批判することはないものの、鷗外も自然主義文学を意識し、いっぽうで自分の手法とは相容《あいい》れないと考えていたのであろう。正宗白鳥は、この時期の鷗外について、

> 彼れが前半生に試みていたいろいろな近代欧洲文学の翻訳は独歩花袋藤村など当時の文学青年に清新な感化を与え、旧套《きゅうとう》を脱した新文学の発生する原因の一つとなったのであったが、後では、鷗外自身が、知らず識《し》らず独歩花袋藤村などの感化を受けた訳になるのである。（『文壇人物評論』中央公論社、昭和七年）

と述べている。花袋の鷗外への傾倒は先に述べたとおりだが、鷗外もまた花袋らの活動に触発されていったのである。

　なお先述のとおり、花袋と同様、鷗外もまたハウプトマンには強い思い入れがあった。そのため、日露戦争から凱旋した年に、ハウプトマンの講演を行い、文壇復帰の足掛かりとする。その後の『寂しき人々』の翻訳（明治四十四年）も、満を持してというつもりだったであろう。

だがこの訳に関しては、慶應のドイツ語教師の向軍治《むこうぐんじ》が、誤訳箇所を指摘して鷗外のドイツ語力の乏しさを論《あげつら》った。このときは鷗外も、「蛙《かえる》を呑む」気持ちになったと述べている。フランスのゾラが、酷評を浴びることを「生きた蛙を呑み込む様な思い」とした表現にならったのである。鷗外といえども苦い想いに悩まされていたことが明らかになる。

### 実話のちりばめられた佳作

そうしたなか鷗外は自身の代表作とされる小説『雁』を発表する。『蒲団』ほど露骨なモデルではないが、『雁』にも鷗外自身の小さな実体験がちりばめられている。鷗外は明治四十四年（一九一一）に雑誌『スバル』でこの連載をスタートさせ、好評を博していた。だが『スバル』の廃刊に伴い、書き下ろした後半を加えて、大正四年（一九一五）に全編をまとめ単行本として籾山《もみやま》書店から出版する。その間に四年弱が経過したせいもあり、前半と後半では語りの視点や文体も異なっている。それでも全体を通じて高い評価は変わらず、現代まで名作の呼び声は高い。

この作品が連載されていたのは折しも明治から大正へと改元された時期であった。ただ作品の舞台は明治十三年ころとされ、前半の一人称語り手は、明らかに若いころの鷗外自身がモデルになっている。先にも少しふれたが、この作品に登場するのが東京帝国大学の医科大学の学生であることや、彼らの住まう素人下宿の名前、その下宿が火災に遭って学生らが焼け出された事実と年まで、鷗外の実体験と符合するのである。
作品中の人物やできごとを、安易に作者の実体験に結び付けるのは躊躇すべきであろう。だが『雁』の冒頭は一人称「僕」の、印象的な語りによって次のように始まる。

古い話である。僕は偶然それが明治十三年の出来事だと云うことを記憶している。どうして年をはっきり覚えているかと云うと、其頃僕は東京大学の鉄門《てつもん》の真向いにあった、上条と云う下宿屋に、此話の主人公と壁一つ隔てた隣同士になって住んでいたからである。その上条が明治十四年に自火で焼けた時、僕も焼け出された一人《いちにん》であった。その火事のあった前年の出来事だと云うことを、僕は覚えているからである。

そして「僕」の視点を通して語られる主人公が、同じ下宿の同じ大学生であり、「川上眉山《かわかみびざん》」に似た岡田《おかだ》という美青年である。そしてこの青年が散歩の行き帰りに知り合ったのが無縁坂の家に住む美しい女である。お玉というこの女性は、もとは物堅い家で父親の男手ひとつで大切に育てられていたが、人に騙《だま》されたことで、高利貸の妾という現在の境遇に身をおとしていた。
岡田とお玉はふとしたことで知り合い、お玉は岡田に仄《ほの》かな思いを抱く。そしてついに美しく装い、夕食を整えて岡田を家に招き入れようとしたその日、いつも一人のはずの岡田が、散歩に「僕」を同道していた。理由は、下宿のその日の賄《まかない》に出た「鯖《さば》の味噌煮《みそに》」が苦手だった

「僕」が、外食するために岡田を誘って外出したからである。その場面は、

お玉の目はうっとりとしたように、岡田の顔に注がれていた。岡田は慌てたように帽を取って礼をして、無意識に足の運《はこび》を早めた。

僕は第三者に有勝《ありがち》な無遠慮を以て、度々背後《うしろ》を振り向いて見たが、お玉の注視は頗る長く継続せられていた。

岡田は俯向《うつむ》き加減になって、早めた足の運《はこび》を緩めずに坂を降りる。僕も黙って附いて降りる。僕の胸の中《うち》では種々の感情が戦っていた。此感情には自分を岡田の地位に置きたいと云うことが根調をなしている。

と描かれる。そして、この散歩に合流したもう一人の友人と、岡田は不忍池を泳ぐ雁に石を投げ、その石に当たって死んだ雁を後刻、皆で鴨鍋《かもなべ》にし、その翌日にドイツに留学するために下宿を去る、という筋書きである。結局、岡田とお玉はそのまま結ばれることはなかった。

大きなできごとや変化は起きないが、前半では「僕」の、後半では全知の視点からの、淡々とした語りが、岡田の人生と交差することのないお玉の運命にそこはかとない哀感を漂わせ、繊細で美しい作品となっている。この作品に寄せられた評は当初から数多く、おおむね好意的で「水をも洩《も》らさぬ技巧と内容がしっくりとして心に迫って来る。未完物で今後奈何《どう》なるか知

らないが、今のところではたしかに優れた作である」[15]をはじめ、連載であるために短く切られるのが残念だが、回を追うにしたがって面白くなる、というのが大方の見方であった。

## 反自然主義の作風

『雁』には、ストーリー以外にも、楽しみがある。そのひとつは、不忍池の周辺ルートがつぶさに描かれていることである。鷗外自身も学生時代に歩いたであろうその道は、今でもほぼそのまま残っている。文学散歩としても人気のルートで、じっさいにたどって歩くと作品の雰囲気を感じ取ることができ、面白い発見もある。

また、作中では日本で最初期に翻訳された洋物ミステリーについてもふれられている。この翻訳ミステリーの発表年は正確で、発表された媒体や訳者も〈実名〉で記されて、ストーリーの要約も短いが的確なものである。そのため、この箇所は翻訳文学の、あるいはミステリー史の記録としても読むことができる。おそらくは、このミステリーが発表された雑誌を鷗外自身が愛読していたのであろう。

最後に、タイトルにもなった、雁に投石したくだりの背景も興味ぶかい。鷗外と医科大学の同期に、江口《えぐち》襄《のぼる》がいた。作家である江口渙《かん》の父である。この江口襄は学生時代、鷗外とほかの数名と共に雁に石を投げ当てて遊んだらしい。それを息子の渙が伝え聞いた模様は、『雁』と酷似しており、この場面も鷗外の実体験と思われる。

こうして、鷗外の体験したことが、じっさいのできごととして実名でも随所に登場するのである。そうした意味で、断片的とはいえ鷗外自身もこの作品のリアルな〈モデル〉であり、みずからのなつかしい学生時代をやさしく追懐させる作品であったといえる。ただ、その実体験の描写、実話の投影は、もとより花袋の『蒲団』のような、現実の赤裸々な暴露ではない。個人の問題に集約され、後に私小説へと発展していく日本的な自然主義とは相容れるものではなかった。

『雁』にも明らかだが、翻訳詩や戯曲も含め、鷗外の作品テーマにはどこか浪漫の香りが漂い、感傷も濃厚ににじみ出る。『渋江抽斎《しぶえちゅうさい》』（大正五年〔一九一六〕）などの史伝はさて措き、鷗外が創作や翻訳に選んだテーマは、文明や近代の知識人を主軸に据え、自然主義とは相対して異なる流れを汲《く》んでいた。そのため、鷗外は反自然主義作家と目され、漱石と共にこの主義の旗手とされている。ただ、漱石とも異なるのは、『雁』でも注目された高い技巧である。冷静で理知的で、本来は感傷とは逆の立ち位置のはずであるが、ここに繊細な情緒や悲壮美も取り入れたことに、鷗外独自の高雅な世界が確立されるのである。

鷗外は、晩年は歴史的な作品にも力を入れ、大正十一年、萎縮腎（ただ主因は肺結核）で世を去った。向島《むこうじま》の弘福寺《こうふくじ》に葬られていたが関東大震災で罹災《りさい》、墓所は三鷹《みたか》の禅林寺《ぜんりんじ》にうつされ、その後に故郷津和野《つわの》の永明寺《ようめいじ》にも分骨された。ここに遺言通り、石見人森林太郎《もりりんたろう》として眠ることになる。

鷗外と交流し、影響を受けた人物には、木下杢太郎や斎藤茂吉《さいとうもきち》のような、医学者としても後輩にあたる人物や、平塚雷鳥、与謝野晶子《よさのあきこ》らの女流文人がおり、伊藤左千夫《いとうさちお》や石川啄木《いしかわたくぼく》、北原白秋《きたはらはくしゅう》などの詩人、歌人、島崎藤村や北村透谷などの浪漫派、後年ではその流れの延長上にある三島由紀夫《みしまゆきお》も心酔した作家であった。鷗外は、文学上の弟子はとらなかった。だが、さまざまな文芸の分野が鷗外の流れを汲み、その思想や手法を拡げていったのである。

花袋と鷗外は、ほぼ同時期の文壇で活躍しながらも、接点も少なく、文芸上の思想や方向性も全く異にすると思われがちである。だが該博な知識を備え、作品に峻厳《しゅんげん》に向き合う鷗外は、花袋にとって畏怖しつつも尊敬すべき大先輩で、花袋は常に鷗外の作品を愛読していた。いっぽう鷗外もまた、自然主義の分野を切り拓《ひら》いていく花袋の活動に触発され、花袋の作品から新しい文学の潮流を感じ取っていく。そして自然主義と反自然主義の牽引者と見なされつつも、二人は互いの功績を認め合った。その柔軟性には、根源的に人間としての互いへの好意があったのだろう。二人の活躍が、明治期の文学を発展させ、より多くの読者が誕生する時代の、大正文学の普及につながっていくことになる。

# 第六章　妖婦と悪魔をイメージした正反対の親友——芸術か生活か

学生時代から才気煥発《さいきかんぱつ》で、友人たちからも一目置かれていた芥川龍之介《あくたがわりゅうのすけ》は、『鼻《はな》』を漱石に激賞され、第一創作集『羅生門《らしょうもん》』を上梓すると盛大な出版記念会を開いた。いっぽう東京と京都という物理的な距離の隔たりもあり、同人雑誌『新思潮《しんしちょう》』船出の波に乗れなかった菊《きく》池寛《ちかん》は、ゆっくりと文壇で頭角をあらわす大器晩成型だった。そんな二人は、作品傾向も対照的で、芸術的学究的な芥川が俊英な短編作品を多く発表するのに対し、菊池は長編を出世作として多くの読者が支持する人気のストーリーテリングを次々に上梓する。

性格も思考も実人生も、何もかも正反対というほど異なっていた二人だが、学生時代からの強い友情は終生変わらなかった。ライバルとして切磋琢磨し、あるいは互いを敬慕する彼らの創作活動は、そのまま文壇の活性化につながり、後進たちの活動の場を拡げた。

二人は、いかにも彼ららしく、センセーショナルな興味を惹く「妖婦」と、人生に警鐘を鳴らす「悪魔」を、それぞれの代表作で扱った。この二人の文壇での軌跡を、それぞれの生き様を通してみていきたい。

## ①菊池寛『真珠夫人』――新時代の妖婦型ヒロイン

### 生活第一、芸術第二

大学を卒業後、就職活動に難航し友人の家に寄寓《きぐう》していた苦学生の「わたし」は、実家から送金を求められ、どうにかして「新しい財源」を得なければならなくなった。

わたしが、考えついたことは、バアナード・ショオが金のある未亡人と結婚したように、財力のある婦人と結婚することだった。［中略］私は一番条件のよい現在の妻を選んだ。一定の金額を月々送金してくれる上将来まとまってある金額を呉れるという約束だった。

菊池寛の『半自叙伝』(1)の一節である。作者が「思い出すこと」を「順序なく」綴ったというこの作品にはタイトル通り、自身の半生が克明に写し出される。そしてこのくだりには、後に押しも押されもせぬ文豪となった菊池寛の若き日の、意外な告白がなされている。

菊池寛は、先方の実家の養子に入るかたちで裕福な女性と結婚した。彼女の持参金は二万円以上で、現在の数千万から一億円くらいにあたろうか。体感としては、現代のそれよりはるかに大きな額になろう。さらに彼が作家として一本立ちするまでは援助も受ける約束であった。菊池にとって僥倖《ぎょうこう》だったのは、この夫人が裕福なだけでなく、美しく奥ゆかしい保守的な気質の女性であったことだ。ほどなく夫人は夫を菊池の姓に復籍させているからである。

菊池が結婚したのは大正六年（一九一七）、二十九歳のときで、彼はそのころ『時事新報《じじしんぽう》』の記者として定職を得ていた。それでもなお彼は、配偶者の実家に経済的な援助を仰ぐことを結婚の第一条件とした。それは、社会的地位や収入の安定が保証されていなかった当時の文士の多くが願うことであったかもしれない。だがさすがに誰も口には出さなかった。後に自身が人気作家となり、菊池寛の道を踏襲した中村武羅夫も「文学者にして利害の打算に明らかだったり、貨殖の道に通じていたり、明日のために計を立てたりするのは何か恥ずべきこと、軽蔑すべきことのように思われていた(2)」と回顧した時代である。

それでも菊池寛は何の迷いもなくそれを公表し、その態度を他の文士から一線を画する稀有な例としてみずから分析した。そこには何の気負いも衒いもない。一定の収入を得て、地に足のついた生活をすること。そうした、作家を含む芸術家たちから最も遠いところにあるような「ふつう」の感覚こそが菊池の人生観、ひいては文学観を支えた。

愛児たちにも「生活第一、芸術第二」と言い聞かせたが、その日常的感覚こそが菊池の作品を多くの人々に支持させ、〈文壇の大御所〉として不動の地位を築かせた。そしてさらに彼の先導で、日本における文学者の社会的地位向上や生活基盤の安定が実現していったのである。

## 教科書も写本した少年時代

菊池寛は明治二十一年（一八八八）、四国の高松で儒学者の家に生まれた。本名は菊池寛《ひろし》という。幼少期から秀才の誉れ高く、京都帝国大学の英文科を卒業して、新聞、雑誌をはじめとする文筆業に身を投じる。その後は、ジャーナリストを経て小説家として立ち、大正時代のなかばにはベストセラーとなった『真珠夫人《しんじゅふじん》』をはじめ次々に通俗小説を発表。それらの作品が舞台化されると、稿料とともに多額の上演料から相当の収入も得るようになり、人気と実力を兼ね備えた〈文壇の大御所〉と称されるまでになった。

その後は『文藝春秋《ぶんげいしゅんじゅう》』を立ち上げて成功をおさめ、『報知新聞』の客員や、映画会社の大映《だいえい》の社長、文化学院の文学部長を歴任、東京市会議員選挙にも当選、「日本文学振興会」を創立し、その初代理事長となるなど、多方面にわたり精力的な活躍を見せた。

一見、これほど恵まれた栄光に満ちた人生はないように思われる。だがここに至るまでの彼の人生は決して順風満帆ではなかった。少年時代から辛酸をなめ、ひとつの高等教育機関に落ち着くことが許されず次々に学校を移り、コンプレックスや劣等感に苛《さいな》まれた。彼の苦労の多くは経済的な背景に根ざしたもので、独自の人生訓を培った。

「私の家は、随分貧しかった。士族らしい体面を保っているために、却って苦しかった」(3)という。教科書を買えず友人から借りて写本をし、行きたかった修学旅行もあきらめざるを得なかった少年時代の辛さは、「情けない」思い出として記憶から消えることはない。学業は優秀であったため、地元高松の中学を首席で卒業し、東京の高等師範学校に学費免除で入学する。本来は高等学校から大学への進学を渇望していたが、学資の目途が立たなかった。そのため高等師範に進学したのだが、校風が気に染まなかったこともあり、不真面目な学生生活を送って除籍される。こうしたところは、いかにも天真爛漫《てんしんらんまん》な菊池らしい。

その後、他家の養子となって学資援助を受けて明治法律学校（現在の明治大学）に入学、さらに徴兵猶予のために早稲田にも一時的に在籍する。そして最終的には養家からは離縁されるも、初志貫徹して文学を学ぶために第一高等学校に入学した。

**菊池寛の故郷・高松**　今も通りの名に菊池寛の名前が残されており、生家にほど近い高松中央公園には銅像が建てられている。この町では菊池寛の生家跡や記念館、華下天神、高松中学校跡などがすべて徒歩圏内で、ファンに便利なマップも配布されている

## マント事件

菊池はここで後に盟友となる芥川や久米《くめ》正《まさ》雄《お》、松岡譲《まつおかゆずる》と相知る。なかでも親しかった

級友が佐野文夫《さのふみお》であった。だがあるとき、佐野が下級生のマントを無断で持ち出し、質入れした事件に巻き込まれる。盗難届が出されていた事実を与り知らぬままマントの質入れを手伝った菊池には、窃盗の疑いがかけられた。裕福ではなかったことも、状況的に菊池がその疑いをかけられやすい遠因となった。由緒ある家柄で秀才でもある親友の佐野の窮状を慮り、結果的に菊池はその身代わりとなって冤罪《えんざい》を身に帯びることを決意する。

この「マント事件」の佐野について、菊池は『半自叙伝』ではさすがに本名は記さなかったが、同作には珍しく仮名を用い、「青木」という人物として登場させる。だがこの一件で一高を退学処分となったときの苦悩は、『青木の出京』（大正七年〔一九一八〕）のなかで後年〈青木〉と再会した折、「自分の人生を棒に振ってしまう程の、打撃を受けて居た。その打撃を受けてから六年の間に、彼は、その為に何れ程苦しみどれほど不快な思をしたか、判《わか》らなかった」と振り返るかたちで綴られている。

## 京都の学府へ

菊池が一高を去ることになったこのとき、救いの手を差し伸べたのが、のちに九州帝国大学の教授となったフランス文学者の成瀬正一《なるせせいいち》である。やはり親しい級友であった彼は事情をすべて知って同情を寄せ、ただ学資不足のゆえに退学になった友人のためとして、みずからの実家に菊池の援助を仰いだ。そのおかげで菊池は親切な成瀬一家に仮寓《かぐう》し、さらに京都帝国大学に進学する学資の援助を得ることになった。恩愛にあふれた成瀬夫人（正一の母）は、『大島《おおしま》が出来る話』（大正七年〔一九一八〕）の近藤夫人のモデルとなっている。

いっぽう一高側も内々には事情を把握し、菊池が復籍できる可能性も残していたらしい。だが菊池にはそのことは知らされず、続く東京帝国大学への入学は諸事情でさすがに難しかった。結果的に菊池は京都帝国大学に進学することになる。大学で菊池は上田敏《うえだびん》の薫陶を受け、東京にいたときには叶わぬほどの多くの書を渉猟しえた点では恵まれていた。そのいっぽうで、東京帝国大学へ進学した芥川や久米をはじめとする旧友のめざましい活躍を遠方から知り、焦燥を感じる。

とりわけ彼らが、東京帝国大学系の同人雑誌の『新思潮』（第三次）を立ち上げたときの苦悩は『無名作家の日記』（大正七年）に活写される。ここには明らかに芥川や久米がモデルである登場人物に対して、一人称の「俺」のすさまじいライバル意識と嫉妬が描かれており、掲載した『中央公論』の編集者であった滝田樗陰は芥川の機嫌を損ねることを危惧し、掲載を躊躇したほどである。ただ菊池はこれらを誇張やデフォルメであるとし、編集者の杞憂《きゆう》を気に留めず、そのまま出版にいたった。それでも、ひとり京都で学問を続けることになった当時は、拭いがたい孤独と不安を本当に強く感じていたのだろう。

## 二十五歳未満の者、小説を書くべからず

大学を卒業後、就職もすぐには決まらなかった菊池は、最終的には恩人・成瀬氏の斡旋で、大正五年（一九一六）に『時事新報』に入社し、外交記者となる。だが、事件などを追って社外で取材活動をする外交記者という職掌は、人と会うことが苦手な菊池の肌には合わなかった。それでも彼は、「無能であったかも知れないが、真面目な記者」(4)として、堅実に勤める。働く傍ら、『父帰る』（大正六年）、『無名作家の日記』『忠直卿行状記《ただなおきょうぎょうじょうき》』（大正七年）、中村鴈治郎《がんじろう》が演じて話題となった『藤十郎《とうじゅうろう》の恋』や、教科書にも掲載される『恩讐《おんしゅう》の彼方《かなた》に』（大正八年）などを続々と発表する。だが経済的に苦労した経験から、文名が上がっても、二年半は『時事新報』を辞さなかった。

大正八年、薄田泣菫《すすきだきゅうきん》の発案で『大阪毎日新聞』が、芥川に紹介の労を頼み、菊池を客員として招いた。ここで菊池は小説欄を担当し、ようやく創作活動に専念する。菊池はこうした自身の体験から、「小説を書くのに、一番大切なのは、生活をしたということ」と悟る。そして後進には「小説を書くには、若い時代の苦労が第一なのだ」とし、とりわけ「二十五歳未満の青少年」には、執筆以前にまず生活の苦労をして「自分の人生観」を養うようにと説いている。(5)

ただ菊池はこのなかで、みずからもはじめて小説を書いたのは二十八だとしているが、じっさいは、京都帝国大学在学中の大正二年、『禁断の木の実』を創作している。この作品は、ミッションスクールの男子寮生の葛藤を描いた短編であったが、『万朝報』の懸賞小説に、京都

市の菊池春之助という筆名で応募して当選し、同年の十一月九日の紙上に掲載されている。このときの菊池は数え年で二十六歳であった。

このときは当選したこと自体より、その懸賞金が思い出深かったらしい。この直前に、近代劇を専攻していた学生としてアイルランド劇の翻案芝居の見物に赴いた菊池は、その月の小遣い六円をほぼすべて掏《す》られてしまっていた。だが意気消沈した翌日に、この懸賞の当選が発表され、新聞社に催促して意気揚々と十円の懸賞金を手にする。これは一月分の生活費にあたる大金であった。ちなみに三年後に『時事新報』の記者になったときの初任給は二十五円で手当てが四円である（初任給から実家に十円を送金している）。この当選の実体験は菊池にとってよほど感慨深かったらしく、このエピソードから後に『天の配剤』(6)が生まれている。

ただ不思議なことにこうした若い時代の経済的苦労は菊池に暗い感じは与えていない。実体験を投影した作品を見ても、むしろ恬淡《てんたん》とした印象なのは、いみじくも正宗白鳥が評したように「素直に現実を受入れる人」だったゆえであろう。

## 『真珠夫人』の成功

そうした菊池の作家人生で大きな転機となったのが『真珠夫人』（大正九年〔一九二〇〕）である。この作品は、新聞が百万部時代を迎えるなか、満を持して連載小説欄に掲げられる。菊池が客員を務めていた『大阪毎日新聞』および『東京日日新聞』（明治四十四年〔一九一一〕に

『大阪毎日新聞』に買収）に、百九十六回にわたり連載され、一世を風靡した。期間は六月九日から十二月二十二日にわたるが、連載終了を待たずに歌舞伎座《かぶきざ》、本郷座《ほんごうざ》などで上演され、相乗効果を上げる。菊池はこのときの成功を祝して『大阪毎日新聞』の本山《もとやま》社長から真珠を贈られ、夫人の指環にしたほどである。『真珠夫人』はその後何度も映画化、テレビドラマ化され、近年では平成十四年（二〇〇二）に東海《とうかい》テレビ制作で話題を呼んだのは記憶に新しい。このドラマの人気に牽引されて、原作を文藝春秋と新潮社が読みやすく文庫化したところ、併せて累計二十数万部が売れることになった。

『真珠夫人』は、菊池の最初の通俗長編小説である。人気画家であった鰭崎英朋《ひれざきえいほう》の繊細な挿絵の美しさも、連載中の魅力を盛り上げた。折しも第一次世界大戦後、戦勝国である日本の国力が大きく増進、女性の社会進出も盛んになっていた。女性に従属的な立ち位置を強いてきた男性社会に対して、可憐《かれん》な純粋さを捨てて「妖婦」となり、徒手空拳で挑む新時代のヒロイン像が多くの読者を魅了した。

ストーリーは、若く美しい男爵令嬢・唐沢瑠璃子《からさわるりこ》と、その婚約者である子爵子息の杉野直也《すぎのなおや》という高潔な恋人同士が、ふとしたことで船成金の荘田勝平《しょうだしょうへい》の妬みと恨みをかうことに始まる。荘田は、清廉潔白な政治家であった瑠璃子の父・唐沢男爵を奸計《かんけい》で陥れる。自殺を図ろうとして未遂に終わった父を守るため、瑠璃子は身売り同然で、憎むべき荘田の求めに応じてその後妻となる。

瑠璃子は荘田に嫁ぐも、身を許さぬまま復讐を試みようとする。だがほどなく荘田は、持病の心臓発作であっけなく世を去る。瑠璃子は、行き場を失った憤りを「全ての男性に対する復讐」に向け、夫から相続した莫大な資産とみずからの美貌に群がる男たちを翻弄する恋愛遊戯を繰り返す。美しく捉えどころのない彼女は、男たちから「妖婦」と呼ばれるようになる。しかしその目論見は、瑠璃子が実の娘のように愛した、荘田の亡き先妻との忘れ形見である美奈子《みなこ》に思わぬかたちで跳ね返ってきた。後悔した直後に、瑠璃子は彼女を恨んで「貴女は妖婦です」と面罵した青年に刺され、最愛の義理の娘を直也に託し息を引き取った、というものである。

男性のエゴイズムと資本主義に根ざす社会悪に、敢然と立ち向かう瑠璃子に、擡頭してきたモガ（モダニズム感覚で新風俗を求める若い女性、モダンガールの略）や職業婦人の意識改革も重ね合わされ、読者は喝采を送る。「虐げられたる女性全体の、反抗の化身であるように」瑠璃子はあるとき激しくこう叫ぶ。

男性は女性を弄んでよいもの、女性は男性を弄んでは悪いもの、そんな間違った男性本位の道徳に、妾《わたくし》は一身を賭しても、反抗したいと思っていますの。今の世の中では、国家までが、国家の法律までが、社会のいろいろな組織までが、そうした間違った考え方を、助けているのでございますもの。［中略］女性ばかりに、貞淑であれ！　節操を守れ！　男性を弄ぶな！　そんなことを、幾何《いくら》口を酸くして説いても、妾《わたくし》はそれを男性の得手勝手だと思いますの。男性の我儘《わがまま》だと思います。

『真珠夫人』は個人や家の次元を超えた社会の変化を壮大なスケールで描くいっぽう、登場人物それぞれの富への執着や愛の行方も丁寧に描き、〈大正版金色夜叉〉の異名をとった。『金色夜叉』を、数十年は残る通俗小説の代表と認識し、『真珠夫人』の作中で、『金色夜叉』に関する文学論争も展開していた菊池寛にとっては、望ましい結果であったといえよう。『真珠夫人』の反響は大きく、『大阪毎日新聞』だけで発行部数は五万部伸びたといわれている。この作品は以降の通俗小説の流れをつくり、菊池自身も、新聞作家として第一人者に数えられることとなった。

## 『文藝春秋』創刊と芥川賞・直木賞の創設

かくして大成功をおさめ、経済的にも安定した菊池は次のステージを目指す。

私は頼まれて物を云うことに飽いた。自分で、考えていることを、読者や編輯者《へんしゅうしゃ》に気兼なしに、自由な心持で云って見たい。（「創刊の辞」『文藝春秋』大正十二年一月）

そう述べて、菊池が私財で立ち上げたのが『文藝春秋』である。このとき菊池は自分のみならず、友人や「若い人」のために同誌を創刊したとしている。創刊号は二十八頁の薄いもので、十銭という廉価であった。これはアンパン四個程度の値段であり、「一円であ」った(7)という『中央公論』に比していかに安価であったかがわかる。創刊号は三千部。菊池夫人が乳母車に乗せて郵便局まで運び、発送したほどであったが、芥川をはじめ、川端康成《かわばたやすなり》、横光利一《よこみつりいち》などを同人とした書き手に恵まれ、発行部数は四号で一万部と、すぐに躍進を見せた。楽屋落ちのような文士消息など、主に直木三十五《なおきさんじゅうご》が手がけたゴシップ記事も人気を支えた。

この時期に、注目すべき点が二つある。ひとつは、菊池が同誌の創刊時から「文筆丈《だけ》で喰《く》っている人」には必ず原稿料を払う、と明言した点である。そしてもうひとつは菊池の肝いりで、芥川賞と直木賞という二つの文学賞を創設したことである。

『文藝春秋』初期からの功労者であった芥川が昭和二年（一九二七）に、直木三十五が昭和九年に、相次いで世を去ると、菊池は翌年にすぐに彼らの名前を冠した賞を創設した。現代でこそ芥川賞、直木賞は、すでに名の売れた作家が受賞することも多いが、当初はまだ名の売れていない駆け出しの作家に与える賞であった。そのため菊池は「金額は少い」としつつも、「文学賞金の先駆」として「新進作家の擡頭を助けようと云う公正な気持(8)」を、二人の友人の優れた功績の顕彰の意とともに、それぞれの賞にこめている。ここでいう「助け」とは、もとより経済的な意味が含まれていよう。

当時は若手作家たちには、書く媒体はあまりなく、とうぜん収入は少なかった。菊池自身、そのことは身を以て実感している。そのため、『文藝春秋』は、資力の乏しい若手に書く場を提供しようという強い思いから、そして二つの文学賞は才能ある若手にその賞金で食いつなぎ、またよい作品が書けるよう後押しをしたいという願いから、それぞれ創られたものである。

まず生活が安定してこそ、名作を生み出すことができるというのが菊池の主張であった。あちこちのポケットに、重ならないように皺《しわ》くちゃにして入れている札を、近づく若手にいつも与えていたというのもそうした想いからである。「生活第一、芸術第二」という信念は常に彼から離れなかった。

## 文士の地位向上への熱意

こうした菊池に早い時点で助けられたのが久米正雄である。彼は第一高等学校以来、ともに執筆活動に切磋琢磨した菊池の親友の一人であった。芥川らと東京帝国大学に進学した久米は、弟子として夏目漱石宅に出入りするうちに、漱石の令嬢に恋をする。だが、他の弟子たちにも阻まれてこの恋は成就せず、彼女は久米の友人で、兄弟弟子でもある松岡譲に嫁いでしまう。

このとき、久米がいち早くその悲しみを訴えたのが菊池であった。久米は菊池を実の兄のように慕っていたが、そのときの菊池の同情の涙を浮かべた表情に真の友情を意識する。そしてこのとき絶望のあまり筆を折ろうとした傷心の久米を押しとどめたのも、菊池であった。久米は一高時代、芥川や菊池と同じクラスで、愛嬌のある人気者であった。菊池が大学卒業後に就職が決まるまでの期間、口を糊《のり》することができたのも、交友の広い久米に翻訳の仕事を世話してもらったおかげでもある。あるいはそうした記憶も手伝ったのかもしれない。菊池はここで、久米に確実に収入の得られる仕事を斡旋する。

提供したのは菊池自身が勤めていた『時事新報』の連載小説欄である。大正初期になると、新聞の連載小説は、大衆迎合的な通俗ものとして見られる向きもあった。だがここに久米はみずからの失恋を描いた『蛍草《ほたるぐさ》』（大正七年〔一九一八〕）を発表し、好評をとる。そして以降、久米は通俗小説作家として人気を博することになった。この背景を平野謙《ひらのけん》はこう分析する。

たとえば久米正雄が失恋して、中学の教師になろうか、都落ちしようかと迷っていたときに、新聞小説を書け、といって「蛍草」を書かせた、というような、そういう物事の割切りかたが菊池寛にはあって、新聞小説を書くということが、とくに作家の堕落というふうには考えていなかったんじゃないかな。（「菊池寛と芥川龍之介」『座談会大正文学史』岩波書店、昭和四十年）

このとき、半年にわたって連載した『蛍草』の原稿料は、当時菊池のもとで働いていた佐々木《ささき》茂索《もさく》によると、月百五十円。かなりの高額である。失恋のショックのために創作意欲も失いかけていた久米に、安定収入を得られる環境を提供し、翻心させえたのは菊池の慧眼《けいがん》であった。菊池は、久米が〈空腹〉ゆえに悲観的になっていると看破し、とにかく収入を得ておなかが膨れたら、さほど悲観的にはならずにすむという現実を見抜いていたのである。

**【ちょっとブレイク――天神さまはどちら向き？】**

華下天神と書いて「はなのした」天神と読む。またの名を北向き天神。高松駅や栗林《りつりん》公園にもほど近い、片原町《かたはらまち》商店街にましますい小さな天神である。小さくとも由緒ある天神さまは地元では昔からなじみぶかい。菊池寛はこの土地出身であった。後年、大成した彼のもとには、同郷を名のる多くの人がお金の無心に訪れた。そんなとき菊池はこう尋ねた。「華下天神はどちら向きか」。高松城の鎮守神として城の方角を向いているために、珍しくも北向きである、この小さな天満宮には、今も多くの参拝者が手を合わせる。

### 通俗小説人気の確立

菊池寛はとにかく逸話の多い人物である。とりわけ後年、文壇の大御所として社会的地位と経済的ゆとりが備わってからは、趣味も囲碁、麻雀《マージャン》、将棋、馬主にまでなった競馬にダンスと幅広く、とくにダンスは急逝するわずか数時間前までステップで踊っていたような人物である。複数いた愛人のなかには、一時的とはいえ夫人や家族と同居させた者もいる。広津和郎《ひろつかずお》が話題作『女給』(昭和五年〔一九三〇〕)を中央公論社の『婦人公論』に連載した折には、そのモデルの一人にされたことに関連して同誌に稿を寄せるが、そのタイトルが原因で同誌と対立、編集者を殴って暴行罪で告訴されている。(このときには菊池も同誌の広告の文言をめぐり、名誉棄損罪で中央公論社を訴えている。)

ユニークなエピソードにも事欠かない。学生時代に釣りの餌のみみずと共にポケットに入れていたために、みみずが付いてしまった握り飯をそのまま頬張ったとか、着物の帯をきちんと結ばずにいてほどけた端を踏んづけて階段から転がり落ちて腰を打ったなど、落ち着きのないイメージのものが多い。破天荒であるいっぽう、気難しいところのある菊池は、いったん機嫌を損ねると黙りこくる癖があり、名前の「きくちかん」をもじった「くちきかん」がひそかな仇名でもあった。

それでも彼の主義主張はきわめて平明でシンプル、かつ道義的であった。その考えは作品の主題のみならず、作品の受けとめられ方にも反映される。すなわち『真珠夫人』以降、みずからの書く作品を通俗小説、大衆小説と自認していたが、大衆文学は大衆に読まれるからよい、純文学も大衆に読まれたほうがよい、という考え方で、当時の多くの文士たちのような〈純文学〉へのこだわりはなく、読者本位の姿勢をくずさなかった。彼のいう「後世まで残る作品」[9]が大衆の支持によって成立するならば、やはり『真珠夫人』はそのひとつであろう。

先述のとおり、菊池はこの作品を大正九年(一九二〇)に『大阪毎日新聞』および『東京日日新聞』で連載した。だがじつは、その二年前の大正七年に『時事新報』で評判をとったのが、先述の久米正雄の『蛍草』である。そして翌、大正八年に吉屋信子が『大阪朝日新聞』に懸賞小説として『地の果まで』を連載し話題を呼んだのに続いて、菊池の『真珠夫人』が登場する。そしてこの連続する三作品の人気が、大正期の通俗小説の潮流を生み出し、その後に中村武羅夫、加藤武雄《かとうたけお》、三上於菟吉という通俗作家三人衆が牽引して、昭和初期へとブームをつなげていったのである。

『蛍草』は、菊池が久米をして書かせた作品である。そう考えれば、菊池はみずからが『真珠夫人』の布石を打ち、創りあげた流れを加速させて、新しい時代へと流れ込ませたともいえよう。菊池寛はそのエッセイ『話の屑籠《くずかご》』のなかで偽らざる本心をこう述べている。

純文学でも大衆文学でも、人に沢山読まれるのが、肝心である。読まれない文芸などは、純文学だろうが何だろうが、結局飛べない飛行機と同じものである。(昭和九年)

菊池寛は、文士が生きやすい時代を創りあげた。そして文学の意義を、そのジャンルを問わず、より多くの人々に読まれることと考え、その実現に奔走した。そして大衆的、通俗的といわれる分野をみずから切り開き、読書という娯楽をより身近なものとした。

また、作家と「ふつう」の人々の距離を縮めることで、作家が社会的に認められ、「ふつう」に食べていけることを重視した。そして出版人としてそのために力を尽くし、文壇の大御所と称されるまでになったみずからの生き方を以て、作家の地位向上にも努めた。

菊池寛を愛読し、評伝や同じモチーフの作品も遺し、菊池から大きな影響を受けたことを公言する松本清張《まつもとせいちょう》が芥川賞を受賞したのは、残念ながら菊池の没後であったが、こうした賞を受賞した作家たちも皆、少なからず菊池寛の恩恵や影響を受けたといえる。菊池は『フランダースの犬』（昭和四年）の邦訳をはじめ、児童向け文学も手がけ、児童雑誌『赤い鳥』にも賛同してみずから寄稿もしていた。児童文学の発展にも寄与していたことを補足しておきたい。

菊池は昭和二十三年、狭心症で急死したが、「多幸」な人生であったと遺言してあったという。

## ②芥川龍之介『侏儒の言葉』——警句の普遍性

### 鬼才の鮮烈なデビュー

芥川龍之介は、菊池寛とはきわめて親しい関係であった。最初に知り合ったのは第一高等学校のクラスである。だがそのときはそれほど深い交流はなかったらしく、親しくなったのは『新思潮』に関わったときである。先にもふれたが『新思潮』は、明治四十年（一九〇七）に小山内薫《おさないかおる》によって創刊された文芸雑誌である。翌年まで個人雑誌として続いたが、これを第一次というのは、その二年後、明治四十三年に同人制となって再開されたものを第二次と称したためである。以降は東京帝国大学の文系学生を中心に断続的に続き、現在に至るまで十数次の回を重ねている。なかでも芥川、菊池、久米らが担った第三次と第四次が名高く、彼らが新思潮派と総称される由縁となっている。

芥川が第四次の創刊号に寄せた『鼻』（大正五年〔一九一六〕）は、周知のごとく、平安時代の『今昔物語集《こんじゃくものがたりしゅう》』と『宇治拾遺物語《うじしゅういものがたり》』に材をとっている。長い鼻を持った僧が試行錯誤を重ねて鼻を短くすることに成功するが、なぜか人々に冷笑され、元に戻ったことで安堵《あんど》するという話である。

夏目漱石はこの作品を読んで、「落着があって巫山戯《ふざけ》ていなくって自然其儘の可笑味《おかしみ》がおっとり出ている所に上品な趣があります。夫《それ》から材料が非常に新らしいのが眼につきます。文章が要領を得て能く整っています。敬服しました」「大変面白い」(10)と、絶賛する。文壇からも高く評価されたが、芥川にとって中学時代から愛読していた漱石のこの言葉が何よりの励みとなったことは想像に難くない。菊池の『無名作家の日記』(11)では芥川が「山野《やまの》」、『鼻』が『顔』の明らかなモデルと思われ、もとよりフィクショナルなものではあるが、

『顔』の主題は、今の文壇には一度も現われなかったような、奇抜な而も深刻味のある哲学だった。若し、『顔』が、山野否《いな》俺の友人の作品でなかったら、俺は何んなに驚喜した

事だろう。夫が、俺の競争者而も俺を踏み附けようとする山野の作品である為に、俺は全力を尽くして、その作品から受ける感銘を排斥しようとした。が、俺は山野の作品の価値を認めぬ訳には行かなかった。

とし、この作品がライバルとしての菊池に与えた衝撃の大きさを窺わせる。この『鼻』が鬼才・芥川の出世作にして代表作となった。

## 正反対の親友

こうした競争意識はあろうとも、両者は終生、良好な交友関係を結んでいた。ひとつの理由は、互いが相手の学殖と才能に深い敬意を払っていたためであろう。あるいは逆に、外見の雰囲気から行動パターン、気質に至るまで両極ともいえるほど互いが乖離していたためかもしれない。ともあれ生来、他者とのあいだに一定の距離をおく傾向にあった芥川も、菊池には心を許していた。

菊池と一しょにいると、何時も兄貴と一しょにいるような心もちがする。こっちの善い所は勿論《もちろん》了解してくれるし、よしんば悪い所を出しても同情してくれそうな心もちがする。又実際、過去の記憶に照して見ても、そうでなかった事は一度もない。唯、この弟たるべき自分が、時々向うの好意にもたれかかって、あるまじき勝手な熱を吹く事もあるが、それさえ自分に云わせると、兄貴らしい気がすればこそである。(「兄貴のやうな心情」『芥川龍之介全集　第4巻』岩波書店、平成八年)

対する菊池は芥川との関係を、こう分析する。

芥川と、僕とは、趣味や性質も正反対で、又僕は芥川の趣味などに義理にも共鳴したような顔もせず、自分のやることで芥川の気に入らぬことも沢山あっただろうが、しかし十年間一度も感情の疎隔《そかく》を来たしたことはなかった。自分は何かに憤慨すると、すぐ速達を飛ばすので、一時「菊池の速達」として、知友間に知られたが、芥川だけには一度もこの速達を出したことがない。

僕と芥川は、どちらかと云えば僕の方が芥川に迷惑をかけた方が多いかと思う。しかし、それにも拘わらず、僕の云う無理は大抵きいて呉れた、［中略］彼が、僕を頼もしいと思っていたのは僕の現世的な生活力だろうと思う。そう云う点の一番欠けている彼は、僕を友達とすることをいささか、力強く思ったに違いない。(「芥川の事ども」『菊池寛全集　補巻』武蔵野書房、平成十一年)

ともに相手への気遣いと思いやりに満ちており、二人の分かちがたい絆の一端を窺うことができる。

## 辰年生まれで龍之介

芥川は明治二十五年（一八九二）、東京の京橋区で生を享けた。現在の聖路加《せいるか》病院の附近になる。生年月日の干支が、壬《みずのえ》辰《たつ》の年、甲《きのえ》辰《たつ》の月、壬辰の日であったことから、龍之介と名付けられた。実父は新原《にいはら》という姓であったが、龍之介の生後まもなく実母が精神のバランスを失い、一歳になる前に、母の兄夫婦に引き取られ、その芥川の姓を名のることになる。その家は今のＪＲ両国《りょうごく》駅の近くにあり、彼の通った江東《こうとう》（のちに江東《えひがし》）小学校も現在は墨田《すみだ》区立両国小学校という名で存続している。

芥川家では文学や芸術が身近にあり、彼は幼いときから草双紙にも親しんだ。小学校では抜群の成績で、そのころから古今東西の多くの文学も渉猟する。中学校でも優秀な成績であったため、無試験の四番の順位で第一高等学校の文科に進む。多くの文士たちが、家族などの反対により文学を専攻しづらかった時代に於いて、文学好きな家族の理解が得られた点で芥川は恵まれていた。

大正四年（一九一五）、漱石の木曜会に参加しはじめる。木曜会は、もともと来客の多かった漱石のために、弟子たちが漱石山房に集う日を木曜に限ろうとしてできた集まりで、木曜の

**左から宇野浩二、芥川龍之介、菊池寛**　大正９年、大阪・堀江の茶屋にて。前年に、「大阪文化の抜本的改革を提唱する美術・文学・哲学などを文化総体として捉えた研究団体」として誕生した主潮社が催した文芸講演会のあとの歓迎会で。なお、芥川が亡くなる年に訪れた大阪で、同道していた谷崎は偶然、芥川のファンの女性と出会う。この女性が後の松子夫人で、谷崎とは文学論争を繰り広げ、その誕生日に自殺した芥川だが、谷崎の恋を結んだのも彼であった（写真・日本近代文学館）

夜が漱石を囲む日になっており、いわゆる漱石山脈はここから広がっていった。五歳年上で漱石に以前から師事していた同級生の林原耕三《はやしばらこうぞう》に連れられて、芥川もここに集うようになったが、その感激は大きかった。そして翌年、大学を次席で卒業すると海軍機関学校の英語の教官となり、鎌倉に移住。その後は次々に作品を発表し、たちまち文壇の寵児《ちょうじ》となるが、まもなく大正五年、漱石を喪うことになる。

大正八年、芥川は学校を辞し、出社義務のない（小説のみ寄稿する）契約で、菊池寛と共に『大阪毎日新聞』の社員となる。自宅も鎌倉から東京の田端《たばた》に移した。田端はのちに馬込《まごめ》と共に文士村と称されたほど多くの文士が移り住み、画家にとっての池袋《いけぶくろ》モンパルナスのような、文士の住宅地区となった。そして大正十年に、同社から海外視察員として中国に派遣されたことが、芥川が中国にまつわる作品を多く生み出す一因となった。

**【ちょっとブレイク——愛弟子への助言】**

漱石も、再晩年の弟子にあたる芥川や久米を可愛がっていた。その様子は彼らとの頻繁な書簡のやりとりにも見えてくる。そしてとくに芥川の作品を漱石はずいぶん、かっていた。「君の作物はちゃんと手腕がきまっているのです。決してある程度以下には書こうとしても書けないからです」(12)とし、いっぽうで手紙の書き方などについてもあまりに遠慮がちな芥川の態度を注意し、「自分のようなものから手紙を貰うのは御迷惑かも知らないが」と書き送った芥川に対し、「なんぼ先生だって、僕から手紙を貰って迷惑だとも思うまいから又書きます」(13)と書くべきだと諭し、師らしい愛情も表現している。芥川と親しく、その気質や作品を客観的に捉えていた徳田秋声は、この師弟を「近代的な文人」として、似ているが芥川は「漱石よりは精緻な代りに型が小さかった」(14)と述べている。

### “染物屋・芥川”のバリエーション

三十五年という短い生涯のなかで、芥川は短編小説だけでも百四十ほどの作品を遺している。

教科書に掲載された作品や、子ども向けの読み物も多く、彼は短編の名手として現代でも人口に膾炙する。その内容は、出世作となった先述の『鼻』、平安文学に材をとった『羅生門』（大正四年〔一九一五〕）や『地獄変《じごくへん》』（大正七年）、仏教説話的な『蜘蛛《くも》の糸』（大正七年）、中国作品の翻案ものの『杜子春《とししゅん》』（大正九年）、あるいは『奉教人《ほうきょうにん》の死』（大正七年）、『きりしとほろ上人伝』（大正八年）などのキリシタンもの、『大導寺信輔《だいどうじしんすけ》の半生《はんせい》』（大正十四年）のような、自身の半生が投影された作品など、そのジャンルは多岐にわたる。

ほかにも紀行文や、谷崎潤一郎との論争で知られる『文芸的な、余りに文芸的な』(15)のような文芸評論もあり、芥川自身はみずからを控えめに「雑駁《ざっぱく》な作家」(16)と称している。だが幅広い教養がにじみ出る作品の完成度はいずれのジャンルでも高く、『読売新聞』ではユーモラスに「染物や」と評されているのもその証である。それは単なる藍染めというだけでなく、出藍のイメージも重ねて、原作を自家薬籠中の物として自在に扱い、優れた創作を完成させる、という意味であろう。碩学《せきがく》の芥川は、それだけ染色材料となる「藍」、すなわち原作や下敷きを多様に有していた。同時代から衆目にも明らかであった芥川の多才ぶりは、他の分野でも発揮され、画や俳句、詩、和歌、旋頭歌《せどうか》、水泳、一中節《いっちゅうぶし》にも秀でていたという。

そうした芥川の異色作で、代表作のひとつに数えられるのが警句集の『侏儒《しゅじゅ》の言葉』である。大正十二年、菊池が『文藝春秋』を立ち上げると、創刊号から毎月『文藝春秋』の巻頭を飾り、没後は菊池に「その好意に報いるため、また永久にこの人を記念したいから、『侏儒の言葉』

欄は、死後も本誌のつづく限り、存続させたい[17]」とまで言わしめた。じっさいには、没後に長く連載させ続けることは不可能であったが、その年の十月と十二月の誌上にも、遺稿を集めて収録し、最終的にひとつの作品としてまとめられている。

『侏儒の言葉』は、いずれの句にも、芥川特有のウィットと酸味の利いたユーモアが響いており、芥川の小説よりは「感想」を重視していた徳田秋声は「断片的な哲学が気の利いたウィッティな筆で、印象風に出ている」「侏儒の言もしくはあれに類したものが、氏の最も得意とするところではなかったか[18]」と分析する。

そんな『侏儒の言葉』に影響を与えたとされるのが、芥川が好んだアメリカの作家、アンブローズ・ビアスである。

**須山計一の「文人職業づくし」** タイトルは「染物や——芥川龍之介氏」。添書きには、「地はたとえ平家物語であろうが、ガリバー旅行記であろうが、彼の染め上げは一段と美しい。又しても切支丹模様が、芭蕉絞りが、あざやかに描かれる」とあり、芥川が古今東西の様々な作品のモチーフを借りて自作に用いていることを、巧みに染物にたとえている（『読売新聞』大正15年2月14日）

あざ笑う悪魔（laughing devil）に私淑

アンブローズ・ビアス（Bierce, Ambrose, 1842-1914?）は、アメリカの作家、詩人である。その作品のほとんどは芥川と同じく短編小説で、怪奇的なものや超自然的恐怖を題材に扱ったものが多く、二十世紀に人気を博したグロテスク・アイロニーというジャンルの先駆けとなった。ビアスが晩年にみずから編集し、入手困難とされた全十二巻の『アンブローズ・ビアス全集』を蔵していた芥川も「ビイアスは無気味な物を書くと、少くとも英米の文壇では、ポオ以後第一人の観のある男」(19)としており、じっさいにビアスは、〈エドガー・アラン・ポーの再来〉との呼び声が高かった。

ビアスは若くして、南北戦争に従軍した。勲功も挙げたが自身も重傷を負い、悲惨な状況を多く目にしたこの戦争は、彼にとってあたかも〈学校〉であった。帰国後、ビアスは人口が急増して新聞雑誌が多数発行されていたサンフランシスコを拠点にジャーナリストとして各紙で活躍を見せる。『サンフランシスコ・ニューズレター』を皮切りに、編集者、ライターとなり、その後ロンドンに渡って最初の著作集『悪魔の寓話《ぐうわ》』を出版。帰国後は、アメリカの映画『市民ケーン』（一九四一年公開。日本公開は昭和四十一年〔一九六六〕）のモデルとなった新聞王W・R・ハーストの『サンフランシスコ・エグザミナー』紙でふたたびジャーナリストとして名を挙げた。

ビアスは、皮肉の効いた風刺文を多く寄稿して名を馳せ、「辛辣なビアス（Bitter Bierce）」「あざ笑う悪魔（laughing devil）」の異名を取り、寸鉄人を刺すその文を綴るインクは「ニガヨモギと酸」でできていると評された[20]。

それでもビアスには当時、アメリカ全土に門弟三千人と噂されるほど、多くの崇拝者がいた。その圧倒的なカリスマ性に芥川は魅入られたのであろう。ビアスには『月明かりの道 *The Moonlit Road*』（1907）という短編がある。この作品は、ある既婚婦人が殺害され、その息子、父親と思《おぼ》しき記憶喪失の男、霊媒を通した被害者という登場人物が、それぞれの視点からこの事件当夜について語るというものである。いうまでもなく芥川の『藪《やぶ》の中』（大正十一年〔一九二二〕）と構想が類似しており、芥川はこの着想を平安文学から、構造を『月明かりの道』から得たとされている。

## 『悪魔の辞典』の影響

ビアスの代表作は、『悪魔の辞典 *The Devil's Dictionary*』（1911）（『冷笑派辞林 *The Cynic's Word Book*』〔1906〕を拡充、改題）という、冷笑と皮肉に満ちた警句集である。アメリカ最高の風刺文学としても誉れ高い。この作品は一八七二年にビアスが『サンフランシスコ・ニューズレター』に在籍していたころから、三十年近く、少しずつ新聞に掲載していたものをまとめたものである。一気に書き下ろしたものではない点も、芥川の『侏儒の言葉』と同じ経緯をたどっている。ビアスは当時、『ウェブスター辞典』（一八二八）を入手した。「アメリカの学問・教育の父」と称されたノア・ウェブスターが完成させ、辞書の代名詞ともなった権威ある名辞典である。そしてビアスはそのデフォルメバージョンを作ろうと考えた。

なおビアスの没年が不詳であるのは、彼が晩年に文明社会に幻滅し、革命下のメキシコに渡り、消息不明になったためである。家庭的には恵まれず、二人の息子を早くに亡くし、夫人とも離婚した。そうした寂しさも手伝ってか、七十一歳にして、ビアス自身はメキシコの戦禍で死ぬことを「安楽死」と語っている。メキシコに向かい、消息不明になったという事実をとくに気に入り、小島政二郎《こじままさじろう》ら若手にも『悪魔の辞典』

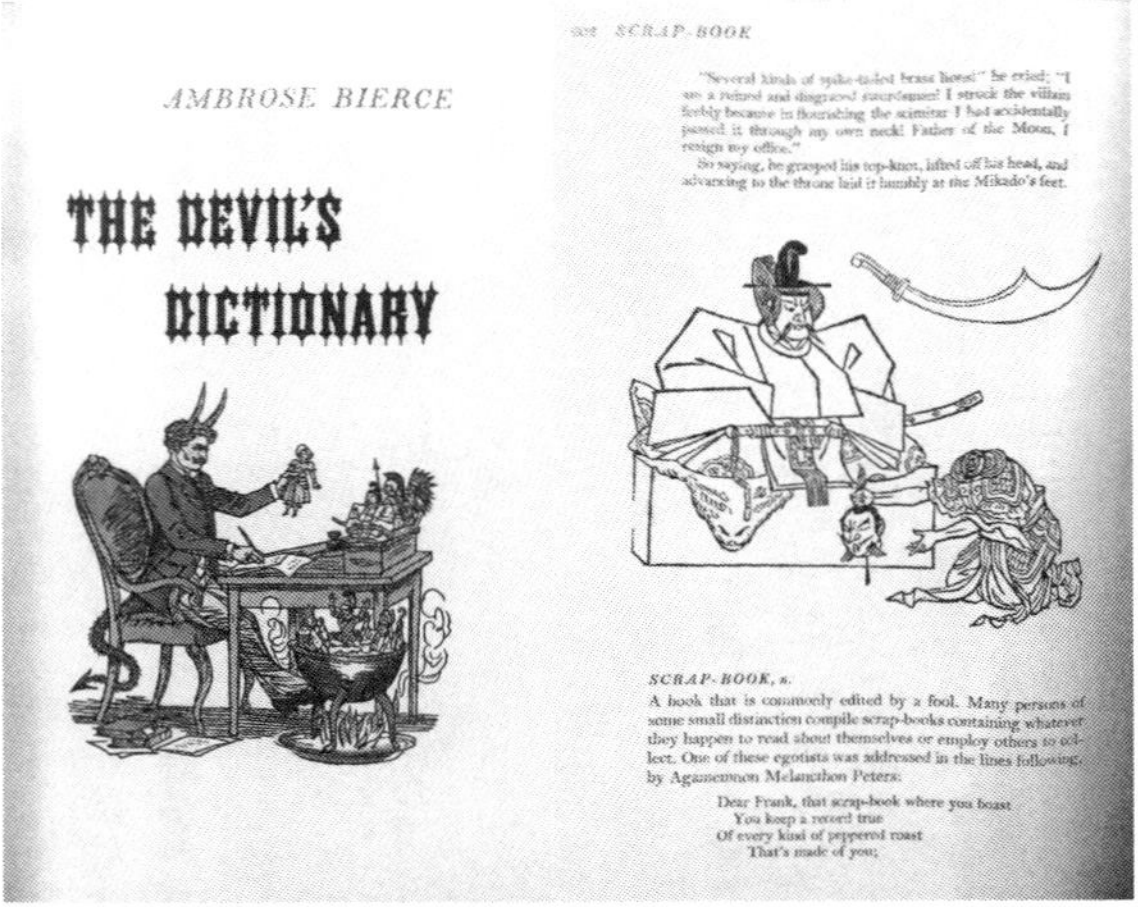


英語版ビアスの『悪魔の辞典』　イラストを描いたFritz Kredelはドイツ生まれで、戦前にアメリカに移住。ルーズベルト夫人の子ども時代を描いた本のイラストやJ. F. ケネディの大統領就任式の折にプレジデンシャルシールの版木の作成を依頼されたことでも有名。この版では日本の「桜」「フジヤマ」および「ミカド」も挿絵と相俟って強い印象を与えている（Ambrose Bierce, *The devil's dictionary*, New York: Printed for the members of the Limited Editions Club, 1972）

の警句を紹介していたという芥川は、『点心《てんしん》』（大正十一年〔一九二二〕）にこんな一節を残している。

亜米利加《アメリカ》の作家を一人挙げよう。アムブロオズ・ビイアスは毛色の変った作家である。（二）短篇小説を組み立てさせれば、彼程鋭い技巧家は少い。評家がポオの再来と云うのは、確にこの点でも当っている。その上彼が好んで描くのは、やはりポオと同じように、無気味な超自然の世界である。［中略］日本訳は一つも見えない。紹介もこれが最初であろう。

みずから短編小説の名手であった芥川は、そうした点でもビアスに共鳴したのであろう。『文芸的な、余りに文芸的な』においても、「元来東西の古典のうち、大勢の読者を持っているものは決して長いものではない」とし、その証例としてビアスの名を挙げている。

**侏儒の言葉**

『侏儒の言葉』の序で、芥川は「『侏儒の言葉』は必しもわたしの思想を伝えるものではない。唯わたしの思想の変化を時々窺わせるのに過ぎぬものである」と述べている。二百五十を超える項を数える箴言《しんげん》があるが、たとえば以下のような警句が連なっている。

**人生　又**「人生は一箱のマッチに似ている。重大に扱うのは莫迦《ばか》々々しい。重大に扱わなければ危険である。」

**社交**「あらゆる社交はおのずから虚偽を必要とするものである。もし寸毫《すんごう》の虚偽をも加えず、我我の友人知己に対する我我の本心を吐露するとすれば、古《いにし》えの管鮑《かんぽう》の交りといえども破綻を生ぜずにはいなかったであろう。」

**芸術家の幸福**「最も幸福な芸術家は晩年に名声を得る芸術家である。国木田独歩もそれを思えば、必しも不幸な芸術家ではない。」

**忍従**「忍従はロマンティックな卑屈である。」

**小説**「本当らしい小説とは単に事件の発展に偶然性の少いばかりではない。恐らくは人生における よりも偶然性の少ない小説である。」

**文章**「文章の中にある言葉は辞書の中にある時よりも美しさを加えていなければならぬ。」

**森鷗外**「畢竟《ひっきょう》鷗外先生は軍服に剣を下げた希臘《ギリシア》人である。」

このように、実名を書き込むこともあり、連載であったがゆえの読者との応酬あり、短い句もあれば数十行に及ぶ長い文言ありで、内容は多岐にわたっている。ただ、いずれも芥川らしさがにじみ出ていることは、同時代からの認識であった。

いっぽうビアスの『悪魔の辞典』では同じような項目にふれた内容は、たとえば、

**いんちき　sham *n*.**　政治屋の弁明、医者の学問、評論家の知識、俗受けを狙う説教師の信仰、一言で言えば、この世の中。

**幸福　happiness *n*.**　他人の不幸を眺めることから生ずる気持のよい感覚。

**友情　friendship *n*.**　友情号とは、天気のよい時には人を二人乗せることができるが、天気の悪い時にはたった一人しか乗せることができない、そんな程度の大きさの船を指して言う。

**生命・人生　life *n*.**　肉体を貯蔵して、腐敗しないようにしておく精神的な漬け汁。［以下略］

**理性　reason *n*.**　偏見に対する偏った好み。

**忍耐　patience *n*.**　小形の種類の絶望。ただし、美徳に偽装している。

**連載物　serial *n*.**　一編の文学作品で、通常、新聞か雑誌にのり、数号にわたってだらだらとつづく真実でない物語。前を読まなかった読者のために、しばしば「前回までの梗概」なるものが一回分ごとに付け添えられるが、それ以上にぜひともほしいのが、つづいて掲載されるはずの残りの部分の梗概であって、そうして貰えれば、「残りの部分など」ぜんぜん読むつもりのない読者にとって、手間が省けるというものである。だが、もし物語全体の梗概を付け添えて貰えるようだったら、なお一層好都合であろう。

などとしている。いかにも皮肉で、毒舌家のビアスらしい表現だが、やはりそれぞれの項についての分析は鋭く、ものごとを斜めに見てはいるが真髄をついている。シャープな才気は、同じような傾向を有した芥川を魅了したのであろう。

## 芥川と田端文士村の終焉

芥川は、周知のごとく昭和二年(一九二七)にみずから世を去る。もとより精神のバランスをくずした母からの遺伝の心配はあった。体調不良もあったが、やはり創作の行き詰まりもその一因とされる。世俗的な菊池寛とは逆に芸術至上であった芥川にとって、「作家自身にしても、大量生産をしない限り、衣食することも容易ではない[21]」ことは、受け入れがたい現実だったのであろう。周囲にも、家伝の薬を売るなどの副業が望ましいと語ってもおり、職業作家として立つことと芸術家であることの両立が難しいことも、彼を追い詰めた。

親友であり、友人代表として弔辞を読んだ菊池寛も「死因については我々にもハッキリしたことは分らない。分らないのではなく結局、世人を首肯させるに足るような具体的な原因はないと云うのが、本当だろう。結局、芥川自身が、云っているように主なる原因は『ボンヤリした不安』であろう[22]」と結論づけている。

芥川が自死の際に使用した薬についても諸説ある。ただ菊池はそれらをヴェロナールとジャールであったと認識していた。菊池は『ヂャールの思出』（昭和二年）のなかで、講演旅行に芥川と同道した折、旅先での不眠を危惧し、芥川が持参していたジャールを分けてもらい誤って多量に服用して病院に担ぎ込まれた記憶を記し、このできごとが芥川にジャールを選ばせるヒントとなったと回想する。

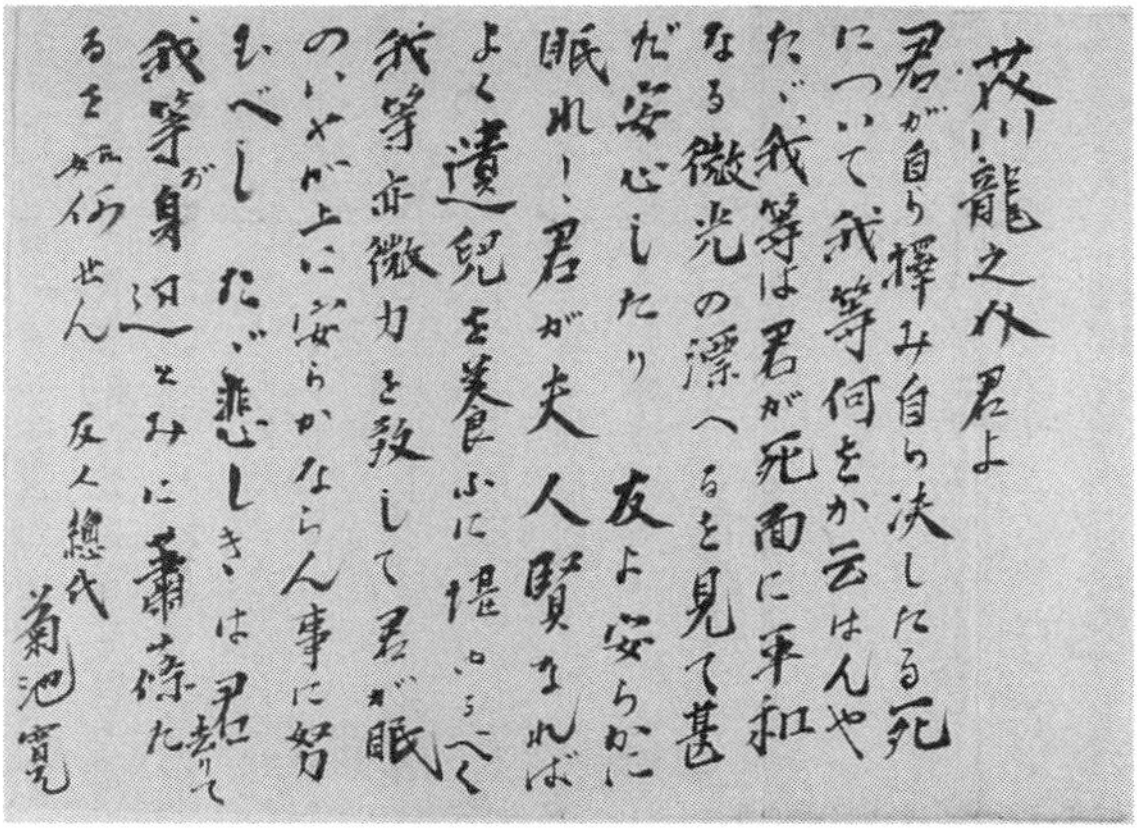
芥川龍之介君よ
君が自ら擇み自ら決したる死について我等何をか云はんや
たゞ我等は君が死面に平和なる微光の漂へるを見て甚だ安心したり
友よ安らかに眠れ！君が夫人賢なればよく遺児を養ふに堪ふべく
我等亦微力を致して君が眠のいやが上に安らかならん事に努むべし
たゞ悲しきは君去りて我等が身辺とみに蕭条たるを如何せん
友人總代
菊池寛

**菊池寛の弔辞**　昭和２年７月27日の芥川の葬儀で、涙を流しながら菊池寛が読んだ弔辞。2000人が見送ったという。また、遺書を管理して発表する役であった久米正雄は発表日に各社の写真撮影に取り紛れてその２枚を失ってしまったが葬儀の朝に無記名郵便で送り返されてきて、安堵したという（写真・日本近代文学館）

昭和二年一月に、芥川の義兄が自殺するという不幸が生じた。その件にまつわる身内の苦労に加え、『近代日本文芸読本』[23]というテキストの編集に携わったことで作家仲間からいわれない批判や抗議を浴びるなどの苦悩も続いた。創作に関する悩みに加え、創作活動以外でも疲弊しきっていた芥川の作品には、死を匂わせるテーマや内容が増えていく。彼の人生への苦悩と葛藤の一端は、遺稿となった『歯車』（昭和二年）に窺える。みずからの死を描く人間の孤独と絶望を六つのテーマに分けて描いた作品だが、幻想的であり怪奇的でもある小説である。この作品の最後は「僕はもうこの先を書きつづける力を持っていない。こう云う気もちの中に生きているのは何とも言われない苦痛である。誰か僕の眠っているうちにそっと絞め殺してくれるものはないか？」と締めくくられている。

昭和二年七月二十四日に、芥川は住み慣れた田端の自宅で死を選ぶ。じつは芥川が『鼻』でデビューしたころに住みはじめた田端は、その後には室生犀星《むろうさいせい》やその友人の萩原朔太郎《はぎわらさくたろう》も移り住み、菊池寛や堀辰雄《ほりたつお》、小林秀雄《こばやしひでお》など多くの文人も居を構え、その地に住む芸術家たちとも交流し、この地は田端文士村と呼ばれるようになった。そして我鬼窟《がきくつ》と呼ばれた芥川の書斎に日曜ごとに多くの仲間が訪れてきた。堀辰雄も、この地の住人であったが、その訃報を聞いたショックから立ち直れないまま、その後に芥川の全集編集に携わり、出世作『聖家族』（昭和五年）も芥川の死からモチーフを得た。こうして芥川の死の衝撃が広まったことで、田端文士村からも次第に文人たちが離れ、文士村としての終わりを迎えていった。

なお芥川の早すぎる死は、芥川と親交が深く、芥川もその作品を愛読していた志賀直哉《しがなおや》や、志賀とは相容れなかったが芥川の訃報にふれたときはみずから引きこもるほど、その死に衝撃を受け、小説『津軽《つがる》』（昭和十九年）のなかで芥川の早世にふれた太宰治《だざいおさむ》、死の直前まで「小説の筋の芸術性」について『改造』誌上で論争を戦わせ、芥川に『文芸的な、余りに文芸的な』を生み出させた、『新思潮』の先輩でもある谷崎潤一郎など、年代を問わず同時代の多くの作家たちに大きな衝撃を与えた。
芥川には特定の弟子はいなかった。だがその影響は文学のみならず、芥川も嗜《たしな》んだ俳句や、映画の世界にも広がっている。遺稿となった芥川の『侏儒の言葉』は『文藝春秋』（昭和二年）にまとめられている。その最後の句は、

**或夜の感想**「眠りは死よりも愉快である。少くとも容易には違いあるまい。」

であった。

芥川の作品には、近代人の心理の深層に迫るものが多い。彼は研ぎ澄まされた感性と豊かな知識、洗練された筆を以てそうした作品テーマを描き出していった。だがその名作を書かしめた繊細な神経と強烈な自我が、彼を死へと導いた。いっぽうの菊池は、渇望していた経済的安定を得ると、無名作家から文壇の大御所へと上りつめ、活躍の場を豊かに拡げていく。ただ、地に足を付け、生活を大事に骨太に生きた菊池に対し、芸術と精神にすべての意識を傾けた芥川は、創作以外の苦労にも疲弊したとき、脆《もろ》くも限界へと向かった。だが自然主義の時代が終わり、大正という新時代を迎えた文壇に、二人はそれぞれ清新な息吹を吹き込んだ。そして拡大していく読者市場に、創作の多様性を示し、作家たちにとって、より生きやすい時代を築き上げていったのである。

# 終章　文学のその後、現代へ

## 文学の文明開化

江戸時代から、日本人の識字率はきわめて高かった。ひとつの理由は寺子屋の発達であり、結果として人々は〈瓦版《かわらばん》〉や高札を読むにも不自由はなく、読み物としての戯作も発展した。だが、戯作は手すさびに書かれ、遊戯文学としての意味合いが強いものが多い。やはり文学が芸術として一段高められたのは、明治以降、すなわち近代に入ってからである。

明治から大正という、日本が近代化、文明化を推し進めていた時代、文学にも大きな変革の波が押し寄せた。西洋を知り、彼我の文学を比較することで生まれた驚愕《きょうがく》、憧れ、焦燥、野心が自ずと作家たちの姿勢や意識を変え、日本の近代文学の成立を促したのである。そして同時に、人々が教育を受けていくことによって読者が増え、読書市場が拡大し、新聞や雑誌など、作品が掲載される媒体が多様化していったことも、文学の需給バランスに変化をもたらした。

本書で述べた時代以降の流れを簡単に説明するにあたって、背景としてまずは加速した読者層の広まりに着目すべきであろう。折しも大正末期に大日本雄弁会講談社《だいにっぽんゆうべんかいこうだんしゃ》（現在の講談社）によって創刊された雑誌『キング』（大正十四年〔一九二五〕）が、「万人向きの百万雑誌」を標榜したとおり、日本の出版史上、はじめて百万部を突破した。同誌は昭和二年（一九二七）には百四十万部を超え、数字上では人口の二％が読んでいたことになる。

この雑誌のひとつの魅力は、対象とする読者をごく一般的、平均的な層とし、彼らのニーズに応じてあらゆるジャンルの小説を取り揃えて所収していたことである。『キング』の人気に端を発し、多くの出版社が読者の性別や世代、嗜好を顧慮した多様な雑誌を発売しはじめる。そして中産層や女性などの新しい雑誌読者層を中心に、娯楽としての文学の需要が高まっていった。結果的に通俗小説に特化した雑誌も増え、新聞も多くの読者に愛される長期にわたる作品を積極的に掲載するようになった。

### 大正デモクラシーと娯楽小説の多様化

なかでも長巨編であるのは、本書に取り上げた、泉鏡花や菊池寛、芥川龍之介なども賞賛し、昭和十六年（一九四一）まで三十年近く連載が続いた中里介山《なかざとかいざん》の『大菩薩峠《だいぼさつとうげ》』（大正二年〔一九一三〕）であろう。文体、構成ともに斬新で、後世に多くの影響をもたらすことになる。

この作品の賞賛者には谷崎潤一郎も名を連ねる。一般受けする作品が増えていくなかで、谷崎は耽美で独特な世界観を表現し、いっぽうでまた『源氏物語』の現代語訳なども手がけた。

『源氏物語』訳は、戦後のベストセラーとなったが、この世界を自ら体現し、戦前から戦中、戦後までに軍部からの圧力に耐えながら発表した『細雪《ささめゆき》』（昭和十九年）も谷崎潤一郎の代表作のひとつである。そして典雅な古典の香を後世につないでいくことになる。

いっぽう、博文館の発行した雑誌『新青年《しんせいねん》』（大正九年）が後押ししたことで探偵小説の流行も続いた。当初、『新青年』はその前身の『冒険世界《ぼうけんせかい》』の流れを汲んで、文字通り新時代の若い読者向けに発刊されたものであった。モダニズムには早すぎ、〈冒険〉というテーマにはやや食傷気味となっていた読者にとって、探偵小説という新たなジャンルは大きな魅力となった。そして、外国ミステリーの翻訳のみでは足りなくなったため、『新青年』編集部は次々に邦人作家に探偵小説の創作を促していく。江戸川乱歩や横溝正史をはじめとする多くの探偵小説作家は、この雑誌に出世作を載せ、成長を遂げていく。やや粗製濫造の感が否めない作品も増えたが、大正デモクラシーの時代風潮にも合って、多くの探偵小説が供給され、それらは読者に歓迎される時代を迎えていった。

このブームは昭和初期の退廃的なムードのなかでも継続されるが、戦時色が濃くなると軍部のしめつけも厳しくなり、特に探偵小説の創作は難しくなる。そのため、多くの作家が別の路線への方向転換を余儀なくされる。乱歩や横溝も例外ではなく、その結果、彼らの多くが活路を見いだしたのは同じミステリーのテイストを持つ捕物帳などの時代物である。

岡本綺堂の影響を受けていた野村胡堂の『銭形平次捕物控《ぜにがたへいじとりものひかえ》』（昭和六年）も時宜を得て活躍

し、その流れは戦後に池波正太郎《いけなみしょうたろう》の『鬼平犯科帳《おにへいはんかちょう》』（昭和四十二年）などへ続いていく。そして捕物帳に限らず、昭和初期には時代背景にも鑑みて、日本の文壇全体に時代物を扱う向きが増えた。時流に乗ったのは吉川英治である。もともと時代物を得意としていたが、『宮本武蔵《みやもとむさし》』（昭和十年）は、求道的な精神世界が太平洋戦争に突入する時期の日本人の心をつかみ、四年にわたる長期連載となった。

### モダニズムから戦後文学へ

他方、大正末から昭和の初期には、新しい欧米的な風俗も流行していた。モボ・モガが闊歩《かっぽ》したのもこの時期である。そこから端を発した近代意識は、文壇においてモダニズム文学という潮流を形成する。この流れは、モダン趣味的な傾向に端を発し、欧米の前衛主義的な傾向を取り入れる段階で発展した。そして古典を理解し、その上に新手法を確立するというもので、『伊豆《いず》の踊子《おどりこ》』（大正十五年〔一九二六〕）の川端康成や『日輪《にちりん》』（大正十二年）の横光利一が中心とみなされる。彼らは反プロレタリアという方向性は同じくする芸術派ではあるが、集団としての理論は有していない。ただ清新さを主たる特徴として求めていく点で、新感覚的とみなされ、心理主義的な傾向をも有していたために、その流れはのちに伊藤整《いとうせい》や堀辰雄が実践した新心理主義へと受け継がれた。

もう一つ大きな流れが『蟹工船《かにこうせん》』（昭和四年〔一九二九〕）の小林多喜二《こばやしたきじ》を旗手とするプロレ

タリア文学である。もともと多喜二は、白樺派を代表する志賀直哉に傾倒していた。白樺派は大正デモクラシーの自由闊達《かったつ》な空気のもと、理想や人道的であることを追求したグループである。美術にも関心が深く、印象派の紹介にも寄与した。だが多喜二は、その理想、人道をさらに追求してプロレタリア問題をテーマとして扱い、この文学活動に殉じるかたちで世を去る。そして弾圧も激化し、この流れは昭和九年に潰滅《かいめつ》した。

昭和十年代になると、文芸復興の気運が高まった。多喜二の死後、プロレタリア文学の作家同盟が解散したことで、その文壇支配からの解放感が関係している。それまでの種々の潮流を汲むかたちで、新たに多くの雑誌が創刊された。そしてそれに対応するさまざまな作品、作風、主義が掲げられる中で、芥川賞の第一回受賞作となった石川達三《いしかわたつぞう》の『蒼氓《そうぼう》』（昭和十年）や、永井荷風の『濹東綺譚《ぼくとうきだん》』（昭和十二年）などが登場し、志賀直哉の『暗夜行路《あんやこうろ》』（大正十年）や、島崎藤村の『夜明け前』（昭和四年）も、このあたりで完結する。

戦後になると、敗戦国である日本の現実を写し出した、太宰治の『斜陽《しゃよう》』（昭和二十二年）や坂口安吾《さかぐちあんご》の『堕落論《だらくろん》』（昭和二十一年）などに代表される無頼派が活躍した。そして昭和二十年代後半は、第一次戦後派とされた野間宏《のまひろし》が『真空地帯《しんくうちたい》』（昭和二十七年）を、第二次戦後派とされた大岡昇平《おおおかしょうへい》が『野火《のび》』（昭和二十六年）を発表し、戦後文学というジャンルが形成されていく。

三十年代になると同じく第二次戦後派として、川端康成に推奨されて世に出た三島由紀夫が

『金閣寺《きんかくじ》』（昭和三十一年）に明らかな芸術至上主義を貫き、安部公房《あべこうぼう》は『砂の女』（昭和三十七年）のような前衛的な作風で注目を浴びた。その後、第三の新人と言われた安岡章太郎《やすおかしょうたろう》が『海辺の光景』（昭和三十四年）、遠藤周作《えんどうしゅうさく》が『海と毒薬』（昭和三十二年）を発表し、心象に焦点をあてる新たな作風を展開する。そしてそれらのあとが『飼育《しいく》』（昭和三十三年）を代表作とする大江健三郎《おおえけんざぶろう》へと連なっていくことになる。

## 双方向型の今日へ

昭和後期から平成にかけては、文芸思潮はさらに多様化する。ただ、現代への大きな流れとして、よりエンターテインメント性を重視する傾向が強くなったといえる。作品の発表媒体も多様化する中で、映像やコミックスの手法などもとりいれた作品が若い読者を捉え、メディアミックスのかたちで市場を拡大している。たとえばサブカルチャーの発展に伴い、古典文学作品のコミック化が進み、映画やドラマ、コンピューターゲームのノベライズなどが流行し、受容者側からも感想やパロディーをネットで発信し、同人誌活動などへも発展していく現代において、作品の創作と需要は、もはや〈作者が書き、読者が読む〉という一方向的なものではなくなった。

それでも、受容の変化に伴う叙述の変遷などは、明治大正期の翻案手法や文体の工夫、外国の作品や異なる芸術ジャンルの作品の受容の仕方などとそのおおもとは同じである。そして、読者にいかに読まれるものを提供していくかという模索は変わらず、現代の文学へ脈々と受け継がれてきたのである。

長い日本の文学史においても、最も大きな変化がもたらされたのが明治、大正時代である。その時期に文学の課題の多くが成立したのであり、現代までそれらに対するよりよい技法が繰り返し試みられ、進化しつづけているといえよう。

## あとがき

窓の外をのぞくときれいな緑の庭が見えた。たしかに四角く切り取られた庭で、家全体の、整然と四角い雰囲気によくマッチする。ロンドンはチェルシー地区にある、カーライル記念館の印象である。

トマス・カーライルは、十八世紀末のスコットランドに生まれた著述家である。ドイツ文学を研究し、思想や歴史の分野に功績をのこした。「沈黙は金、雄弁は銀」という言葉を広めた人物といえば、知られていよう。ゲーテとも交流があり、日本では、内村鑑三《うちむらかんぞう》や新渡戸稲造《にとべいなぞう》にも影響を与えた。

そんなカーライルの旧居は、彼の没後から記念館となっていた。歴史あるこの建物を早くに訪れたのが夏目漱石である。漱石はよほどこの雰囲気を気に入ったのだろう、イギリス滞在中に四度もここを訪れる。そして帰国後に書いたエッセイ『カーライル博物館』のなかで、この「四角い」家で、カーライルが「四角四面」に暮らしていたと述べていく。

漱石はまた、カーライル自身についても多く言及した。有名なところでは、『吾輩は猫である』の吾輩の飼い主・珍野苦沙弥先生のエピソードである。カーライルと同じく胃が弱いことを自慢した苦沙弥先生だが、「カーライルが胃弱だって、胃弱の病人が必ずカーライルにはなれないさ」と友人に切り返され、ペシャンコになる。

カーライルは決して温厚な人柄とは言えなかった。だが、今も記念館に飾られる画や蔵書は、彼と作家仲間との華やかな交流を物語る。この四角い家を訪れた人々は、室内の丸いテーブルを囲み、文字通りサークルを形成した。〈チェルシーの哲人〉と呼ばれた彼のもとには、ディケンズやテニスン、エリザベス・ブラウニングなど、女性も含む文人たちが足しげく通い、互いに刺激を与えあった。

同じようなことは、明治、大正の日本でもくりかえされた。ひとりのカリスマ的な作家のもとに友人や若手が寄りつどう。木曜会から連なった漱石山脈。紅葉を筆頭に回覧雑誌・我楽多文庫を囲んだ硯友社。鷗外が露伴や緑雨と気焔をあげた『めざまし草』や、芥川が求心力となった田端文士村もある。落語の世界にはもちろん、それぞれの師匠を慕う弟子たちが流派を形成しよう。そうして尊敬すべきリーダーのもとに、多くの才能が結集し、大きな文学上のうねりを生み出してきたのである。

孤高のようであるが、意外にそうでもない。文士たちは互いに交流を持ち、なにがしかのつながりをキープしながら、それぞれの独自性を追求した。そして周囲とのふれあいのなかで己を見つめ、みずからの作品世界を創り上げようと精魂を傾けた。そのため、彼らの作品を理解するのには、彼らの背景、とりわけ周囲の人々との関係から推し量ることで見えてくるところも大きい。

近代の文豪たちが何を考え、彼我の関係や距離をどのように捉えながら、苦労して名作を織りなしていったのか。その背景の一端でも垣間《かいま》見ながら、改めて文豪たちの数々の名作を手にとっていくことも、一興かもしれない。そこに見えてくる文豪の真実もあろう。

最後に、本書をまとめる過程で、ご協力を賜りました関係諸機関、個人の方々、そして中公新書編集部の酒井孝博様ほか中央公論新社の皆様に心より御礼を申し上げます。

# 注

## 第一章

（1）『読売新聞』大正十三年七月十四日
（2）「芸人談叢　三遊亭円朝」『円朝全集　別巻2』岩波書店、平成二十八年
（3）朗月散史編「三遊亭円朝子の伝」『明治文学全集　第10巻　三遊亭円朝集』筑摩書房、昭和四十年
（4）「芸人談叢　三遊亭円朝」前掲
（5）「泉鏡花座談会」『鏡花全集　別巻』岩波書店、昭和五十一年
（6）池田弥三郎「三遊亭円朝」『笑』作品社、昭和五十九年
（7）鈴木古鶴「円朝遺聞」『三遊亭円朝全集　第7巻』角川書店、昭和五十年
（8）鏑木清方「円朝と野州の旅をした話」『明治の東京』岩波書店、平成元年
（9）千住　不識个庵主「寄書　業平文治」『読売新聞』明治十五年一月二十八日
（10）宗像和重『投書家時代の森鷗外』岩波書店、平成十六年
（11）信夫淳平『反古草紙』有斐閣、昭和四年
（12）二葉亭四迷「余が言文一致の由来」『文章世界』明治三十九年五月（『明治の文学　第5巻　三遊亭円朝』筑摩書房、平成十二年所収）
（13）『大阪朝日新聞』明治二十年七月九日
（14）二葉亭四迷『小説総論』『中央学術雑誌』明治十九年（『二葉亭四迷全集　第9巻』岩波書店、昭和二十八年所収）
（15）『読売新聞』明治二十年七月一日
（16）『読売新聞』明治二十一年二月十五日
（17）『東京朝日新聞』明治二十九年十一月二十九日
（18）夏目漱石「長谷川君と余」『漱石全集　第12巻』岩波書店、平成六年
（19）田山花袋「二葉亭四迷君を思ふ」『定本花袋全集　第15巻』臨川書店、平成六年

## 第二章

（1）田辺夏子「わが友樋口一葉のこと」『一葉の憶ひ

出〈新修版〉』日本図書センター、昭和五十九年
(2)『若葉かげ』明治二十四年四月十五日
(3)『東京朝日新聞』明治二十五年三月三十日
(4)『読売新聞』明治二十五年三月三十一日
(5)樋口くに子「姉　樋口一葉」『樋口一葉全集　第2巻　附録』筑摩書房、昭和四十九年
(6)半井桃水宛書簡、明治二十五年七月八日
(7)半井桃水「一葉女史の日記に就て」『女学世界』明治四十五年八月一日
(8)半井桃水「一葉女史」『中央公論』明治四十年六月
(9)同前
(10)田辺夏子「わが友樋口一葉のこと」前掲
(11)『しのぶぐさ』明治二十五年六月二十二日
(12)田辺夏子「わが友樋口一葉のこと」前掲
(13)「樋口一葉研究」『明治大正文豪研究』新潮社、昭和十一年
(14)三宅花圃「その頃の私たちのグループ」『一葉の憶ひ出〈新修版〉』前掲
(15)戸川秋骨「若い叔母さん」『一葉のポルトレ』みすず書房、平成二十四年
(16)田辺夏子「わが友樋口一葉のこと」前掲
(17)野々宮起久宛書簡、明治二十六年九月二十八日
(18)『水の上日記』明治二十七年七月十二日
(19)『明治大正文豪研究』前掲
(20)幸田露伴「故樋口一葉女史」『一葉のポルトレ』前掲
(21)柳田泉・勝本清一郎・猪野謙二編『座談会　明治・大正文学史　2』岩波書店、平成十二年
(22)平田禿木「一葉の思い出」『一葉のポルトレ』前掲
(23)半井桃水「一葉女史」前掲
(24)馬場孤蝶「一葉全集の末に」『一葉全集　後編』博文館、明治四十五年
(25)鈴木光次郎『現代百家名流奇談』実業之日本社、明治三十六年
(26)『日記　ちりの中』明治二十七年二月二十七日
(27)一葉宛、明治二十五年七月二日花圃書簡、河野龍也「講演録 二人の夏子――樋口一葉と伊東夏子」実践女子大学文芸資料研究所『年報』第35

号、平成二十八年
(28)石橋忍月「藪鶯の細評」『国民之友』明治二十一年七月

## 第三章

(1)泉鏡花「小解」『明治大正文学全集　第5巻』春陽堂、昭和二年
(2)佐藤儀助『文壇楽屋観』新声社、明治三十四年
(3)小栗風葉「紅葉先生の門下教授法」『文章世界』明治三十九年一月
(4)「尾崎紅葉研究　作家研究座談会（九）」『新潮』昭和十年五月
(5)「小説家の経験」伊原青々園・後藤宙外編『唾玉集』（『明治文学全集　第99巻　明治文学回顧録集二』筑摩書房、昭和五十五年所収）
(6)A. Lloyd 訳『英訳金色夜叉（*The Gold Demon*）』有楽社、明治三十八年
(7)『読売新聞』昭和十四年九月九日
(8)『東京朝日新聞』大正四年四月七日
(9)『読売新聞』明治三十三年三月十二日
(10)『読売新聞』明治四十一年三月二十一日
(11)『東京朝日新聞』明治四十一年二月二十九日
(12)吉田精一「解説」『歌行燈・高野聖』新潮社、昭和二十五年

## 第四章

(1)鏡子夫人宛書簡、明治三十四年一月二十四日
(2)小宮豊隆『夏目漱石（上）』岩波書店、昭和六十一年
(3)狩野享吉ほか宛書簡、明治三十四年二月九日
(4)寺田寅彦宛書簡、明治三十四年九月十二日
(5)井上微笑宛書簡、明治三十六年五月九日
(6)菅虎雄宛書簡、明治三十六年五月二十一日
(7)菅虎雄宛書簡、明治三十六年六月十四日
(8)菅虎雄宛書簡、明治三十六年五月二十一日、前掲
(9)夏目漱石「入社の辞」『東京朝日新聞』明治四十年五月三日
(10)正宗白鳥「文科大学学生々活」『読売新聞』明治三十八年一月二十日

(11) 上司小剣「夏目漱石氏の『吾輩は猫である』」『読売新聞』明治三十八年十月十三日
(12) 『読売新聞』明治三十九年六月二日
(13) 藤代禎輔（素人）「猫文士気焔録」『新小説』明治三十九年五月
(14) 夏目漱石「薤露行」『中央公論』明治三十八年十一月
(15) 高浜虚子宛書簡、明治三十八年十二月三日
(16) 高浜虚子宛書簡、明治三十八年十二月三日、前掲
(17) 森田草平宛書簡、明治三十九年二月十三日
(18) 高浜虚子宛はがき、明治三十八年十二月十一日
(19) 野村伝四宛はがき、明治三十八年十二月九日
(20) 小宮豊隆宛書簡、明治三十九年七月十七日
(21) 畔柳芥舟宛書簡、明治三十九年八月七日
(22) 白仁三郎宛書簡、明治四十年三月四日
(23) 野上豊一郎宛書簡、明治四十年三月二十三日
(24) 奥太一郎宛書簡、明治四十年五月二十九日
(25) 『読売新聞』明治四十年十一月十七日
(26) 『国民新聞』明治四十年十月二十四日
(27) 正宗白鳥「夏目漱石論」『中央公論』昭和三年六月
(28) 鈴木三重吉宛書簡、明治四十年七月二十六日
(29) 武定巨口宛はがき、明治四十年七月末頃
(30) 高原操宛書簡、大正二年十一月二十一日
(31) 小宮豊隆宛書簡、明治四十年七月十九日
(32) 小宮豊隆宛書簡、明治四十年七月十九日、前掲
(33) 『東京朝日新聞』明治四十年八月一日
(34) 『読売新聞』明治四十年八月二日
(35) 黒岩涙香「人耶鬼耶《ひとかおにか》緒言」『人耶鬼耶』小説館、明治二十一年
(36) 黒岩涙香「人耶鬼耶緒言」前掲
(37) 黒岩涙香「余が新聞に志した動機」涙香会編『黒岩涙香』日本図書センター、平成四年
(38) 黒岩涙香「法庭の美人前文」『法庭の美人』薫志堂・小説館、明治二十二年
(39) 『読売新聞』大正九年十月十日
(40) 黒岩涙香『精力主義《エネルギズム》』隆文館、明治三十七年
(41) 「新聞紙の新聞紙たる所以」『万朝報』明治二十六年十月十日

(42)『読売新聞』明治三十五年二月十七日
(43)野上豊一郎「所謂『涙香小説』」『読売新聞』大正九年十月十一日
(44)谷崎精二、三上於菟吉共訳『モントクリスト伯爵　前編』新潮社、大正八年
(45)黒岩涙香訳『史外史伝　巌窟王　巻之弐』扶桑堂、明治三十八年
(46)江戸川乱歩「『白髪鬼』執筆について」『冨士』昭和六年三月

第五章

(1)相馬御風「花袋全集に栄光あれ」『定本花袋全集第5巻』臨川書店、平成五年
(2)「自然主義の前途」『定本花袋全集　第26巻』臨川書店、平成七年
(3)白石實三「師としての花袋先生」『読売新聞』昭和五年五月十五日
(4)『蒲団』の後篇　田山花袋氏の失恋?」『東京朝日新聞』明治四十二年二月三日
(5)「私のアンナ・マアル」『東京の三十年』『定本花袋全集　第15巻』臨川書店、平成六年
(6)岡田美知代宛書簡、明治四十年九月十四日、『「蒲団」をめぐる書簡集』館林市、平成五年
(7)永代美知代「花袋の『蒲団』と私」『日本文学研究資料叢書　自然主義文学』有精堂出版、昭和五十年
(8)白雲子「自然派と『濤声』」『読売新聞』明治四十年六月九日
(9)「通俗小説」『夜坐』『定本花袋全集　第24巻』臨川書店、平成七年
(10)小堀桂一郎『森鷗外』ミネルヴァ書房、平成二十五年
(11)田山花袋「私の偽らざる告白」『文章世界』明治四十一年九月
(12)「小説作法」『定本花袋全集　第26巻』臨川書店、平成七年
(13)坪内逍遥『文学その折々』春陽堂、明治二十九年
(14)内田魯庵『文学者となる法』宮沢俊三、明治二十七年

(15)『読売新聞』明治四十四年九月八日

## 第六章

(1)菊池寛『半自叙伝』講談社、昭和六十二年
(2)中村武羅夫『明治大正の文学者』日本図書センター、昭和五十八年
(3)『半自叙伝』前掲
(4)『半自叙伝』前掲
(5)菊池寛「小説家たらんとする青年に与う」『菊池寛全集　第22巻』高松市菊池寛記念館、平成七年
(6)菊池寛「天の配剤」『菊池寛全集　第4巻』春陽堂、大正十一年
(7)小林和子『菊池寛　人と文学（日本の作家100人）』勉誠出版、平成十九年
(8)『話の屑籠』『菊池寛全集　第24巻』高松市菊池寛記念館、平成七年
(9)『「続」半自叙伝』谷崎潤一郎ほか編『日本の文学　32』中央公論社、昭和四十四年
(10)芥川宛書簡、大正五年二月十九日
(11)菊池寛『無名作家の日記』『菊池寛全集　第2巻』高松市菊池寛記念館、平成五年
(12)芥川・久米宛書簡、大正五年八月二十四日
(13)芥川・久米宛書簡、大正五年九月一日
(14)徳田秋声「弱い性格」『徳田秋聲全集　第21巻』八木書店、平成十三年
(15)芥川龍之介『侏儒の言葉・文芸的な、余りに文芸的な』岩波書店、平成十五年
(16)同前
(17)菊池寛「芥川の事ども」『菊池寛全集　補巻』武蔵野書房、平成十一年
(18)徳田秋声「芥川君の事」『徳田秋聲全集　第21巻』前掲
(19)芥川龍之介「近頃の幽霊」『芥川龍之介全集　第4巻』筑摩書房、昭和三十三年
(20)『日本大百科全書19』小学館、昭和六十三年
(21)芥川龍之介「文芸的な、余りに文芸的な」『侏儒の言葉・文芸的な、余りに文芸的な』前掲
(22)「芥川の事ども」前掲
(23)『近代日本文芸読本』興文社、大正十四年

# 主要参考文献

*本文中や注に記載のもの、新聞・事典等は原則として省略した。


『東京府布達全書』東京府、明治九年

第一章

池田功・上田博編『明治の職業往来』世界思想社、平成十九年

内田魯庵『おもひ出す人々』春陽堂、昭和七年

寒川鼠骨編『滴水禅師逸事』政教社、大正十四年

三遊亭円朝『怪談 牡丹燈籠　怪談 乳房榎』筑摩書房、平成十年

太刀川清『牡丹灯記の系譜』勉誠社、平成十年

槌田満文『明治大正の新語・流行語』角川書店、昭和五十八年

鶴見俊輔『限界芸術論』筑摩書房、平成十一年

二葉亭四迷『浮雲』『明治文学全集　第17巻　二葉亭四迷・嵯峨の屋おむろ集』筑摩書房、昭和四十六年

矢野龍渓編訳『経国美談』報知社、明治二十年

山田風太郎『山田風太郎明治小説全集　1　警視庁草紙　上』筑摩書房、平成九年

若林玵蔵『若翁自伝』若門会、大正十五年

第二章

石井研堂『明治事物起原　4』筑摩書房、平成九年

紀田順一郎『ペンネームの由来事典』東京堂出版、平成十三年

塩田良平「桃水側から見た一葉」『明治文学全集　第30巻　樋口一葉集』筑摩書房、昭和四十七年

田辺龍子『藪の鶯』金港堂、明治二十一年

塚田満江『半井桃水研究：全』丸ノ内出版、昭和六十一年

樋口一葉『樋口一葉全集　第2巻』筑摩書房、昭和四十九年

樋口一葉『樋口一葉全集　第4巻（下）』筑摩書房、平成六年

文教政策研究会編『増補改訂版　日本の物価と風俗135年のうつり変わり――明治元年〜平成13年』同

盟出版サービス、平成十三年
宮地正人ほか監修『ビジュアル・ワイド明治時代館』小学館、平成十七年
「一葉さん140センチ台　信玄さん162センチ」『読売新聞』平成十八年十二月二日

第三章

泉鏡花『現代日本文学全集　第14篇　泉鏡花集』改造社、昭和三年
江見水蔭『硯友社と紅葉』改造社、昭和二年
岡田充博『唐代小説「板橋三娘子」考』知泉書館、平成十四年
尾崎紅葉『金色夜叉』新潮文庫、昭和四十四年
後藤宙外『明治文壇回顧録』岡倉書房、昭和十一年
滝沢馬琴『殺生石後日怪談　下』共隆社、明治十九年
正岡容『明治東京風俗語事典』筑摩書房、平成十三年
『日本古典文学大系　第4巻　萬葉集一』岩波書店、昭和三十二年
『日本古典文学大系　第28巻　新古今和歌集』岩波書店、昭和三十三年

第四章

中勘助「漱石先生と私」『創刊一〇〇年三田文学名作選』三田文学会、平成二十二年
夏目鏡子述、松岡譲筆録『漱石の思ひ出』岩波書店、平成二十八年
夏目金之助『漱石全集　第1巻』岩波書店、平成五年
夏目金之助『漱石全集　第4巻』岩波書店、平成六年
正宗白鳥「夏目漱石論」『中央公論』昭和三年六月
山本芳明『漱石の家計簿』教育評論社、平成三十年
「この1000年「日本の文学者」読者人気投票　ミレニアム特集」『朝日新聞』平成十二年六月二十九日

第五章

秋山駿『私小説という人生』新潮社、平成十八年
小堀桂一郎『森鷗外』ミネルヴァ書房、平成二十五年
柴田宵曲『明治の話題』筑摩書房、平成十八年
田山録弥『定本花袋全集　第1巻』臨川書店、平成五年

田山録弥「露骨なる描写」『美文作法』『定本花袋全集　第26巻』臨川書店、平成七年
田山録弥「自然主義の前途」『定本花袋全集　第26巻』前掲
田山録弥「明治名作解題」『小説作法』『定本花袋全集　第26巻』前掲
中村武羅夫『文壇随筆』新潮社、大正十四年
二葉亭四迷「平凡」『二葉亭四迷全集　第7巻』岩波書店、昭和二十八年
正宗白鳥『自然主義文学盛衰史』講談社、平成十四年
森林太郎『鷗外全集　第8巻』岩波書店、昭和四十七年
森林太郎「不思議な鏡」『鷗外全集　第10巻』岩波書店、昭和四十七年
森林太郎『鷗外全集　第25巻』岩波書店、昭和四十八年
森鷗外「妄想」『明治の文学　第14巻　森鷗外』筑摩書房、平成十二年
山崎一穎監修『別冊太陽　森鷗外――近代文学界の傑人』平凡社、平成二十四年
六草いちか『それからのエリス――いま明らかになる鷗外「舞姫」の面影』講談社、平成二十五年

## 第六章

芥川龍之介『点心』金星堂、大正十一年
芥川龍之介「歯車」『芥川龍之介全集　第15巻』岩波書店、平成九年
片山宏行ほか編著『菊池寛現代通俗小説事典』八木書店古書出版部、平成二十八年
菊池夏樹『菊池寛急逝の夜』白水社、平成二十一年
菊池寛「友と友の間」『菊池寛全集　第2巻』高松市菊池寛記念館、平成五年
菊池寛『菊池寛全集　第24巻』高松市菊池寛記念館、平成七年
菊池寛『菊池寛全集　補巻』武蔵野書房、平成十一年
菊池寛「ヂヤールの思出」『菊池寛全集　補巻』前掲
菊池寛「青木の出京」『菊池寛全集　第2巻』高松市菊池寛記念館、平成五年
菊池寛「真珠夫人」『菊池寛全集　第5巻』高松市菊池寛記念館、平成六年

文藝春秋編『「文藝春秋」にみる昭和史　第1巻』文藝春秋、昭和六十三年
正宗白鳥『自然主義文学盛衰史』講談社、平成十四年（第五章、前掲）
松本清張『随筆　黒い手帖』中央公論社、昭和三十六年
久米正雄『久米正雄全集　第13巻』本の友社、平成五年
小島政二郎『小島政二郎全集　第3巻』日本図書センター、平成十四年
谷崎潤一郎ほか編『日本の文学　32』中央公論社、昭和四十四年
中村武羅夫『明治大正の文学者』（明治大正文学回想集成　16）日本図書センター、昭和五十八年
夏目金之助『漱石全集　第24巻』岩波書店、平成九年
西川正身『孤絶の諷刺家アンブローズ・ビアス』新潮社、昭和四十九年
A・ビアス（奥田俊介ほか訳）『ビアス選集　1〜5』東京美術、昭和四十五〜四十六年
ビアス（西川正身編訳）『新編　悪魔の辞典』岩波書店、平成九年
日高昭二『菊池寛を読む』岩波書店、平成十五年
福田清人編、笠井秋生著『芥川龍之介』清水書院、平成二十八年
文藝春秋編『天才・菊池寛——逸話でつづる作家の素顔』文藝春秋、平成二十五年

【か　行】

# 事項索引

## 【な　行】



## 【は　行】

【さ 行】



【た 行】

# 人名索引

堀 啓子（ほり・けいこ）

1970年，生まれ．慶應義塾大学文学部卒業．慶應義塾大学大学院文学研究科博士課程単位取得．博士（文学）．日本学術振興会特別研究員（PD）を経て，現在，東海大学文化社会学部教授．専門・日本近代文学，比較文学．

著訳書『日本ミステリー小説史』（中公新書，2014），『和装のヴィクトリア文学』（東海大学出版会，2012），『新聞小説の魅力』（共著，東海大学出版会，2011），『21世紀における語ることの倫理』（共編著，ひつじ書房，2011），『女より弱き者』（バーサ・クレー著，南雲堂フェニックス，2002）ほか

日本《に》本《ほん》近《きん》代《だい》文《ぶん》学《がく》入《にゅう》門《もん》
中公新書 2556

2019年8月25日発行



著　者　堀　啓子
発行者　松田陽三

本文印刷　三晃印刷
カバー印刷　大熊整美堂
製　本　小泉製本

発行所　中央公論新社
〒100-8152
東京都千代田区大手町 1-7-1
電話　販売 03-5299-1730
　　　編集 03-5299-1830
URL http://www.chuko.co.jp/


Published by CHUOKORON-SHINSHA, INC.
Printed in Japan　ISBN978-4-12-102556-2 C1295

中公新書

## 言語・文学・エッセイ

j1

- 433 日本語の個性　外山滋比古
- 533 日本の方言地図　徳川宗賢編
- 2493 日本語を翻訳するということ　牧野成一
- 500 漢字百話　白川　静
- 2213 漢字再入門　阿辻哲次
- 1755 部首のはなし　阿辻哲次
- 2534 漢字の字形　落合淳思
- 2430 謎の漢字　笹原宏之
- 2341 常用漢字の歴史　今野真二
- 2363 外国語を学ぶための言語学の考え方　黒田龍之助
- 1880 近くて遠い中国語　阿辻哲次
- 1833 ラテン語の世界　小林　標
- 1971 英語の歴史　寺澤　盾
- 2407 英単語の世界　寺澤　盾
- 1533 英語達人列伝　斎藤兆史
- 1701 英語達人塾　斎藤兆史
- 2086 英語の質問箱　里中哲彦
- 2165 英文法の魅力　里中哲彦
- 2231 英文法の楽園　里中哲彦
- 1448 「超」フランス語入門　西永良成
- 352 日本の名作　小田切　進
- 212 日本文学史　奥野健男
- 2285 日本ミステリー小説史　堀　啓子
- 2427 日本ノンフィクション史　武田　徹
- 563 幼い子の文学　瀬田貞二
- 2156 源氏物語の結婚　工藤重矩
- 1787 平家物語　板坂耀子
- 1798 ギリシア神話　西村賀子
- 1254 ケルト神話と中世騎士物語　田中仁彦
- 2382 シェイクスピア　河合祥一郎
- 2242 オスカー・ワイルド　宮崎かすみ
- 275 マザー・グースの唄　平野敬一
- 2404 ラテンアメリカ文学入門　寺尾隆吉
- 1790 批評理論入門　廣野由美子
- 2556 日本近代文学入門　堀　啓子